LESESOMMER

Hannelore Westhoff (Hrsg.)

# Herzklopfen, Herzflattern

Hannelore Westhoff (Hrsg.)

# Herzklopfen, Herzflattern

## Geschichten vom ersten Verliebtsein

Ravensburger Buchverlag

Einmalige Sonderausgabe
als Ravensburger Taschenbuch Band 54181,
erschienen 2001

Die Originalausgabe erschien 1998 im Ravensburger Buchverlag


Umschlagkonzeption: Eva Bender
Umschlagillustration: Kaye Hodges



**Printed in Germany**

**Die Schreibweise entspricht den Regeln**
**der neuen Rechtschreibung.**

**ISBN 3-473-54181-8**

**www.ravensburger.de**

# INHALT

LASSEN BEINER

# *Das Liebesbekenntnis*

Erwin und seine Ratschläge! – So viel weiß ich nun: Es ist heikel, sich in Herzensdingen anderen anzuvertrauen. Man kann da noch von Glück sagen, wenn man keinen Spott erntet. Immerhin, Erwin ist mein Freund, seit undenklichen Zeiten. Wir wurden zusammen eingeschult, und wenn die Ewigkeit der Schulpflicht einmal wider Erwarten vorübergehen sollte, werden wir wohl auch zusammen ausgeschult. So was verbindet. Warum also sollte ich ihn nicht einweihen, als es mich – volle Breitseite! – erwischt hatte? Manchmal ist das Herz eben so voll, dass es überläuft – meist über die Zunge.

Immer wieder wollte ich mich Moni (alle nennen sie Stelze wegen ihrer dünnen Beine) offenbaren, wie es so schön heißt. Sie sollte wissen, dass da einer war, der für sie durchs Feuer ging. Dauernd lauerte ich auch auf ein Zeichen – ein Wort, einen Blick –, das mir verriet: Auch ich bedeutete ihr mehr als die anderen Jungs in der Klasse. Manchmal glaubte ich ein solches Zeichen entdeckt zu haben, im nächsten Moment aber kam ein anderes, das mich wieder entmutigte. Nein, dachte ich dann – etwa wenn Moni mir plump auf die Schulter geklopft hatte –, so äußert sich die Liebe nicht, die Regungen der Liebe sind immer zart, verhalten. Quatsch mit Soße, hat Erwin, der Klugscheißer, gesagt, die Liebe ist ein Vertrag zwischen zwei

Menschen, und da muss man klipp und klar die Klauseln festlegen. Man muss wissen, was Sache ist. Immer rumdrucksen und ausweichen führe nur zu Missverständnissen.

Das leuchtete mir ein. Auch ich bin nicht ganz ohne Lebenserfahrung, allerdings: Verliebt war ich bis dahin noch nie. Es galt also, Stelze, das heißt Moni, auf möglichst originelle Weise („subtil" nannte Erwin das) zu verklickern, was Sache war. Dass ich mich nach jedem Wort und Blick von ihr verzehrte und jeden Abend vor dem Einschlafen an sie dachte, brauchte sie noch nicht zu wissen. Nur eben: Da ist einer, ein ganz Bestimmter, der würde für sie Waldbrände austreten.

Witz muss das Ganze haben, meinte Erwin, der Neunmalkluge. Als ob Liebe was mit Witz zu tun hätte. Und nun seine grandiose Idee: Da ein gesprochenes oder geschriebenes Liebesbekenntnis für mich als verfeinerten Geist als viel zu plump nicht in Frage käme, müsse ich ein Zeichen in Monis Leben, in ihrem Tagesablauf setzen. (Ich glaube, Erwin sagte nicht Zeichen, sondern „Fanal". Er liebt solche hochtrabenden Ausdrücke.)

Tagelang hab ich gegrübelt, wie dieses Zeichen aussehen könnte. Wenn ich dann eine Idee hatte, erschien sie mir im nächsten Moment zu abgeschmackt oder trottelhaft. Ich wurde immer blasser im Gesicht, weil ich ja auch jeden Tag mit dem Gegenstand meiner Liebe konfrontiert wurde, wie es so schön heißt.

Wenn man Abstand von den Dingen hat, ist man freier. Das hab ich immer gefunden. Und Erwin bestätigte es. Nicht ich, *er* fand das entscheidende Zeichen. Weil man

Moni Stelze nannte und mich Murmel (kein Mensch weiß warum, vielleicht wegen meiner großen Augen), sollte ich – aufgepasst! – ein Vogelnest mit einer Glasmurmel darin in das Fach unter Monis Schulbank legen. Der Bursche hat Ideen! Aber wo kriegt man im Herbst ein Vogelnest her? Kein Problem, meinte Erwin, so gut wie die Spatzen könne er noch allemal Nester bauen.

Er kam dann auch mit einem an: eine Hand voll Heu, die er seinem Zwergkaninchen abgezwackt hatte, und etwas trockenem Moos. Das also stopften wir in die Ablage von Monis Bank. Mit einer Glasmurmel darin, versteht sich.

Moni hat sich gewundert, das muss man sagen. Aber sie fand eine Erklärung: Die Leute vom Bastelkursus der Volkshochschule, die einmal wöchentlich abends unser Klassenzimmer nutzen, mussten das Zeug liegen gelassen haben.

Die Murmel hat sie behalten. Und ich überlege, ob die gute, altbewährte Methode, Liebesbriefe zu schreiben, nicht doch in meinem Fall angebracht wäre. Eins aber weiß ich genau: Den Brief würde ich selber schreiben, da kann mir Erwin noch so viele Entwürfe zeigen, mit seinen hochtrabenden Ausdrücken, in denen kein Platz mehr ist für das, was ich sagen will.

# *Der Kopfsprung*

Es war heiß, so heiß, dass Julia klitschnass geschwitzt war, als sie am Schwimmbad ankam. Vor der Kasse stand Connie und zog ein Gesicht, weil es schon zehn nach drei war und Julia doch versprochen hatte, diesmal pünktlich um drei da zu sein.

„Tut mir Leid“, sagte Julia und kettete ihr Fahrrad an.

Connie war immer pünktlich, Connie schrieb eine Eins nach der anderen, Connie machte überhaupt immer alles richtig.

Seitdem Julia sich einmal mit Connie verabredet hatte, klebte Connie wie eine Klette an ihr. Niemand aus der Klasse wollte etwas mit ihr zu tun haben, auch Julia nicht. Aber Julia wusste nicht, wie sie es Connie sagen sollte.

„Ich lege mich nie in die Sonne“, verkündete Connie, als sie über die Liegewiese liefen.

Also breiteten sie ihre Handtücher unter der Linde aus.

Nachdem Julia sich Connies Fünfminuten-Vortrag über die Gefährlichkeit von Sonnenbränden angehört hatte, sprang sie auf und rannte unter die Dusche.

„Warte“, rief Connie und lief hinter ihr her.

Doch Julia war schon ins Wasser gesprungen und kraulte die lange Bahn entlang. Connie konnte nicht kraulen; vielleicht war es das Einzige, was sie nicht konnte.

Als Julia irgendwann am Beckenrand verschnaufen

musste, fiel ihr Blick auf einen Jungen, den sie noch nie gesehen hatte. Er stand oben auf dem Fünfer und schien mit seinen Füßen die Absprungkante zu prüfen. Dann ging er ein paar Schritte zurück, nahm Anlauf, breitete die Arme aus und sprang. Zuerst flog er ein Stück nach oben, dann machte er einen Knick in der Luft und schoss mit nach vorn gestreckten Armen aufs Wasser zu. Er tauchte ein wie ein Pfeil, ohne Überschlag und bestimmt ohne Angst. Julia spürte, wie ihr Herz klopfte. Sie machte höchstens einen Kopfsprung vom Dreier, und auch das nur ohne Knick in der Luft.

In der Ferne sah sie Connie mit hochgerecktem Kopf am Tau entlangschwimmen. Gleich hatte sie das Ende des Taus erreicht, dann würde sie umdrehen und zurückschwimmen.

Jetzt, jetzt war es so weit. Julia stieg schnell aus dem Wasser und lief zum Sprungturm hinüber.

Als sie oben ankam, prüfte der Junge gerade wieder die Absprungkante. Er trug eine grün gemusterte Badehose, die Julia an einen Urwald erinnerte. Seine kurzen, blonden Haare standen stachelig ab, am Hals hatte er ein ovales Muttermal.

Er war größer als sie und mindestens schon elf. Ohne sie anzusehen, ging er an ihr vorbei, nahm Anlauf und sprang.

Julia sah noch den Knick in der Luft, kurz darauf hörte sie, wie er ins Wasser eintauchte. Sekunden später kam er wieder hoch, schüttelte seinen Kopf, dass die Tropfen flogen und kraulte zum Beckenrand.

Julia hoffte, dass er zu ihr hochgucken würde.

Gleichzeitig hoffte sie es auch wieder nicht. Unter ihr

glitzerte das Wasser in der Sonne. Es schien unendlich weit weg. Julia musste die Augen zumachen, weil ihr auf einmal schwindelig wurde. Sie spürte die Absprungkante unter ihren Füßen und wusste, sie würde sich keinen Sprung mit Anlauf trauen, und einen Knick traute sie sich auch nicht. Vielleicht sollte sie einfach so springen, mit den Füßen zuerst und ohne Nasezuhalten. Oder sie könnte zum Dreier runterklettern und von dort springen.

In diesem Augenblick hörte sie, wie jemand ihren Namen rief. Sie blickte übers Geländer und sah unten Connie in ihrem gepunkteten Badeanzug stehen. Sie fuchtelte aufgeregt mit den Armen.

„Tu's nicht! Tu's nicht!"

Julia holte tief Luft und beschloss, so zu tun, als ob sie dieses kreischende Mädchen nicht kennen würde. Wo war der Junge geblieben? Kletterte er schon wieder hoch? Nein, jetzt sah sie ihn. Er lehnte ganz hinten am Beckenrand und schaute nach oben. Da streckte sie ihre Arme nach vorn und sprang.

Sie prallte so hart auf dem Wasser auf, dass sich ihre Beine überschlugen und sie das Gefühl hatte, jemand würde ihre Waden mit einem Messer aufschlitzen. Alles tat weh, ihre Hände, ihr Kopf, ihr Rücken, doch am schlimmsten waren die Waden.

Langsam schwamm sie zum Beckenrand. Der Junge war verschwunden. Aber da kam Connie mit hochrotem Kopf zu ihr gelaufen und schrie wieder irgendwas. Julia nahm all ihre Kraft zusammen und tauchte zum gegenüberliegenden Beckenrand hinüber.

Als sie hochkam, sah sie gerade noch, wie der Junge seinen Knick in der Luft machte. Seine nasse, braun gebrannte Haut funkelte in der Sonne, dann verschwand er im Wasser.

Julia wartete darauf, ihn wieder hochkommen zu sehen, doch nichts geschah. Sie wurde unruhig; so lange war er noch nie unter Wasser geblieben.

Plötzlich jedoch tauchte er direkt neben ihr auf und schnappte nach Luft. Er schüttelte sich die Tropfen aus den Haaren, drehte sich zu ihr und lächelte. Dann stemmte er sich am Beckenrand hoch und lief wieder auf den Sprungturm zu.

In ihrem Bauch flatterte es. Er hatte gelächelt, er hatte sie angelächelt.

Jeder Schritt tat weh, als sie über die Liegewiese zu ihrem Handtuch zurücklief. Connie lag auf dem Bauch und rührte sich nicht. Julia legte sich ebenfalls auf den Bauch und drehte den Kopf so, dass sie Connies Gesicht nicht sehen musste. Ihre Waden brannten, sie brannten so sehr, dass Julia sich fragte, ob sie wohl zum Arzt müsste.

„Deine Waden sind feuerrot“, sagte Connie nach einer Weile.

„Ich weiß“, murmelte Julia und hoffte, dass Connie nicht weiterreden würde.

„Solche Angeber wie dieser Blonde da können mich überhaupt nicht beeindrucken“, sagte Connie und zog die Nase hoch.

Julia schwieg.

„Weißt du, was alles passieren kann, wenn man falsch aufkommt?“, fragte Connie.

„Ja“, antwortete Julia, „du brauchst es mir nicht zu erklären.“

Doch Connie war nicht zu bremsen. Neulich erst habe sie in der Zeitung gelesen, dass sich jemand beim Kopfsprung das Rückgrat gebrochen habe und im Rollstuhl gelandet sei. „Das ist es doch wohl nicht wert, oder?“

Julia stand auf, rollte ihr Handtuch zusammen und steckte es in ihren Rucksack. Keine Minute länger würde sie diese Stimme ertragen.

„Du willst schon los?“, fragte Connie erstaunt.

Julia nickte.

„Treffen wir uns morgen wieder?“

Sie schüttelte den Kopf.

„Und warum nicht?“, rief Connie hinter ihr her.

Julia drehte sich nicht nach ihr um. Als sie an den Ausgang kam, sah sie den Jungen, der sich gerade auf sein Rad schwang und davonfuhr. Sie dachte an sein Lächeln, und wieder flatterte es in ihrem Bauch. Vorsichtig strich sie über ihre roten Waden. Sie taten schon lange nicht mehr so weh wie vorhin.

RUDOLF HERFURTNER

# *Von Herzen, mit Schmerzen*

*Jetzt kann ich es ihr nie mehr sagen. Das ist das Schlimmste. Das geht nicht nach all dem Blut und Schreien. Ich weiß nicht, wann ich es hätte sagen sollen: Ich mag dich. Vielleicht als sie mir so nah kam. Ob sie mir so was sagen wollte? Ich weiß nicht. Ist auch egal. Alles ist vorbei. Nicht für mich. Aber für sie. Oder für mich auch. Ich weiß es einfach nicht. Ich weiß nicht, was sie mit mir machen werden. Ich sitz hier schon eine Stunde. Im Konrektorzimmer. Wie im Gefängnis. Sie lassen mich nicht in die Klasse. Ich bin gefährlich, das glauben sie wahrscheinlich.*

*Ich Idiot! Ich Monster!*

Micki stand in der Pausenschlange hinter ihr. Dreißig Schüler warteten vor der Theke der Hausmeisterin, bis sie an der Reihe waren. Er stand zufällig hinter ihr.

Es war egal, hinter wem man stand. Hauptsache, die Schlange vor einem war nicht zu lang und man kam dran, bevor die Pause um war. Es kam darauf an, möglichst schnell aus der Klasse zu kommen, dann den kürzesten Weg über die Treppe zu nehmen. So schnell wie möglich und so vorsichtig wie nötig. Es nützte ja nichts, wenn man der Schnellste auf der Treppe war und Dr. Klaus, der Konrektor, fing einen am Fuß der Treppe ab: Halt! Stehen geblieben! Verweis wegen Rennens im Treppenhaus.

Der Schnellste in der Pausenschlange zu sein, war seit einiger Zeit Sport in der 5a. Micki war nicht schlecht in diesem Wettbewerb. Dritter Platz war sein Rekord. Aber heute war ihm beim schnellen Zusammenpacken das Federmäppchen runtergefallen. Das ganze Zeug auf dem Boden verstreut. So war er nur Siebenundzwanzigster in der Schlange.

Vor ihm standen mehrere Mädchen. Das gab es sonst nicht.

Sonst war er immer unter den ersten zehn, und so weit vorn stand nie ein Mädchen.

Micki war ganz allein in der Schlange. Alle seine Freunde standen weit vorn. Schnell zählte er die Schlange vor sich. Negativer Rekord! So schlecht war er noch nie gewesen. Er ärgerte sich. So was Blödes!

Und es ging auch nicht vorwärts. Normalerweise ging das viel schneller. Mitten unter seinen Freunden, da gab es viel zu bereden. Und im Nu war man dran. Warum ging das denn heute nicht vorwärts?

Er beugte sich aus der Schlange und sah nach vorn zur Theke. Dabei musste er dem Mädchen vor sich zu nahe gekommen sein. Nicht dass er sie berührt hätte. Das nicht! Er würde nicht einfach ein Mädchen berühren in der Pausenschlange. Er war sich nicht einmal sicher, ob er überhaupt ein Mädchen berühren wollte. Musste irgendwie noch nicht sein bei ihm. Manchmal schauten sie einer nach auf der Straße, wenn sie einen kurzen Rock anhatte, machten ein paar blöde Witze, aber mehr nicht. Und die Mädchen in seiner Klasse waren sowieso neutrale Wesen, bestenfalls Luft für ihn oder zickige Gänse.

*Ich hab keine Ahnung, wie so was passieren kann. Ich kenn sie doch schon seit der Grundschule. Und trotzdem hab ich sie plötzlich zum ersten Mal gesehen. Richtig gesehen. Sie saß ja immer vor mir. Jeden Tag. So schräg links von mir, zwei Bänke weiter. Immer. Ich wusste, da sitzt sie. Esther heißt sie. Gut in Sprachen, schlecht in Mathe. Insgesamt Durchschnitt. Ich wusste über sie, was man so weiß über die Leute in der Klasse. Ich sah sie jeden Tag, stundenlang. Also praktisch gar nicht. Wenn man mich gefragt hätte, was sie für Haare hat, ich hätte es nicht gewusst. Sie war für mich nichts anderes als ein Möbelstück, Teil der Einrichtung im Klassenzimmer.*

*Und auf einmal ist alles anders. Und du siehst so ein Gesicht. Und siehst nichts anderes mehr. Ich weiß auch nicht. Und du kannst es nicht vergessen.*

*Nein, zwei Gesichter seh ich: das eine, das wunderschöne. Ganz nah vor mir, als ob es mich küssen will. Und das andere, schmerzverzerrte, schreiende. Das schiebt sich über das schöne und zerstört es. Immer wieder.*

Esther hatte wohl das Gefühl, dass Micki ihr über die Schulter schauen wollte. Das war ihr nicht angenehm. Sie drehte sich um. Und Micki hatte plötzlich ihr Gesicht vor Augen.

Ganz nah.

Und nichts mehr war da, nur dieses Gesicht. Und diese Augen. Esther. Esther.

Micki zuckte gleich zurück. Wurde rot. „Ist was?“, sagte Esther.

„Nein. Ehm, bloß, wie lang’s noch dauert.“

Sie drehte sich wieder um und redete mit dem Mädchen, das vor ihr in der Schlange stand.

Mickis Herz klopfte. Mein Gott, war das peinlich. Er schaute auf seine Schuhe runter. War er wirklich rot geworden? Warum denn bloß? Und falls sie's gesehen hatte, dann dachte sie wer weiß was, wenn er rot wurde. Mann! War doch bloß Esther, Mann! Zwei Bänke schräg links vor ihm, schlecht in Mathe. Esther, das Möbelstück. Sonst nichts.

Er hob den Kopf und sah die feinen Härchen in ihrem Nacken. Sie hatte die Haare zu einem Pferdeschwanz gebunden.

Ein paar feine helle Härchen kräuselten sich unter ihren Ohren. Sie waren zu kurz für den Haargummi. So feine Härchen!

Micki spitzte den Mund und blies gegen die Härchen. Es war verrückt: Er stand hier in der Pausenschlange und blies einem Mädchen in den Nacken. Aber er tat es.

Esther drehte sich sofort um. „Spinnst du, oder was?“, sagte sie.

Er zuckte mit den Schultern und grinste. Er war wirklich verrückt, blies einem Mädchen in den Nacken! Er sollte lieber verschwinden, bevor noch was Schlimmeres passierte. Wenn die jetzt hier vor allen sagen würde: Stellt euch vor, der Kerl hat mir in den Nacken gepustet!

Micki trat aus der Schlange. „Mir dauert das sowieso zu lang“, murmelte er und wollte weggehen. In dem Augenblick kamen seine Freunde von vorn. Sie hatten ihre Sachen schon gekauft.

„Ganz schön weit hinten heute“, sagte Tim. Er sah, dass

Micki gerade die Schlange verlassen wollte. „Aber vordrängeln gilt nicht!“ Er schubste Micki in die Schlange zurück. Die Schlange hatte sich schon wieder hinter Micki verschlossen. Er fiel gegen Esther.

Sie stolperte und musste die Arme um ihn schlingen, damit sie nicht nach hinten fiel. Und Micki musste sich an Esther festhalten, um nicht selbst das Gleichgewicht zu verlieren.

Es war natürlich keine Umarmung. Aber immer, wenn Micki von nun an an Esther dachte, dann dachte er an diesen Augenblick, wo sich jeder an den andern halten musste, um nicht hinzufallen. Und er stellte sich vor, dass er sie nie mehr loslassen würde.

*Ich hätte sie so gern einmal gehalten. Richtig. Freiwillig. Und sie mich vielleicht auch. Sie hat eine Gänsehaut bekommen, als ich ihr in den Nacken blies. Das hab ich gesehen. Wenn wir mehr Zeit gehabt hätten, wär vielleicht alles richtig schön geworden. Aber es war ja keine Zeit.*

*Eigentlich waren es nur die drei Geschichten: die erste da in der Pausenschlange, dann die mit Herrn Kreuders Hund und jetzt der Schluss, vorhin. Das war schon alles. Ich hab alles kaputtgemacht. Alles für immer vorbei. Hoffentlich hat sie nichts Schlimmes am Kopf.*

Micki führte den Hund von Herrn Kreuder spazieren, das war sein Nachmittagsjob. Herr Kreuder war zu alt, um immer selbst seinen Hund auszuführen.

Der Hund war auch alt. Ein fetter, alter Köter, der eine

Meile gegen den Wind stank. Und er hatte Arthrose und schleppte sich nur noch mühsam von Baum zu Baum. Er war so gut wie blind und stieß manchmal einfach an Gegenstände, die er nicht gerochen hatte. Dann grollte er dumpf und war empört. Bellen konnte er nicht mehr. Er hatte aber noch eine gute Nase und ging am liebsten auf einen nahen Acker, Mäuschen schnüffeln. Er steckte seine Nase in jedes Erdloch und sah danach aus wie ein dreckverkrustetes Wildschwein. Micki hatte ihn trotzdem gern. Der Hund hieß Nero.

Esther wohnte nicht weit von dem Acker entfernt. Ihr Vater hatte eine Mausefalle im Kartoffelkeller aufgestellt. Seit Wochen knabberten ihnen die Mäuse die Vorräte an. Esther hatte darauf bestanden, eine Lebendfalle zu benutzen. Als sie eines Mittags von der Schule kam, saß ein Mäuschen in der Falle, ängstlich, verschreckt.

Nach dem Essen packte Esther die Maus samt Falle in eine Stofftasche und brachte sie zum Acker, um sie freizulassen. Da sah sie Micki mit dem Hund. Sie hatte ihn da schon öfter gesehen. Aber sie hatte ihn nie weiter beachtet.

*Eigentlich geht's mir jetzt hier so wie in den drei Tagen nach der Geschichte in der Pausenschlange. Ich kenn mich nicht aus mit mir. Doch, irgendwie schon. Dass jetzt alles aus ist, das ist klar. Von ihr aus gesehen. Aber in mir drin ist gar nichts aus. Oder doch, ich weiß nicht. Tim hat mich gegen sie geschubst, das war natürlich blöd und peinlich. Aber ich hab sie berührt. Und ich hätte sie immer wieder berühren wollen danach. Immer wieder. Ich hab von ihr geträumt.*

*Und ich hab ihren Namen auf meine Handfläche geschrieben. Und dann hab ich mein Gesicht auf die Handfläche gelegt im Bett. Natürlich war das Schubsen blöd. Hätte ihr ja wehtun können. Obwohl Tim gar nicht an sie gedacht hat beim Schubsen. Wenigstens hab ich sie dadurch kennen gelernt. Irgendwie. Ich weiß ja nicht, wie man Mädchen kennen lernt.*

Micki sah Esther auch gleich. Er blieb stehen. Was sollte er jetzt machen. Auch Esther war stehen geblieben. Nero war nicht angeleint. Er pflügte mit der Nase durch den Acker.

„Nero! Bleib da!“, rief Micki. Aber Nero hörte nicht. Schwerhörig war er auch. Also ging Micki weiter. „Nero!“ Der Hund lief auf Esther zu. Also musste auch Micki auf Esther zulaufen. Er musste ja auf den Hund aufpassen. Was sollte er machen? „Nero! Bleib doch stehen!“

Nero blieb nicht stehen, bis er mit der Nase an Esther stieß. Er grummelte empört.

„He!“, sagte Esther.

„Er ist blind“, sagte Micki. Er legte Nero die Leine an.

„Ist das dein Hund?“

„Nein“. Micki zerrte an Neros Leine, der schon wieder mit der Nase im Dreck steckte. Micki wollte bei Esther stehen bleiben. „Er sucht Mäuse“, sagte Micki.

„Dann halt ihn bloß fest!“, sagte Esther.

„Er ist schon ganz alt“, sagte Micki. „Riecht schon ein bisschen angefault. Riechst du’s?“

„Halt ihn trotzdem fest. Ich hab eine Maus.“

„Wo?“

Esther holte die Falle aus dem Einkaufsbeutel. Die Maus hockte zusammengekauert in einer Ecke.

„Die hat Angst“, sagte Micki. „Was ist mit der?“

„Ich lass sie frei. Halt aber den Hund fest!“ Esther ging ein Stück weg von Micki. Er sah ihr nach. Die Härchen im Nacken. Ihre Schultern unter dem Kapuzenpulli. Die Jeans. Schwarze Stiefel. Sie sah aus wie alle. Aber Micki dachte: Ich würde sie von hinten erkennen unter hundert anderen Mädchen.

Esther kauerte sich hin, stellte die Falle auf den Boden und öffnete die Falltür. „Halt bloß den Hund fest!“, rief sie.

Die Maus kam vorsichtig aus dem Käfig raus, aber sie machte keine Anstalten davonzulaufen. Offenbar war sie durch die Gefangenschaft verwirrt. Esther versuchte, sie zu verscheuchen. Aber sie rannte immer nur ein kleines Stück und duckte sich dann wieder in eine Ackerfurche.

Micki sah Esther zu. Er stand da und sah Esther zu. Und sonst war nichts vorhanden. Nur das Mädchen und er, der sie anschauen konnte. Ewig lang. Einfach so. Micki hatte gedacht, dass er Neros Leine ganz fest in der Hand hätte, aber in Wirklichkeit hatte er den Hund völlig vergessen. Und als das alte Vieh plötzlich an der Leine riss, da entglitt sie ihm. Der lahme, stinkende Hund fing an zu rennen. Er musste die Maus schon lange gerochen haben. Aber anscheinend hatte sein altes Hirn erst jetzt reagiert.

Esther schrie: „Halt doch den Hund! Mensch, Micki, halt den Hund!“

„Nero! Hier! Halt! Hierher!“, schrie Micki und rannte auch los. Es war nicht sehr weit bis zu Esther, zwanzig

Meter vielleicht. Nero hatte keine Ausdauer mehr, aber für so einen kurzen Weg reichte seine Kraft. Und Mäusegeruch war nun mal das Glück seiner alten Tage.

Micki erkannte schnell, dass er ihn nicht mehr rechtzeitig einholen würde. Kurz bevor Nero bei Esther und der Maus angelangt war, machte Micki deshalb einen Hechtsprung und erwischte Nero am Schwanz. Er landete auf dem Bauch im Ackerdreck. Er hatte den Mund voller Erde. Aber er hatte Nero erwischt, und er ließ ihn nicht mehr los.

„Gott sei Dank!“, sagte Esther. „Hast du dir wehgetan?“

„Nein“, sagte Micki.

„Ich wollte ja nicht, dass wir sie bei uns im Keller lebend fangen und dann frisst sie dein Hund.“

„Ich hätte nie gedacht, dass er noch so schnell rennen kann. Magst du Mäuse?“

„Ja.“

„Ich auch.“

„Jetzt siehst du genauso dreckig aus wie dein Hund“, sagte Esther und lachte. Dann lief sie über den Acker nach Hause.

Micki pflückte eine Kamillenblüte vom Ackerrain und riss die weißen Blütenblätter aus: Sie liebt mich. Sie liebt mich nicht. Von Herzen. Mit Schmerzen.

*Warum hab ich das gemacht?*

*Warum mach ich genau das Gegenteil von dem, was ich eigentlich tun will?*

*Ich will ...*

*Ich wollte ...*

*Jeden Tag mit Nero auf den Acker gehen und sie dann sehen und anschauen, wie sie Mäuse freilässt. Und wie sie lacht, weil ich so dreckig bin.*

*Aber ich seh sie nicht. Ich seh sie bloß schreien. Und das Blut. Wie soll ich denn wieder in die Schule gehen?*

*Und sie sitzt schräg vor mir. Zwei Bänke schräg vor mir.*

*Mit dem Verband um den Kopf. Oder? Ich weiß ja nicht mal, ob sie wiederkommt. Ich weiß ja nicht, was mit ihr ist. Und ob sie mich überhaupt noch in die Klasse lassen. Sie beraten jetzt da drin über mich, glaub ich.*

Micki schrieb ihren Namen innen ins Federmäppchen. Und den ganzen Vormittag schaute er heimlich diesen Schriftzug an.

Dann schloss er die Augen und stellte sich vor, dass sie zusammen über den Acker rannten. Und dann machte er die Augen auf, und sie saß wirklich da, schräg links vor ihm, zwei Bänke weiter mit ihrem Pferdeschwanz.

Als es zur Pause läutete, riss ihm Tim das Federmäppchen aus der Hand. „Was hast du denn da drin, Mann, dass du die ganze Zeit da reinlinst?"

Micki stürzte sich auf ihn und konnte ihm das Federmäppchen wieder abnehmen.

„Blödmann!", sagte Tim. „Ist mir sowieso egal. Aber du bist wieder der Hinterletzte in der Pausenschlange." Er rannte aus der Klasse.

Micki beeilte sich nicht. Es war ihm recht, wenn er hinten in der Schlange stand. Vielleicht hinter ihr. Dann hätte er sie fragen können, ob sie schon wieder eine Maus gefangen hätten. Aber sie stand nicht in der Schlange. Also stellte sich auch Micki nicht an. Er hatte keinen Hunger.

Er lief durchs Schulhaus, bis ihn Konrektor Klaus hinaus in den Hof schickte. Da stand sie mit den andern Mädchen und spielte Gummihupf. Er lehnte sich an die Fahrradständer und schaute zu, wie ihr Pferdeschwanz hüpfte, bis ihn seine Freunde entdeckten.

„Was machst du denn hier, Mann?"

„Nichts, Mann!" Dann musste er mit ihnen reden und blödeln und war doch nicht bei der Sache.

Als alle nach dem Läuten ins Haus rannten, sagte er: „Ich komm gleich." Er ging langsam und richtete es so ein, dass er genau hinter Esther ins Haus gehen konnte. Sie schien ihn nicht bemerkt zu haben, redete mit ihren Freundinnen. Aber dann sah sie sich plötzlich um und lächelte und blieb stehen. Micki wäre fast in sie hineingerannt. Und dann beugte sie sich vor. Und Micki dachte: Jetzt küsst sie mich.

Das war es, was er sich die ganze Zeit vorgestellt hatte, seit drei Tagen schon, seit der Pausenschlange und abends im Bett, wenn sein Gesicht auf ihrem Namen lag, und wenn er ins Federmäppchen schaute und vorhin am Fahrradständer. Wie wäre das, wenn sie ihn küsste? Und weil er so sehr davon geträumt hatte die ganze Zeit, deshalb dachte er nun: Jetzt passiert es. Jetzt küsst sie mich.

Und alle Geräusche waren plötzlich weg. Ihr Gesicht war ganz nah an seinem. Vor allen hier! Mitten in der Schule.

Wahnsinn! Wunderbar! Ja! Nein! Um Gottes willen!

Da hörte er Tims Stimme. „Esther-Baby hat er im Federmäppchen! Wetten?"

Und plötzlich waren alle Stimmen wieder da und alle Geräusche. Und eine furchtbare Angst.

Und dann schubste er sie weg von sich. Er hatte eine Riesenangst plötzlich. Er schubste so fest er konnte. Er wollte sie so weit wegschubsen, wie es nur ging. Am liebsten ganz weg, Wahnsinn!

Esther stolperte und fiel nach hinten. Sie fiel mit dem Hinterkopf an den Heizkörper. Sie schrie. Und gleich schrien auch noch andere, weil sie sofort zu bluten anfing.

Da wollte er zu ihr hin. Aber der Konrektor war schon zur Stelle und schleppte ihn weg.

*Ich glaub nicht, dass sie mich küssen wollte. Das gibt's ja gar nicht. Vielleicht wollte sie mir was über eine neue Maus sagen. Sie wollte mir was sagen, das ist alles. Wahrscheinlich wollte sie sogar bloß sagen: Lass mich in Ruh, du Idiot! Oder so was. Es hätte nicht passieren müssen, wenn ich sie nicht ...*

*Ich glaube, dass sie ihr die Haare abschneiden müssen.*

*Auch die kleinen Härchen im Nacken. Sie müssen sie bestimmt nähen. Und dafür müssen sie ihr die Haare abschneiden. Auch die feinen Härchen im Nacken.*

MORITZ EIDECHSER

# *Hannahs Zwilling*

Manchmal denk ich, Hannah spinnt. Nicht schon seit immer. Aber seit Wochen. Total daneben. Nichts los. Tote Hose. Kein Bock mehr auf nichts – genau das ist Hannah. Jedenfalls in letzter Zeit. Lass mich in Ruhe! Stehende Redensart. Wenn ich frage, was ist, schafft sie noch gerade ein einziges Wort: Nichts! Aber endlos gedehnt. Kein Kaugummi kriegst du auf so eine Länge.

Wenn ich bloß wüsste, was Hannah hat. Das ist auch so was Neues. Bisher hat sie mir alles erzählt. Und bisher sind wir so ziemlich überall zusammen hingegangen. Wir hatten ja sowieso immer die gleichen Ideen. Und außerdem auch noch den gleichen Geschmack.

Zum Schreien. Plötzlich hat Hannah zum Beispiel gefragt: Was machen wir nach der Schule? Ich hab gesagt: Hast du die Werbung von H&M gesehen? Und Hannah: Daran hab ich auch gerade gedacht.

Bingo. Umgekehrt hat es genauso geklappt. Wir waren echt das total starke Paar. Absolut unzertrennlich. Manchmal ging es so weit, dass wir die gleiche Hose, das gleiche T-Shirt, die gleiche Jacke, die gleichen Schuhe kauften. Wie Zwillinge. Aber bloß eben so.

Wenn es irgendwas nicht in meiner Größe gab, nur in Hannahs, hat sie es nicht gekauft. Ich bin leider klein und spirrelig, Hannah hat richtig Figur. Bei Hannah sah immer alles viel toller aus. Wenn ich Mini trage, sieht man zwei Staksebeine. Wie untererernährt. Hannah hat Klasse Beine und einen richtigen Po.

Hannah kann glatt für fünfzehn durchgehen. Ich noch für zehn. Und wenn sie's drauf anlegt, drehen die Leute sich nach uns um. Nicht wegen mir natürlich, sondern weil Hannah vorbeigeht. Ich wollte immer so aussehen wie sie.

Hannah bestimmt nicht wie ich. Aber das hat sie sich sonst nie anmerken lassen, sondern im Gegenteil versucht, mich aufzustylen so gut es ging. Manchmal fand ich mich hinterher fast in Ordnung.

So viel zu Hannah früher. Und jetzt? Nur ein Beispiel: Hannah vorige Woche: Wieso hast du den gleichen Rock an? Spinnst du? Ich sage: Macht doch nichts. Haben wir doch immer. Hannah: Jetzt nicht mehr. Ich frage: Wieso? Und sie: Guck dich doch an, das verdirbt einem ja alles, wenn man dich sieht.

Nett. Und so was ist meine beste Freundin. Ich glaub, ich spinne. Als ob Hannahs schön geformter Hintern, der den Rock richtig schwingen lässt, davon platzen könnte, dass ich den gleichen Mini trage. Ich lass mir ja viel erzählen, aber das nicht. So was kannst du den Mäusen zum Fraß vorwerfen, sonst gar nichts. Schluss aus.

Soll sie doch die ganze Sonne für sich haben, wenn ich bloß störe. Früher fand sie es aber langweilig, allein die Ständer bei H&M durchzustöbern. Und wen fragt sie jetzt, wenn sie aus der Kabine kommt und unschlüssig ist, ob ihr der Fummel passt? Das möchte ich wissen?

Mich jedenfalls nicht mehr. Wenn ich frage: Was machen

wir nach der Schule?, sagt sie: Nichts. Lass mich in Ruhe! Stehende Redensart. Ich mach einen zweiten Anlauf: Hast du die tollen Klamotten in der neuen „Bravo Girl“ gesehen? Sollen wir mal gucken, ob’s die schon gibt? Und sie gibt mir die Keule: Steht dir doch sowieso nicht. Lass mich jetzt endlich in Ruhe!

Was soll man denn da noch machen? Ich dachte ja nur, weil sie sonst immer Lust hatte, in den Geschäften zu stöbern: Vielleicht heitert sie das wieder auf.

Ja sicher, ich würde auch gern mal gucken, aber eigentlich hab ich doch höchstens immer vergleichen wollen mit Hannah. Wenn ich die Sachen, die ich schön fand, an ihr sah, hab ich mir vorgestellt, ich könnte auch so aussehen. Was das für ein Glück wär. Ich hab dann geträumt, dass ich wirklich die Zwillingsschwester von Hannah wäre, ich meine, die echte, eineiig, alles total gleich. Um mich als Zwilling von Hannah vorstellen zu können, war es natürlich unbedingt wichtig, dass Hannah beim Anproben immer dabei war und jedes Teil auch ausprobiert hat. Ich muss andauernd ihr Bild im Kopf haben. Bei allen Klamotten. Allein macht mir Einkaufen gar keinen Spaß.

In der Schule dann in den gleichen Klamotten rumstehen war super. Ich meine, ich hab ständig auf Hannah geguckt. Sie sah so toll aus in unseren Sachen. Ich wusste, wir hatten den absolut geilen Geschmack. Hannah hat das dann auch bei jedem Fummel, den wir zusammen gekauft hatten, gleich von den Jungen zu spüren gekriegt.

Wir haben uns immer bloß angeguckt und gegrinst. Irgendwie war in der Klasse Hannah die Queen. Anders gesagt: Kein Junge wär je auf die Idee verfallen, Hannah was abzunehmen – Schutzgeld und so, wie von den anderen Mädchen. Die hätten doch eher alle zusammen Hannah beschützt, als sie irgendwem auszuliefern. Selbst ich hab davon profitiert, weil ich doch Hannahs beste Freundin bin – oder war? Jedenfalls haben wir ständig in solchen Momenten gekichert über die Jungen und was sie so taten, damit Hannah sie sah.

Aber jetzt ist alles bloß trübe Soße. Kichern über die Jungen hat Hannah ganz plötzlich von ihrer Checkliste gestrichen. Ich neulich morgens: He, bist du falsch aufgestanden? Was ist denn los? Sie: Nichts. Ich: Mir kannst du's doch sagen. Bleibt ja unter uns. Sie: Lass mich in Ruhe. Wie neuerdings immer. Stehende Redensart.

Gestern war auch so ein völlig missratener Tag. Ich hab versehentlich morgens Hannahs Lieblingshose angezogen. Als ich in die Schule kam, ist Hannah fast ausgeflippt. Sie hatte das gleiche Stück an, passendes T-Shirt dazu, das mit dem Herz auf der Brust – wie ich.

Als ich sie sah, dachte ich: Scheiße. Zum ersten Mal. Sonst sind wir gleich aufeinander los, und die Kicherei konnte starten. Aber dieses Mal gab's nichts zu lachen, das sah ich sofort.

Hannah ist gleich auf mich los und hat mich angemotzt: Musst du mir ständig zeigen, wie ich als Kleinkind aussah? Das war ein unglaublicher Satz.

Ich hab geheult, innerlich, mein ich. Äußerlich waren es nur ein paar Tränen. Die hat Hannah noch nicht mal gesehen.

Irgendwie sieht sie mich sowieso nicht mehr. Ich meine, sie guckt mich nicht an. Wenn sie was sagt, sagt sie es vorn zur Tafel oder unter den Tisch. Augen in meine Richtung ist nicht. Vielleicht erinnert sie ja mein ganzer schmächtiger Anblick an ihre Kleinkindtage. Aber meistens redet sie sowieso nicht mit mir. Auch mit sonst keinem aus unserer Klasse.

Ich frag mich bloß, was sie jetzt nach der Schule wohl macht. Irgendwie wär es ja ziemlich blöd, Hannah nachzuschnüffeln. Wir waren doch immer beste Freundinnen, da wird man plötzlich nicht einfach zu einem Spion.

Um mich nicht selbst in Versuchung zu führen, lass ich jetzt all meine Brocken bis nach dem Gong am Ende der letzten Stunde herumliegen und fang dann erst an einzupacken. Streng genommen wie sich's gehört. Aber auf diese Weise komme ich von nun an als Letzte raus. Macht nichts. Soll Hannah doch flitzen. Sie ist natürlich die Erste, die aus der Tür ist.

Warum strengt sie sich nur so an? Ich hab doch gezeigt, dass ich nichts vorhab. Wenn mein Federmäppchen und Hefte und Bücher noch auf dem Tisch liegen, kann ich nicht mit dem Gongschlag los. Ich tu ja alles, damit sie nicht denkt, ich will sie rumkriegen, dass wir mal wieder zusammen bei H&M Modenschau machen. Sie soll bloß nicht glauben, ich renn ihr nach. Kein bisschen. Mir doch egal, was sie jetzt nach der Schule macht.

Aber das mit dem Erinnern, wie sie als Kleinkind aussah, hat mich echt schwer gekränkt. Erst war ich ja nur am Boden, total gedrückt. Aber dann bin ich irgendwann wütend geworden. Zu Hause hab ich die ganzen mit Hannah gekauften Klamotten aus meinem Blickfeld im Schrank verbannt. Damit ich ja nicht noch einmal morgens im Halbschlaf und aus Gewohnheit das anzieh, was Hannah erinnert, wie sie als Kleinkind aussah. Von wegen. So nicht. Mir stehen die Sachen ja sowieso nicht. Hat sie ganz Recht. Also bloß weg mit Schaden.

Viel blieb nur nicht übrig ohne die Sachen, die Hannah auch hat. Okay, die 501 von Levi's, die wir zusammen gekauft hatten, trägt ja nun jeder. Das ist Allgemeingut. Die kann ich noch anziehen. Aber was denn für Schuhe? Vor vier Monaten hatte ich wohl noch kleinere Füße. Trotzdem: Die blauen Leinentreter waren doch damals immer zu weit. Dann also die, egal wie sie aussehen. Eigentlich waren die gar nicht so schlecht. Hab ich nie richtig angehabt. Dann eben jetzt.

Fehlt noch etwas für obenrum. Was hab ich denn eigentlich vor vier Monaten so getragen, bevor Hannah anfing, sich voll in Klamotten zu stürzen? Aha, Ringel-T-Shirts. Hannah hat immer gesagt, so was trägt auf. Na ja, kann ja bei mir nicht gerade schaden. Aber ich glaube, die T-Shirts sind mir zu eng. Mist, hab ich denn zugelegt? Ich doch nicht. Wenn man's genau nimmt, ist dieses komische Ringelshirt wirklich zu eng, obwohl, ehrlich gesagt, hab ich da drin zum ersten Mal etwas Brust. Witzig.

So lief das also gestern Nachmittag mit der Neuanprobe. Ein bisschen unsicher war ich schon heute. Irgendwie spannte das Ringelshirt etwas. Ich hab mich immer wieder gereckt und gestreckt. Bisschen bauchfrei war ja nicht schlecht, aber sonst? Beim letzten Blick in den Spiegel, bevor ich ging, fand ich die Ringel über meiner Brust aber doch irgendwie lustig.

Jedenfalls war das T-Shirt nicht völlig verkehrt.

Heute in der Pause nach der zweiten Stunde ist dann etwas Merkwürdiges passiert. Das hat es noch nie gegeben. Jedenfalls nicht bei mir. Ich bin immer noch völlig baff.

Die ganze Stunde schon hatte ich das Gefühl, dass sich Mick zu mir umgeschaut hat. Mick sitzt schräg vor mir. Ich dachte zuerst, dass jetzt auch er mir ein Zettelchen zuschiebt für Hannah. Aber kein Zettelchen kam. Trotzdem hat er sich immer wieder umgedreht.

He, was ist?, wollte ich schon sagen. Aber bei Jungen ist das nicht leicht. Also hab ich gedacht: Soll er halt gucken. Vorsichtshalber hab ich jedoch geprüft, ob nicht irgendwo eine Naht von dem zu engen Ringelshirt gerissen war. Konnte ja morsch sein vom Liegen. Aber zum Glück: Weggucken konnte Mick nichts.

Nach der Stunde ist er gleich abgehauen. Also wusste ich immer noch nicht, was er hatte. Ich dachte schon: Vielleicht ist ja Mick doch hinter Hannah her und er traut sich bloß nicht, mich als Zuträgerin für seine Liebespost zu missbrauchen. Dabei war ich das doch seit Wochen für alle Jungen in unserer Klasse. Ich hätte glatt Hannahs Fanclub aufmachen können – mit Autogrammkarten, von mir gefälscht. Hannah hat immer gegiggelt, wenn jemand ihr schrieb. Und ich war mit stolz. Für Hannah den Fanclub machen, das wär es gewesen. Für Hannah die Fans auf Distanz halten – ha, kicher, kicher. Hannah, die Queen.

Nach zehn Minuten war Mick wieder da. Aber ohne Hannah. Der Stuhl neben mir, wo sie sonst sitzt, war leer. Der Tisch davor nicht, weil sich Mick plötzlich drüberlehnte. Ganz dicht vor mir. In seiner Hand hielt er ein Twix. Für dich, sagte Mick. Ich fragte: Wieso? Und er: Du siehst echt super aus. Warum hast du dich bloß die ganze Zeit so verkleidet?

Das hat mir noch keiner gesagt.

ACHIM BRÖGER

# *Speisekammer*

Florian tritt gegen die Tür, so fest er kann. Noch mal und noch mal tritt er. Die Holztür dröhnt, und der Fuß tut ihm weh.

„Ich glaube, das nützt nichts“, sagt Maike.

Die beiden stehen dicht voreinander, und Florian sagt erstaunt: „Wir kommen hier nicht raus.“

Sie starren auf die verflixte Tür. Dann sehen sie zum kleinen, schmalen Fenster hoch oben. Es ist das einzige in der winzigen Speisekammer. „Da passt keiner von uns durch“, sagt Florian.

„Wieso sind wir eigentlich eingesperrt?“, fragt Maike. „Eben war die Tür noch offen.“

„Ich hab mich gebückt und wollte die Kekse aus dem Regal nehmen“, antwortet Florian. „Beim Bücken hab ich die Tür mit dem Hintern zugedrückt.“

Maike grinst plötzlich. Im nächsten Moment lacht sie und prustet: „So was Blödes! Wir stehen in eurer Speisekammer. Die Tür ist zu und hat keinen Griff. Und im Schloss steckt kein Schlüssel!“

„Der Tischler hat gesagt, dass er den Türgriff morgen mitbringt“, sagt Florian.

„Zu essen haben wir jedenfalls genug“, meint Maike. Sie haut auf eine Keksdose, dass es scheppert.

Die Regale links und rechts an der Wand stehen voll mit

Lebensmitteln, Töpfen, Schüsseln und solchen Sachen. Übermorgen wird Florian mit seinen Eltern ins neue Haus hier einziehen. Es liegt nur vier Straßenecken von der alten Wohnung entfernt und ist fast fertig. Einiges wurde deshalb schon aus der Wohnung hierher gebracht.

Maike will das Licht anknipsen, denn draußen wird es dämmrig. Aber es lässt sich nicht anknipsen.

„Mist!“, schimpft Florian. „Die Birne ist schon seit ein paar Tagen kaputt.“

Danach reden die beiden erst mal nichts.

Schließlich schlägt Maike vor: „Wir biegen aus einem Stück Draht einen Dietrich. Ich hab mal gesehen, wie mein Vater das gemacht hat. Vielleicht kriegen wir die Tür damit auf.“

Sofort durchsuchen die beiden die Speisekammer. Dazu reicht das Licht noch. Aber Draht finden sie nirgends.

„Ob ich doch durch das Fenster passe?“, überlegt Maike laut. Sie schauen hinauf.

„Ich glaube nicht“, sagt Florian. Trotzdem zieht er zwei große Töpfe aus dem Regal. Den kleineren rückt er mit dem Boden nach oben vor die Wand, den größeren stellt er genauso davor. Dann steigt er auf den kleineren Topf und lehnt sich mit dem Rücken an die Wand.

Maike klettert auf den anderen Topf. Jetzt verschränkt Florian die Hände zu einer Räuberleiter, und Maike tritt hinein.

„Lass mich ja nicht runterfallen“, verlangt sie.

In dem Moment spürt Florian, wie der Topf unter ihm verrutscht.

„Vorsicht!“, ruft er.

Doch da hat Maike den Fenstergriff schon mit einer Hand erreicht und hält sich fest.

Sie will das Fenster weit öffnen. Zum Durchkriechen. Fehlanzeige! Es lässt sich nur einen Spalt kippen.

Maike flucht.

„Was ist?“, fragt Florian.

Aber Maike gibt keine Antwort. Sie hält sich an Florians Kopf und Schulter fest und steigt hinunter. Dabei knallt sie ihm die Knie gegen die Nase.

„Au!“, schreit Florian.

Sie stehen beide auf dem Boden. „Hab ich dir wehgetan?“, fragt Maike.

„Ja“, antwortet Florian und reibt sich seine blutende Nase.

Schnell gibt ihm Maike ein Taschentuch. Und er legt den Kopf in den Nacken, damit das Blut nicht weiterläuft.

Etwas undeutlich fragt er: „Was ist mit dem Fenster?“

„Es geht nur einen Spalt auf. Na ja, ich hätte sowieso nicht durchgepasst, ich bin zu dick.“

„Aber nur fürs Fenster“, sagt Florian.

Ziemlich klein und schmal ist Maike. Sie hat eine Meckifrisur. Die gefällt Florian.

Florian ist größer als Maike und auch schmal. Schwarze lockige Haare hat er.

Schon seit der ersten Klasse sitzt er vor Maike. Drei Jahre sind das fast. So sitzen die beiden gut. Hinter Florians Lockenkopf kann sich Maike prima verstecken. Und aus ihrem Versteck kann sie ihm prima vorsagen.

Alle in der Klasse wissen, dass sie sich richtig gern mögen. Bis vor kurzem hat auch niemand darüber gelacht.

Jetzt ist das plötzlich anders. Die Mädchen finden nämlich die Jungs doof, und die Jungs finden die Mädchen doof. Nur Maike und Florian finden sich nicht doof. Deshalb hat gestern jemand ein Herz an die Tafel gemalt. Im Herz stand „Florian und Maike". Maike hat es schnell weggewischt, weil alle kicherten.

Natürlich sind die beiden vorhin nach der Theaterprobe in der Schule zusammen losgegangen wie immer. Sie haben einen Umweg durch das Baugebiet gemacht. Florian wollte Maike mal das neue Haus und sein neues Zimmer zeigen.

Dann hat er gesagt: „Komm mit in die Speisekammer. Wir holen uns ein paar Kekse."

Es ist ruhig in dem fast dunklen Raum, bis Maike fragt: „Tut deine Nase noch weh?"

„Ein bisschen, aber sie blutet nicht mehr." „Ich friere", sagt Maike. „Magst du meine Jacke anziehen?", fragt Florian. „Die ist wärmer als deine!"

„Ne, dann frierst du."

Auf einmal fällt Maike ein: „Was machen wir, wenn wir aufs Klo müssen?"

„Dann pinkeln wir in den leeren Topf und legen einen Deckel drauf."

„Hoffentlich müssen wir nur pinkeln", sagt Maike. Die beiden gucken sich an und lachen. Sie können toll miteinander lachen.

Reden und spielen können sie auch toll miteinander.

Maike überlegt laut: „Allein möchte ich hier nicht eingesperrt sein. Da würde ich mich fürchten. Es ist so dunkel. Aber zu zweit finde ich das nicht schlimm." Florian nickt und sagt: „Allein wär das wirklich total doof."

Er grinst.

„Obwohl ... stell dir vor, ich wär mit Anke hier ..." Maike unterbricht ihn: „Die würde ständig ‚Mama' rufen und heulen. Oder stell dir vor, ich wär mit Oliver hier. Igitt!"

„Oh Mann, wenn die aus unserer Klasse wüssten, dass wir zusammen eingesperrt sind", sagt Florian. „Die würden blöd quatschen und lästern", meint Maike. „Die sind doch alle beknackt."

Florian setzt sich auf einen der Töpfe. Maike setzt sich neben ihn.

Dann sagt Florian leise in die Dunkelheit: „Wir können doch nicht die ganze Nacht hier bleiben."

„Morgen früh finden uns die Bauarbeiter. Aber bis dahin bin ich bestimmt erfroren", sagt Maike.

Da zieht Florian seine Jacke aus, gibt sie Maike, und er zieht ihre Jacke an.

Wie in einem warmen Sack steckt Maike jetzt. Sie lacht, als sie Florian in der zu kleinen Jacke sieht. Im Dunkeln kann sie ihn gerade noch so erkennen.

„Ich behalte deine Jacke nur zehn Minuten an. Danach tauschen wir", sagt Maike.

„In der Nacht wird es noch kälter", sagt Florian. „Dann wärme ich dich, so ..."

Er nimmt Maikes rechte Hand zwischen seine beiden Hände und reibt sie. Als sie gewärmt ist, bleiben die zwei Hand in Hand nebeneinander sitzen. Dabei erinnert sich

Florian, dass sie bis vor kurzem oft Hand in Hand gegangen sind, genau wie ein paar andere aus der Klasse. Davon erzählt Florian nichts, aber er fragt: „Magst du was futtern?" Maike macht: „Hm." Gleich darauf essen sie Nusskekse.

Mit keksvollem Mund schlägt Maike vor: „Wir schreien jetzt mal. Vielleicht hört uns jemand und lässt uns raus."

Also stehen sie auf und rufen: „Hallo!"

Immer wieder. Aber hier im Neubaugebiet hört sie niemand. Es ist schon halb neun, und die Arbeiter sind längst zu Hause.

„Meine Eltern werden mich bald suchen", meint Florian. „Ich hab ihnen gesagt, wir proben unser Theaterstück so bis halb acht. Jetzt denken sie erst mal, dass es länger gedauert hat. Aber danach rufen sie andere Eltern an."

„Meine besuchen Freunde", sagt Maike. „Die sind bestimmt nicht vor elf Uhr zurück. Und sie kommen nie auf die Idee, dass wir hier eingesperrt sind." Dann sagt sie: „Wir müssen die Jacken wieder tauschen." „Ne, ne", protestiert Florian, „noch nicht."

Auf dem Fußboden in der Ecke steht ein kleines Kofferradio. Die Bauarbeiter lassen es bei der Arbeit laufen. Florian sucht Musik für Maike und sich, und er findet auch welche. Die Anzeigen des Radios leuchten jetzt rot. Maike sagt: „Wenn wir frieren, tanzen wir einfach." „Kann ich nicht", sagt Florian, „musst du mir beibringen." „Ich kann's selber nicht", sagt sie.

Die beiden hocken auf ihren Töpfen. Sie hören Musik, bis Maike sie plötzlich abstellt und ruft: „Da ist jemand!"

Wirklich, von irgendwo kommen Erwachsenenstimmen.

Ziemlich leise und weit entfernt. Die beiden horchen. Aber die Stimmen sind schon nicht mehr zu hören. Trotzdem schreien Florian und Maike noch einmal: „Hallo!"

Sie bekommen keine Antwort. Jetzt denkt Florian: Klar, wir müssen hier raus. Aber ein bisschen länger möchte ich eigentlich noch mit Maike hier bleiben.

Bei dem Gedanken wird er rot. Zum Glück sieht das Maike im Dunkeln nicht. Maike denkt: So lange waren wir schon seit ein paar Wochen nicht mehr zusammen. Warum eigentlich? Ob wir uns doch von den anderen mit ihrem Getue anstecken lassen? Von dem „Jungs sind doof, Mädchen sind doof"? Vielleicht hat sie sich wirklich davon anstecken lassen. Zu ihrem Geburtstag in der übernächsten Woche hat sie nämlich nur Mädchen eingeladen. Alles Freundinnen, keine Freunde.

Ob ich Florian als einzigen Jungen einladen kann?, überlegt sie. Florian tastet nach einer Flasche Limonade im Regal. Er gibt Maike die Flasche. Sie trinkt, danach trinkt er aus derselben Flasche. Aus einer Flasche trinken, das kann er nur mit ihr. Bei anderen ist ihm das irgendwie eklig. Nun wechseln sie wieder die Jacken.

„Aber nur für zehn Minuten", sagt Florian.

Maike will vom Geburtstag erzählen, und sie will Florian einladen. Aber sie bleibt stumm.

Florian bückt sich. Er möchte das Radio noch mal anstellen und drückt die Taste. Die roten Anzeigen leuchten auf, und die Musik läuft. Wie er so gebückt sitzt, sieht Florian im Licht des Radios etwas blitzen. Es liegt in der Ecke dahinter versteckt. Das ist doch ...

Florian bückt sich noch tiefer.

Jetzt hält er das blitzende Ding in der Hand. Ein Türgriff ist das! Solche Griffe benutzen die Bauarbeiter, bevor die richtigen montiert werden. Das hat Florian mal gesehen.

Er zeigt Maike den Griff.

„Mensch, wenn der ins Schloss passt, können wir hier raus“, sagt sie. „Los! Probier's!“

Er versucht es in der Dunkelheit. Aber der Griff passt nicht.

„Lass mich mal“, verlangt Maike. Sie versucht es ebenfalls.

Erst einmal klappt es wieder nicht. Doch schließlich spürt sie Widerstand.

„Du ... die Tür ist offen“, sagt Maike verblüfft. Sie kann es kaum glauben.

Florian tastet sich hinaus und knipst das Licht in der Küche an. Danach kommt er in die Speisekammer zurück.

Maike hat sich wieder auf ihren Topf gesetzt. „Gut, dass du den Griff gefunden hast“, sagt sie.

Florian antwortet: „Bleiben wir noch ein bisschen? Wir könnten die Kekse auffuttern.“

So sitzen die beiden einfach da. Die Musik läuft, sie knabbern was und trinken den Rest Limonade.

Dann fragt Maike endlich: „Kommst du zu meinem Geburtstag? Sonst kommen aber nur Mädchen.“

„Klar komme ich“, antwortet Florian. Er freut sich, dass Maike ihn eingeladen hat wie immer.

„Wir sind schon lange zusammen“, fällt ihm ein. „Also ... eigentlich bist du meine Freundin.“ „Und du bist mein Freund“, sagt Maike.

Das sagt sie nicht nur so. Hier in der Speisekammer hat sie das wieder richtig gespürt.

Und sie denkt: Wenn eine blöd tut, weil ich Florian eingeladen habe, soll sie wegbleiben. Florian guckt auf den Türgriff.

In dem Moment weiß er, was er Maike zum Geburtstag schenken wird. Diesen Griff hier. Genau ... und noch irgendwas Schönes. „Gehen wir jetzt?“, fragt er.

Und Maike antwortet: „Gleich.“

HERBERT GÜNTHER

# *Die Erde hat eine Anziehungskraft*

Als Konrad zum ersten Mal das Meer sah, war ihm ganz anders.

„Schau, Konrad“, sagte sein Vater und zeigte mit ausgestrecktem Arm auf einen glitzernden Fleck weit in der Ferne. Das war ein Schiff, und der Vater erklärte, dass man es nur zum Teil sehen konnte und dass der andere Teil sich hinter der Krümmung der Erde versteckte.

„Wenn die Erde krumm ist“, sagte Konrad, „warum läuft dann das Wasser unten auf der Erde nicht aus?“

„Das kommt von der Anziehungskraft“, sagte die Mutter und legte Konrad die Hand auf die Schulter. „Die Erde hat eine Anziehungskraft.“

Sie redeten noch eine ganze Menge über Nordpol und Südpol und dass der Mond und die Sonne auch eine Anziehungskraft haben, mit der sie Ebbe und Flut bewirken. Dann gingen sie barfuß an der Brandung entlang, und als Konrad ganz allein vor den heranbrausenden, weiß schäumenden Wellen stand, rauschte ihm das Meer in die Ohren, und der Wind erfasste ihn von den Füßen bis zu den Haaren.

Konrad sah über die weite Wasserfläche, aber das Schiff konnte er nicht mehr entdecken. Er hüpfte so hoch er konnte. Dreimal, viermal. Das Schiff blieb verschwunden. So hoch konnte er nicht springen, um hinter die Erdkrümmung zu sehen.

Als Konrad zum ersten Mal die Berge sah, staunte er. Erst waren es nur kleine Zacken, Schnipsel wie ausgeschnittenes Bastelpapier, aber als der Zug immer näher drauf zufuhr, wuchsen sie zu Türmen, zu riesigen, versteinerten Ungeheuern, deren schneebedeckte Gipfel bis in den Himmel ragten.

„Schau, Konrad“, sagte der Vater. „Die Gletscher. Das ewige Eis.“

„Warum schmilzt es nicht?“, fragte Konrad. „Es ist doch viel näher an der Sonne.“

„Weil die Luft da oben dünner ist“, sagte die Mutter, „und viel kälter.“

Am nächsten Tag fuhren sie mit der Zahnradbahn auf einen hohen Berg. Mitten im Sommer machten sie eine Schneeballschlacht. Auf der Terrasse des Gipfelrestaurants lagen Leute in Liegestühlen und bräunten sich. Es waren nur kleine Wolken am Himmel. In der Sonne war es heiß. Aber der Schnee schmolz nicht.

Konrad blinzelte in die Sonne. Über der Schneefläche blendete das Licht in den Augen, und einen Moment lang kam es ihm vor, als sei die Sonne auf den Berg gefallen. Dabei hatten seine Eltern erklärt, die Sonne ist hundertneunundvierzigtausendfünfhundertmillionen Kilometer weit von der Erde entfernt. Jajaja. Aber als Konrad zum ersten Mal auf einem hohen Berg stand, hätte er sich beinahe an der Sonne verbrannt.

Als Konrads Oma starb, war Konrad sehr traurig. Die Traurigkeit war wie ein tiefes, schwarzes Loch, und eine Zeit lang hatte Konrad Angst, dass er hineinfallen und gar nicht mehr auftauchen könnte. Seine Oma Anna hatte er lieb gehabt und sich überhaupt nie vorgestellt, dass sie einmal nicht mehr da sein könnte. Jetzt lag sie in ihrem Bett und sah aus, als ob sie schliefe. Aber sein Vater sagte: „Sie ist tot, Konrad. Sie hat uns für immer verlassen."

Eine Weile saß Konrad auf dem Schemel neben dem Bett und wartete, ob Oma Anna vielleicht doch die Hand ausstrecken, seine Haare strubbeln und wieder sagen würde: „Konrad Wirrwarr, kämm dir dein Haar!"

Aber drei Tage später hatten sechs schwarz gekleidete Männer den Holzsarg mit Oma Anna drin in das Grab hinuntergelassen, und dann war das Grab mit Erde zugeschaufelt worden. Oma Anna hatte sich nicht mehr gerührt.

An diesem Abend konnte Konrad lange nicht einschlafen. Das Licht in seinem Zimmer brannte. Dann kam seine Mutter und setzte sich zu ihm.

„Aber wo ist denn jetzt ihr Leben?", fragte Konrad.

Die Mutter zog die Schultern hoch. „Ich weiß es nicht, Konrad", sagte sie. „Vielleicht im Himmel."

Nach einer Weile sagte die Mutter: „Aber ein bisschen von ihrem Leben bleibt auch hier auf der Erde. Ein bisschen davon ist auch in dir, Konrad. Und ein bisschen ist in mir und in Papa, in allen Menschen, die sie lieb gehabt haben und die sich an sie erinnern."

Später dann, Konrad weiß nicht genau, ab wann, hat sich seine Traurigkeit verändert. Wenn er jetzt an seine Oma Anna dachte, war er traurig und froh zugleich. Einmal, als er sein Zimmer aufräumen sollte und die verstaubten Kastanienmännchen vom Vorjahr nicht wegwerfen wollte, hatte sein Vater den Kopf geschüttelt und geseufzt: „Wie Oma Anna!“ Darüber hatte sich Konrad richtig gefreut.

Als Konrad zum ersten Mal in einem Flugzeug saß, spürte er ein Kribbeln im Bauch. Das Flugzeug hob von der Erde ab, und Wiesen und Felder, Häuser, Bäume und Flüsse, Städte und Dörfer unter ihm wurden immer kleiner. Dann flogen sie durch die schmutzig grauen Wolken, vor dem Flugzeugfenster war alles neblig feucht, und auf einmal stießen sie durch die Wolken hinauf in ein unglaublich strahlendes Blau, und die Wolken breiteten sich unter ihnen aus wie eine Wollflusendecke, in die Konrad sich gern hätte fallen lassen. Die Erde war darunter nicht mehr zu sehen. Er war im Himmel.

„Warum fallen wir nicht runter?“, fragte Konrad. „Ich denke, die Erde hat eine Anziehungskraft?“

„Das liegt an der Triebkraft“, sagte der Vater. „Die Triebkraft des Flugzeugs ist stärker als die Anziehungskraft der Erde.“

Fast zwei Stunden flogen sie immer geradeaus. Irgendwann löste sich die Wollflusendecke unter ihnen auf, und sie sahen Berge, Wälder, Flüsse, Seen und Städte. Dann landeten sie sicher auf ihrer Urlaubsinsel im Meer.

Aber das Kribbeln im Bauch spürte Konrad noch abends im Bett. Vielleicht werde ich einmal Flugkapitän, dachte er. Das muss toll sein, so einen großen künstlichen Vogel durch die Luft steuern, ohne Wegweiser, ohne Kreuzung, ohne Verkehrsschild, nur mit Triebkraft immer geradeaus.

Als Konrad zum ersten Mal verliebt war, geriet ihm alles durcheinander. Meer- und Berggefühl, die Oma-Anna-Traurigkeit und das Flugzeugkribbeln, kein Anfang, kein Ende. Alles war nur ein einziger heißer Stich in seiner Brust, keine Ahnung woher, keine Ahnung wohin.

„Kommst du am Samstag zu meinem Geburtstag?“, fragte ihn Annika, als sie wie immer auf dem Heimweg von der Schule zusammen durch den Stadtpark gingen.

Konrad sah Annikas Spiegelbild im blaugrünen Wasser des Teichs. Er sah ihre Beine, ihr Wollkleid, ihren Schulranzen, ihre windzerzausten Haare und dachte: Sie sieht aus wie eine Fee. Zum ersten Mal hatte Annika Konrad eingeladen, zum ersten Mal hatte sie gemerkt, dass es Konrad gibt. Und auf einmal merkte Konrad, wie sehr er darauf gewartet hatte. Vor Schreck blieb ihm die Sprache weg, und er konnte nur nicken.

Annika fasste unter die Riemen ihres Schulranzens, lächelte, dann drehte sie sich um und hüpfte über den sandigen Weg davon. Am Ausgang des Stadtparks drehte sie sich noch einmal um und rief: „Um drei!“ Und Konrad nickte wieder.

Annika stand eine Weile vor der Ampel. Dann ging sie zwischen vielen anderen Menschen über die Straße. Zweihundert Meter noch auf der anderen Seite, dann musste Annika rechts ab in die Auguststraße, da war der Block, in dem sie wohnte. Konrad sah hinter ihr her.

Als hätte sie seinen Blick gespürt, drehte sich Annika, bevor sie abbog, noch einmal um und winkte zu Konrad herüber.

Konrad winkte zurück.

Dann verschwand Annika zwischen den Menschen, den Autos und den Häusern.

Konrad war ganz dumm vor Glück. Er lief in den Park zurück, griff den untersten Ast der Kletterbuche und ließ sich hin und her pendeln. Obwohl seine Hände brannten, ließ er nicht los. Dann flimmerte es vor seinen Augen, und er presste sie zu. Für einen Moment war ihm, als würde er hinter die Erdkrümmung sehen: Da war es warm wie im Innern der Sonne, die Zeit war stehen geblieben, Oma Anna unsterblich – und das Flugzeugkribbeln durchflutete ihn vom kleinen Zeh bis in die Haarwurzeln.

„Was machst du denn für Grimassen?"

Als Konrad die Augen öffnete, stand seine Mutter vor ihm auf dem Sandweg. Sie kam von der Arbeit und schob mit der rechten Hand das Fahrrad neben sich her. Zusammen gingen sie nach Hause. Die Mutter hatte Ärger im Büro gehabt und merkte nicht, was los war mit Konrad.

Im Hausflur nahm die Mutter die Post aus dem Kasten, dabei rutschte ihr die Zeitung aus der Hand und klatschte auf die Fliesen.

Konrad bückte sich, nahm die Zeitung auf und murmelte: „Die Erde hat eine Anziehungskraft."

„Was sagst du, Konrad?", fragte seine Mutter schon auf der Treppe.

„Ach, nichts weiter", sagte Konrad, klemmte die Zeitung unter den Arm und ging hinter seiner Mutter her die Treppe hinauf.

BEATE PAUL

# *Freundschaft, Liebe, Eifersucht und das ganze Elend*

Sie wurden nur „die Unzertrennlichen" genannt und kannten sich, seitdem sie denken konnten. Genau genommen kannten sie sich vom ersten Tag ihres Lebens an (obgleich sie sich daran natürlich nicht erinnern konnten), denn sie waren am selben Tag geboren. Lukas und Rike waren jedoch keine Zwillinge, obwohl Rike auch noch – und das machte die Geschichte für Fremde sehr kompliziert – einen Zwillingsbruder hatte, Mats. Niemand verstand, dass ausgerechnet Rike und Lukas so „ein dickes Ei" waren, wie Rikes Vater es nannte. Wenn Rike und Mats als Zwillinge oder Lukas und Mats als Jungen die „Unzertrennlichen" gewesen wären, das hätte jeder verstanden, aber Rike und Lukas, das verwunderte alle doch ziemlich.

Rikes Vater hatte da so eine Theorie. Er gab den Müttern die Schuld, weil sie während der Schwangerschaft jeden Tag zusammengehockt hätten. „Wahrscheinlich haben sich die Kinder in euren Bäuchen schon immer Morsezeichen gegeben und sich für denselben Tag verabredet", meinte er. Doch das war natürlich Unsinn. Schließlich hatten Mats und Rike sogar in demselben Bauch gehockt. „Ich fürchte nur", sagte Rikes Vater oft, „wenn Lukas einmal sitzen bleibt, wird Rike dasselbe tun oder umgekehrt." Für die beiden wäre das selbstverständlich gewesen.

Sie waren Nachbarskinder, das kam noch hinzu. Natürlich spielten sie auch mit Mats, aber der traf sich eigentlich viel lieber mit seinen eigenen Freunden Ole und Tim, während Rike und Lukas wirklich fast Tag und Nacht zusammenhingen. Natürlich saßen sie auch in der Schule immer nebeneinander oder zumindest, wie in diesem Schuljahr, über Eck im Hufeisen. Dabei sahen die Lehrer das gar nicht so gern. Viel lieber hätten sie die Zwillinge nebeneinander gesetzt. Aber die hassten es, für die Lehrer „die Zwillinge“ zu sein, und achteten stets peinlich darauf, dass mindestens ein Platz zwischen ihnen lag.

Rike ging mit Lukas zur Schule, Mats trottete hinterher. In den Pausen drückte Mats sich mit Ole und Tim in einer Ecke des Schulhofs herum. Rike stand in einer andern mit Lukas, oder die beiden hockten nebeneinander auf dem Zaun, was natürlich verboten war, und redeten. Nur selten unterhielten sie sich mit anderen aus ihrer Klasse. Sie waren eben *die Unzertrennlichen* bis ...

... bis zu diesem Mittwoch nach den Sommerferien. Sie hatten in der zweiten Stunde Deutsch bei Schaub, da kam Frau Wegener, ihre Mathe- und Klassenlehrerin, mit einem Mädchen mit sehr schwarzen Haaren, sehr blauen Augen und sehr weißer Haut in die Klasse. Die Neue hatte eines dieser Rüschenkleider an, wie sie eigentlich nur kleine Mädchen an Sonntagen tragen, weiße Söckchen und schwarze Lackschuhe. In der Klasse wurde leise, ganz leise gekichert.

„Verzeihen Sie die Störung, Herr Kollege“, sagte Frau Wegener. Dann wandte sie sich an die Klasse: „Das, Kinder, ist eure neue Klassenkameradin Gwendoleen.“ In der Klasse wurde etwas lauter gekichert.

„Ich heiße Gwen", sagte die Neue. Da war sie bei Frau Wegener an die Richtige geraten, die es mit Namen ebenso genau nahm wie mit Zahlen und jede Art von „Namensverstümmelungen" hasste, weswegen sie Rike auch stets Frederike und Mats Matthias nannte, obwohl Mats sein richtiger Name war.

„Nun", sagte die Lehrerin, „deine Eltern hätten dir doch wohl kaum den schönen Namen Gwendoleen gegeben, wenn sie gewollt hätten, dass man dich Gwen nennt."

In der Klasse wurde geprustet.

„Die Ärmste", flüsterte Rike Lukas zu, „gleich am ersten Tag geballte Ladung Wegener mit ihrem Namenstick!" Lukas nickte, und weil Gwen im Moment wirklich etwas unglücklich wirkte, wie sie so neben der Wegener stand, zwinkerte er ihr aufmunternd zu, wofür er ein dankbares Lächeln erntete.

Nun folgte eine schier endlose Prozedur, um einen Platz für „die Neue" zu finden, der möglichst – da waren sich Herr Schaub und Frau Wegener einig – weit vorn sein sollte, wo natürlich nichts frei war. Es wurde überlegt und diskutiert, wer nun wo sitzen sollte, aber nicht wollte, und Gwen begann ratlos hin und her zu trippeln.

„Pass auf, gleich heult die", zischte Mats Ole zu.

Die Arme muss ja denken, dass wir sie hier nicht haben wollen, dachte Rike, und weil ihr das Mädchen Leid tat, stand sie auf und sagte: „Aber hier ist doch ein Platz frei!"

Den Lehrern wurde das Hin und Her um die Sitzordnung nun wohl zu viel, und daher setzten sie Gwen zwischen die Zwillinge, obwohl die ganz hinten saßen.

Ole stupste Mats an. „Wie heißt deine neue Nachbarin? Fridolin? Komischer Name für 'n Mädchen!"

Mats kicherte: „Nee, aber so ähnlich!"

Das Mädchen wandte sich würdevoll Rike zu und sagte: „Ich heiße Gwen."

„Ich heiße Rike, und das ist Lukas. Und der blöde Junge zu deiner Linken ist mein blöder Bruder Mats, und der neben ihm ist sein ebenso blöder Freund Ole."

Gwen nickte jedem herablassend zu, um sich dann ganz auf Lehrer Schaub zu konzentrieren. Als es zur großen Pause schellte, stand sie auf und stolzierte, ohne die andern eines Blickes zu würdigen, hinaus.

Lukas und Rike hatten wieder ihren Platz auf dem Zaun eingenommen und beobachteten, wie Mats, Ole und Tim sich aufmachten, um sich die Neue mal vorzunehmen.

„Ist 'ne ziemlich eingebildete Kuh", sagte Lukas.

„Vielleicht ist sie nur schüchtern", verteidigte Rike das Mädchen.

„Rike, die Beschützerin!", lachte Lukas. „Echt, man versucht, nett zu ihr zu sein, aber sie behandelt einen wie Luft. Und dann kommst du und nimmst sie auch noch in Schutz. Ehrlich, diese Wahrscheinlich-ist-sie-gar-kein-so-schlechter-Mensch-Masche von dir kann einen manchmal ganz schön nerven!"

„Hey, Gwendoleen! Fridolin!", rief Ole der Neuen zu. Gwen wandte sich von den Jungen ab und hob ihr Stupsnäschen etwas höher in die Luft.

„Ey, du bist wohl was Besseres als wir!", schrie Mats und

legte drohend seine Hand auf ihre Schulter. Sie schüttelte sie ab.

„Jungen sind irgendwie ganz schön blöd“, kommentierte Rike das Geschehen.

Lukas räusperte sich.

„Du bist natürlich eine Ausnahme“, räumte sie gleich ein.

„Willst wohl nichts mit uns zu tun haben, sprichst wohl nicht mit jedem“, höhnte jetzt Ole. Und wieder war Gwen von den dreien umringt. Sie sah sich hilfesuchend nach den beiden auf dem Zaun um.

„Vorsicht“, warnte Mats Gwen, „das sind die Unzertrennlichen. Da solltest du nicht zwischenfunken. Die kümmern sich nur um sich selbst!“

Aber da irrte er sich in seiner Schwester gründlich. „Wenn du in dieser Klasse allein bist, bist du aufgeschmissen“, sagte die zu Lukas, „aber allein und schüchtern, das ist tödlich!“ Sie rutschte vom Zaun. Lukas folgte ihr widerwillig.

„Lasst sie in Ruhe!“, befahl Rike ihrem Bruder und dessen Freunden. „Und du“, wandte sie sich an Gwen, „solltest dir deine Gesellschaft besser aussuchen!“ Sie hatte diesen Spruch einmal in einem Film gehört und hoffte, dass er aus ihrem Mund genauso lässig klang wie damals in dem Film.

Lukas und Rike nahmen Gwen in ihre Mitte. „Sind halt blöde Jungs“, versuchte Rike die Neue zu trösten.

„Na ja, aber einige können auch ganz nett sein“, verteidigte Lukas sein Geschlecht, „spielen sich halt manchmal gern etwas auf.“

„Sind eben Jungs“, erklärte Rike.

„Aber du bist da ganz anders?“, fragte Gwen Lukas mit einem spöttischen Unterton in der Stimme und verspielte Rikes Sympathien fast wieder.

„Ja“, sagte Rike streng.

„Sorry“, murmelte Gwen, „ich wollte niss unhöfliss sein.“

Erst jetzt merkten die Unzertrennlichen, dass das Mädchen einen Akzent hatte. Und Rike wollte sofort wissen: „Wo kommst du denn her?“

„Aus England“, antwortete Gwen.

„Dann bist du also Engländerin?“, fragte Lukas.

„Gut geraten“, sagte Gwen (ihr R klang wirklich sehr englisch) und lachte, aber es war schon ein sehr viel weniger spöttisches Lachen. „Aber mein Vater ist Deutscher“, sagte sie.

„Und wo wohnst du jetzt?“, fragte Rike.

„Rapunzelweg“, antwortete Gwen, und der Straßenname war für sie nicht leicht auszusprechen.

„Oh“, sagte Rike erfreut, „das ist ganz in unserer Nähe, wir wohnen auch im Märchenviertel. Wir können ja nach der Schule zusammen nach Hause gehen!“ Lukas runzelte, von den Mädchen unbemerkt, die Stirn.

Zum ersten Mal in ihrem Leben gingen die Unzertrennlichen an diesem Tag nicht nebeneinander von der Schule nach Hause. Neben Rike ging Gwen, und Lukas trottete mit Mats hinter den beiden Mädchen her. Als sie an der Stelle angelangt waren, wo Gwen in den Rapunzelweg einbiegen musste, sah er, wie Rike auf die andere Straßenseite deutete, und hörte sie sagen: „... gleich da drüben. Nummer 38. Sagen wir um drei?"

Gwen nickte, rief schon im Gehen „see you!" und winkte den dreien noch einmal kurz zu.

„Übertreibst du es jetzt nicht ein bisschen sehr mit deiner ‚Wenn-du-allein-bist-bist-du-auf-geschmissen' – Nummer?", fragte Lukas skeptisch.

„Ich bitte dich", antwortete Rike, „wie würdest du dich fühlen, wenn du als Neuer so grenzenlos freundlich wie von ein paar bestimmten Jungen hier aufgenommen würdest?" Dabei sah sie ihren Bruder streng an.

Der ignorierte ihren Vorwurf und höhnte: „Hat sich mein Schwesterchen jetzt eine beste Freundin gesucht, mit der sie Pferdebilder sammeln und so Mädchensachen machen kann?"

Als Gwen am Nachmittag kam, zeigte Rike ihr zunächst das Haus und den Garten. Gwen war beeindruckt von dem großen Garten, der im hinteren Teil ziemlich verwildert war und nicht von einem Zaun, sondern von einem Bach begrenzt wurde. Über den Bach führte ein kleiner Steg.

„Die Brücke haben Lukas und ich gebaut", erklärte Rike stolz. „Lukas wohnt nämlich da drüben auf der anderen Seite des Bachs."

„Werden wir ihn sehen?", fragte Gwen, und es klang irgendwie erwartungsvoll.

Rike war überrascht. „Ich dachte, du magst ihn nicht?"

„Aber du magst ihn doch", sagte Gwen hastig, „ihr seid doch die ..., wie sagt ihr noch gleich? Die Unzertrennlichen. Und ich kenne Lukas ja auch gar nicht richtig."

„Er ist wirklich schwer in Ordnung“, beteuerte Rike. Und also rannten sie durch den Garten und über den Steg und riefen nach Lukas.

„Mama macht deine Lieblingswaffeln“, sagte Rike zu ihm. „Kommst du mit?“

„Wer kann den Waffeln deiner Mutter widerstehen?“, fragte Lukas und fügte galant lächelnd hinzu, „und der Einladung einer so edlen Dame?“ Dabei verbeugte er sich, wie er es in den alten Filmen über die Musketiere gesehen hatte. Er bot den beiden Mädchen je einen Arm an, und die drei schritten durch den Garten.

Dummerweise hatten sie nicht bemerkt, dass Mats ihnen gefolgt war, den Bach überquert und sich durch die Büsche in Lukas’ Garten geschlagen hatte. Nun hörten sie ein „Ha!“ hinter sich, und aus dem Gebüsch sprang, einen Stock wie ein Schwert über seinem Kopf schwingend, Mats und rief: „Hab ich dich, Robin Hood! Jetzt hat dein Treiben ein Ende!“

„Der Sheriff von Nottingham!“, rief Lukas alarmiert. „Lauft, Lady Mary, und nehmt eure Zofe mit!“

„Aber ohne Waffe seid ihr verloren!“, warnte Mary alias Rike und also begleitete Robin alias Lukas die beiden Mädchen auf ihrer Flucht. Natürlich blieb keine Zeit, bis zum Steg zu laufen, und Lukas und Rike sprangen an der nächstbesten Stelle über den Bach. Gwen zögerte.

„Komm!“, rief Rike, aber Gwen lächelte verlegen und trippelte unschlüssig am Ufer hin und her. Lukas machte einen Riesenschritt, sodass er mit dem linken Fuß auf der einen und mit dem rechten auf der anderen Seite des Baches stand, und reichte Gwen seine Hand, die diese errötend nahm. Als das Mädchen heil auf dem sicheren Ufer gelandet war, bemerkte Rike, dass Gwen Lukas' Hand einen winzigen Moment länger festhielt, als es nötig gewesen wäre. Und sie fragte sich, wer denn nun eigentlich Lady Mary war. Doch Mats unterbrach ihre Überlegungen mit dem höhnischen Ruf: „Ha! Der tapfere Robin Hood versteckt sich hinter Weiberröcken!" (Dabei trug selbst Gwen heute Nachmittag Hosen.)

Nach den Waffeln beschäftigte sich Rike auch nicht mehr mit dieser Frage, denn Lukas war nicht mehr Robin Hood und Mats nicht mehr der Sheriff von Nottingham, aber er wich den dreien nicht von der Seite.

Von diesem Tag an besuchte Gwen Rike täglich, täglich kam auch Lukas dazu, und für Mats schienen inzwischen seine Freunde Tim und Ole nicht mehr so interessant zu sein, denn er war ebenfalls ständig mit von der Partie. Lukas und Rike unternahmen nur noch wenig zu zweit, bloß manchmal abends nach dem Essen besuchte sie ihn noch kurz allein.

„Inzwischen scheint ja aus den Unzertrennlichen ein vierblättriges Kleeblatt zu werden", scherzte Lukas' Vater, aber Lukas lächelte dazu nur schwach, und auch Rike runzelte die Stirn. So sehr sie Gwen leiden mochte, so musste sie doch feststellen, dass sich etwas geändert hatte, was sie nie im Leben hatte ändern wollen.

„Willst du ihr etwa auch unser Geheimversteck zeigen?", fragte Lukas sie in ihre Überlegungen hinein.

„Nein“, sagte sie bestimmt. „Das kennt nicht einmal Mats. Und wenn wir es ihr zeigen, müssen wir es ihm auch zeigen, oder sie wird es ihm irgendwann verraten. Und wer weiß, wie lange der Frieden zwischen uns und Mats, Tim und Ole noch hält.

„Wieso glaubst du, dass Gwen unser Versteck verraten würde?“, fragte Lukas erstaunt.

Rike lächelte nachsichtig. „Ja, merkst du denn nichts?“, fragte sie. „Seit Gwen hier ist, hängt Mats ständig mit uns rum, anstatt sich mit Ole und Tim zu verabreden. In der Schule ärgert er sie schon lange nicht mehr, und wenn Ole oder Tim ‚Gwendoleen, Fridolin!‘ rufen, sagt er ihnen, das sei inzwischen langweilig. Ich glaube einfach, er ist in sie verknallt.“

„Ach ja?“, fragte Lukas. „Hat er dir das erzählt?“

„Nein, aber ich bin doch nicht blöd. Jetzt sei du auch nicht blöd und erzähl es gleich allen!“

„Ehrensache!“, sagte Lukas.

An einem der folgenden Wochenenden, als es nicht regnete und es über Nacht mild bleiben sollte, hatte es Gwen geschafft, ihren Eltern die Erlaubnis abzuringen, bei Rike und Mats im Garten mit den andern zu zelten.

Rike freute sich wie immer sehr auf diese Nacht. Das Zelten im Garten hatte bei den Kindern schon Tradition. So manche warme Sommernacht hatten Lukas, Rike und Mats, manchmal sogar mit Ole und Tim, im Zelt verbracht, eingepacktes Essen verzehrt und sich Schauergeschichten erzählt. Rike liebte diese Nächte.

Gwen aber mochte keine Schauer- und Gruselgeschichten. Das machte sie den drei andern sofort mit einem spitzen Schrei klar, als Mats gerade erklärte, er wolle ihnen die Geschichte von dem Albtraum im Turmzimmer erzählen. Rike hätte diese besonders gruselige Geschichte gern noch einmal gehört, auch wenn sie sie schon kannte. Mats konnte sie einfach toll erzählen. Aber andererseits wollte sie Gwen auch nicht vergraulen. Die Kinder wussten nicht so recht, worüber sie sich nun unterhalten sollten. Nach einem längeren Schweigen fragte schließlich Lukas Gwen, ob das Leben hier in Deutschland eigentlich sehr viel anders sei als in England.

Erst wurden Fragen gestellt, und Gwen antwortete, aber schließlich redete Gwen ganz allein und erzählte von der Schule, den Lehrern und ihren Freunden in England. Und die Jungen lagen buchstäblich zu ihren Füßen und hingen an ihren Lippen. Sie waren so dicht an Gwen herangerutscht, dass für Rike gar kein Platz mehr in ihrem Kreis war. Abgedrängt und stumm saß sie in einer Ecke des Zeltes, und die andern drei schienen gar nicht zu bemerken, dass sie auch noch da war. Nach zwei Stunden schlich sich Rike aus dem Zelt.

„Was ist denn mit dir los?", fragte ihre Mutter erstaunt, als Rike in Haus tapste.

„Ich hab Kopfschmerzen, mir ist schlecht", sagte sie. Und ging in ihr weiches warmes Bett und weinte leise; dabei wusste sie noch nicht einmal, warum genau.

Am Sonntagmorgen war sie schon früh wach und saß bereits am Küchentisch, als Mats kam, um das Frühstück für die Camper zu holen. Er sah seine Schwester erstaunt an.

„Wo warst du die ganze Nacht? Auf einmal warst du verschwunden. Wir haben uns schon Sorgen gemacht.“

„Aber gekommen um nachzusehen ist keiner von euch“, sagte Rike gereizt. „Mir war schlecht.“

„Kommst du denn jetzt und frühstückst mit uns?“

Rike schüttelte den Kopf.

Am Nachmittag war Rike nach langem Nachdenken zu dem Schluss gekommen, dass sie unbedingt mit Lukas sprechen musste. Sie musste einfach wissen, ob sie noch die Unzertrennlichen waren. Also lief sie durch den Garten und über den Steg. Gerade wollte sie nach Lukas rufen, da hörte sie ein Kichern und ein Rascheln über sich. Sie blickte sich um und entdeckte Lukas und Gwen im Pflaumenbaum. Sie hockten nah beieinander in zwei engen Astgabeln, und Rike konnte deutlich sehen, wie die zwei sich gegenseitig Pflaumen in den Mund schoben. Gwen kicherte albern.

Rike rief nicht nach Lukas. Sie stürzte zurück zum Bach, sprang hinüber und kroch in ihr und Lukas’ altes Geheimversteck. Es lag im verwilderten Teil des Gartens im dichtesten Gebüsch. Die beiden hatten sich dort aus alten Steinen und Brettern einen winzigen Verschlag, der nicht viel größer als eine Hundehütte war, gebaut.

Rike hockte in der hintersten Ecke. Ich muss nachdenken, ich muss nachdenken, dachte sie, aber es ging nicht. Unruhig wiegte sie ihren Körper hin und her. Sie merkte nicht, dass ihr Tränen über das Gesicht liefen. Es ist vorbei, dachte sie, alles vorbei, wir sind nicht mehr die Unzertrennlichen. Meine Freundin und mein bester Freund sind jetzt ... Nein, das wollte sie nicht denken, sie wollte auf keinen Fall denken, dass Gwen und Lukas jetzt die Unzertrennlichen waren.

Ein anderer Gedanke schoss ihr durch den Kopf. Bestimmt hatte Lukas Gwen das Versteck gezeigt. Wenn ein Junge einem Mädchen Pflaumen in den Mund schiebt, dann zeigt er ihr auch bestimmt sein Geheimversteck, dachte Rike. Und unbändige Wut stieg in ihr auf. Sie krabbelte keuchend vor blindem Zorn aus dem Versteck, trat gegen die Bretter, riss Stein für Stein aus den lose aufgebauten kleinen Mauern und heulte.

Sie hatte Mats nicht gehört. Er hatte sich wie so oft, wenn sie mit Lukas spielte, leise angeschlichen.

„Was machst du da?“, fragte er. „Warum machst du euer Geheimversteck kaputt?“

„Woher weißt du von unserem Versteck?“, schrie ihn Rike an. „Weißt du es von ihr? Hat Gwen es dir verraten?“

„Quatsch, wie kommst du darauf?“, fragte Mats erstaunt. „Aber glaubst du, ich bin blind und blöd? Ich wohne schließlich auch hier und kenne den Garten und das Gestrüpp wie meine Westentasche. Ich hab es schon vor einem Jahr entdeckt, aber ich wollte euch den Spaß nicht verderben.“

Rike sah ihn verblüfft an.

„Warum machst du es kaputt?“, fragte Mats wieder.

Rike wischte sich mit dem Ärmel die Nase ab. „Lukas hat es kaputt gemacht“, sagte sie.

Mats sah sie verständnislos an.

„Er hat es ihr verraten“, schrie Rike.

Mats starrte sie immer noch verwirrt an.

„Wir sind nicht mehr die Unzertrennlichen!“, sagte Rike nun wieder etwas leiser, und ein Schütteln ging durch ihren Körper. Sie heulte, und es war ihr ganz egal, dass ihr Bruder sie so sah.

Der nahm sie in den Arm – wozu war er ihr Bruder und zehn Minuten älter als sie? Etwas unbeholfen tätschelte er ihr den Rücken und wartete, bis sie sich richtig ausgeheult hatte.

Später saßen sie im Gras und schwiegen eine Weile. Schließlich fragte Mats vorsichtig: „Hast du denn geglaubt, ihr würdet immer und ewig und für alle Zeiten die Unzertrennlichen bleiben?“

„Ich weiß nicht. Ich habe nie drüber nachgedacht. Ich dachte, es wäre schön, wenn ich auch eine Freundin hätte. Ich habe nicht damit gerechnet, dass Lukas und ich dann keine Freunde mehr wären. Jetzt habe ich gar keine Freunde mehr. Gwen ist auch nicht meine Freundin.“

„Aber“, sagte Mats, und er fühlte sich dabei sehr erwachsen, „du hast doch jetzt sogar zwei Freunde! Gwen besucht dich doch jeden Tag!“

„Hast du eine Ahnung!“, schnaufte Rike verächtlich. „Weißt du, wen Gwen heute Nachmittag besucht?“

„Ja, ihre Tante“, antwortete Mats arglos.

Rike brach in spöttisches Gelächter aus.

„Ihre Tante? Ihre Tante! Dann sitzt sie wohl mit *der* in Lukas’ Pflaumenbaum und steckt *der* Pflaumen in den Mund!“

Mats sah seine Schwester sprachlos an. Er war ganz weiß im Gesicht geworden.

„Mir hat sie gesagt, sie könne heute nicht kommen, weil sie zu ihrer Tante fahren muss“, murmelte er.

Er stand auf, blieb einen Moment reglos stehen und starrte auf seine Schuhspitzen. Dann schüttelte er ein paar Mal den Kopf, bückte sich plötzlich, ergriff einen der Steine, die nach Rikes Zerstörungswerk zerstreut auf der Erde lagen, und schleuderte ihn weit von sich. Danach stapfte er, die Hände tief in den Hosentaschen vergraben, möglichst aufrecht durch das dichte Gestrüpp in Richtung Haus davon.

Rike ließ sich zurück ins Gras fallen. Sie stöhnte. „Oh Gott, ich Idiotin! Und ich habe Lukas noch erzählt, dass Mats in Gwen verknallt ist!“

Am nächsten Morgen fehlte Gwen in der Schule. „Wohl zu viele Pflaumen gegessen“, zischte Mats seiner Schwester über den leeren Platz zwischen ihnen hinweg zu. Rike nickte und sah zu Lukas hinüber, aber der hielt seinen Blick gesenkt.

In den beiden großen Pausen hockten Rike und Lukas, weil sie es wohl gewohnt waren, wie immer zusammen auf dem Zaun. Aber sie schwiegen und sahen sich nicht an. Ein paar Mal dachte Rike, sie müsse etwas sagen, aber sie wusste nicht, wie sie anfangen sollte.

Auch auf dem Nachhauseweg herrschte Schweigen, und Mats versuchte krampfhaft, nicht mit den beiden andern zu gehen. Er hatte nur einen Wunsch, sich einmal so richtig mit Lukas zu prügeln. Aber er wusste nicht, wie Rike darauf reagieren würde; und er wollte nicht, dass sich seine Schwester ausgerechnet jetzt gegen ihn verbündete.

Nachmittags stand für Rike fest, wie sie anfangen müsste. „Wir müssen einmal miteinander reden", würde sie sagen. Das sagten Erwachsene doch auch so gern: „Wir müssen einmal reden." Aber Lukas war nicht zu Hause, als sie zu ihm rüberging.

„Er besucht Gwen", sagte seine Mutter erstaunt, „ich dachte, du wärst mitgegangen."

„Nein, das ging nicht", log Rike schnell, „ich hatte Mama schon versprochen, dass ich heute mein Zimmer aufräume."

Niedergeschlagen schlich sie zurück, und da sie nicht wusste, wohin sie jetzt gehen sollte, kroch sie durchs Gebüsch und hockte sich vor die Trümmer ihres ehemaligen Geheimverstecks und grübelte. Sie hatte lange dort gesessen, als sie neben sich ein Rascheln hörte. Als sie aufblickte, stand Lukas neben ihr.

„Was ist mit unserem Geheimversteck passiert?", fragte er.

Rike zuckte die Schultern. „War ja kein Geheimversteck mehr", sagte sie trotzig.

„Wieso?"

„Mats hat es entdeckt."

Das war wenigstens nicht gelogen.

„Hat er es kaputtgemacht?"

Rike schüttelte den Kopf. „Nein, ich. Was ist schon ein Geheimversteck wert, das alle kennen."

Lukas lachte. „Ich wusste nicht, dass dein Bruder ‚alle' ist."

„Na ja",sagte Rike gereizt, „deine geliebte Gwen wird es ja wohl auch kennen." Lukas schnappte nach Luft und ließ sich ins Gras fallen. „Nein, stimmt nicht. Ich hätte es ihr nie gezeigt, ohne dass du es erlaubt hättest."

„Und ich hätte es nie erlaubt. Oder meinst du, ich hätte das Versteck, das zu einem Teil auch mein Versteck war, Gwen gezeigt, damit ihr hier ungestört sein könnt?", fragte Rike schnippisch. „Sucht euch doch euer eigenes Versteck!", schrie sie und wollte fortlaufen, aber Lukas hielt sie fest.

„Rike, warte doch!", rief er. „Lass dir doch alles erklären!" Rike überlegte kurz; schließlich setzte sie sich neben Lukas. Hatte sie ihm nicht sagen wollen: „Wir müssen reden!"?

„Lass uns unser Versteck wieder aufbauen", bat Lukas, und das klang wie eine Bitte um Versöhnung. Aber Rike schüttelte traurig den Kopf. „Wir sind nicht mehr die Unzertrennlichen."

Lukas widersprach ihr nicht. Er seufzte. Dann legte er seine Hand auf Rikes, sah ihr zum ersten Mal seit langem in die Augen und fragte sie: „Weißt du eigentlich, was das für ein Gefühl ist, wenn man verliebt ist?"

Rike hob die Schultern, sie fühlte einen Kloß im Hals.

„Weißt du", sagte Lukas, „du hast die ganze Zeit ein Flirren im Bauch und kannst an nichts anderes denken. Es ist ein ganz komisches Gefühl. Ich hätte nie gedacht, dass ich mich einmal verliebe. Ich habe immer geglaubt, verlieben ist nur etwas für Mädchen. Du bist doch ein Mädchen. Kannst du mich denn überhaupt kein bisschen verstehen?"

„Doch“, flüsterte Rike. Sie hatte den Kopf etwas abgewandt, um nicht in Lukas’ Augen sehen zu müssen. Sie war sicher, dass sie dann heulen würde. „Aber was ist mit Mats?“, fragte sie.

„Wieso Mats?“, fragte Lukas erstaunt zurück. „Ich habe dir doch mal erzählt, dass ...“ Rike verstummte. Sie wollte ihren Bruder doch lieber aus dem Spiel lassen.

Aber Lukas hatte doch nicht vergessen.

„Ach so, das, ja ...“ Er stotterte.

„Und was ist mit uns?“, fragte Rike weiter.

„Aber wir sind doch Freunde“, sagte Lukas erstaunt, als hätte daran nie ein Zweifel bestehen können. „Du bist die Einzige, mit der ich über alles reden kann, der ich ganz vertraue und die mich versteht! Oder glaubst du, ich könnte mit irgendjemand anderem über Gwen reden? Von dir weiß ich, dass du keine Geheimnisse verraten würdest. Und glaub mir, ich werde auch immer für dich da sein, trotz Gwen. Und wenn du willst, such ich dir auch einen Jungen zum Verlieben!“

„Ich glaube nicht, dass ich das möchte“, sagte Rike und wischte sich verstohlen die Tränen fort. „Ich glaube, es ist schon ziemlich spät.“

„Sicher“, sagte Lukas. Und die beiden krochen durch die Büsche.

„Tschüss!“, rief Rike Lukas leise nach.

„Ja, tschüss, bis morgen!“, sagte Lukas.

Als Rike in die Küche trat, hörte sie schon, dass Mats und ihre Mutter sich stritten. Mats rannte an Rike vorbei, die Treppe hinauf und knallte seine Zimmertür hinter sich zu.

„Ich weiß gar nicht, was in letzter Zeit mit dir los ist!“, schrie ihre Mutter hinter Mats her.

„Er ist in ein Mädchen verknallt, das mit einem andern geht“, erklärte Rike müde.

„Oh“, sagte ihre Mutter. Sie beobachtete nachdenklich Rike, während die sich ein Müsli mischte.

„Mama?“, fragte Rike. „Wie war das, als du in Papa verliebt warst?“

„Oh“, sagte ihre Mutter wieder und blickte verträumt an die Decke. „Er war für mich der schönste, klügste und tollste Mann auf der Welt. Wenn ich wusste, dass ich ihn treffen würde, oder es auch nur hoffte, klopfte mein Herz wie wahnsinnig, und ich hatte ständig ein Kribbeln im Bauch. Ich habe fast an gar nichts anderes mehr denken können als an ihn ...“

„Aha“, sagte Rike. „Und bist du immer noch in ihn verliebt?“

Ihre Mutter wiegte den Kopf hin und her. „Manchmal schon noch, aber eigentlich liebe ich euren Vater.“

„Wo ist denn da der Unterschied?“, fragte Rike spöttisch.

„Verliebt sein heißt, den andern immer sehen wollen, stets an ihn denken und auf Wolken schweben. Liebe ist mehr. Da weißt du auf einmal, zu wem du gehörst. Du hast blindes Vertrauen. Weißt, dass du dem andern jedes Geheimnis anvertrauen kannst. Er muss nicht wirklich immer da sein, aber du weißt, dass er da ist, wenn du ihn brauchst.

Das ungefähr ist Liebe", sagte ihre Mutter, und sie wirkte sehr verlegen.

Bevor sie ins Bett ging, fragte Rike noch ihren Vater: „Papa, liebst du Mama noch?"

„Quatsch", antwortete der, „ich kann sie nicht leiden. Sie ist hässlich und dumm!" Er kniff Rike in die Wange und gab ihr einen Kuss. „Genau wie du, mein Dummerle!"

Rike lag an diesem Abend noch lange wach. Sie starrte an die Decke und dachte über alles nach. Vielleicht, dachte sie, vielleicht liebt Lukas mich ja doch.

KARLHANS FRANK

# *Schicksalstag – 1950*

Dass seine erste Liebe nicht die wahre war, erkannte Hansi bereits beim dritten Blick auf die zweite. Schließlich war er reifer geworden, fast zwölf Jahre alt, wusste mehr vom Leben, von der Liebe, als noch vor zwei Jahren; möglicherweise hatte sogar die Krankheit seine Einsichten geschärft.

Vor neun Tagen war er mit Scharlach in die Isolierstation der Kinderabteilung des Krankenhauses eingeliefert worden. Inzwischen ging es ihm besser, aber noch war er arg schläfrig, sonst hätte vielleicht der erste Blick auf Margot genügt, ihn verliebt zu machen. So nahm er zuerst nur verschwommen auf, dass da ein neuer Fall voller roter Tintenflecke ins Zimmer geschoben wurde. Er stellte sich vor, dass Scharlach entsteht, weil Lehrer bei der Durchsicht von Diktatheften verrückt werden und wie wild Füllfederhalter mit Korrekturtinte durch die Gegend spritzen.

Am Abend fühlte Hansi sich erstmals wieder richtig gesund. Aber seiner neuen Zimmergenossin ging es schlecht, sie stöhnte und röchelte. Er ging an ihr Bett, sah in dunkle weit aufgerissene Augen, die ihn nicht sahen. Ihr schwarzes Haar lag auf dem weißen Kissen ums rote Gesicht herum, und er dachte: Sie ist ein gesottenes Schneewittchen. Er klingelte nach Schwester Christa.

Die kam, hantierte an Margot, sagte zu Hansi: „Heut ist der Teufel los auf der Station. Kannst du dich an Margots

Bett setzen, ihr manchmal die Stirn abtupfen mit dem Tuch – hier in der Schale ist Eiswasser – und wenn sie Durst hat, gibst du ihr etwas Tee aus der Schnabeltasse? Wenn sich was verändert an der Margot, klingelst du wieder, ja?“

Hansi tat, was ihm gesagt worden war, saß an Margots Bett, sah sie zum dritten Mal und ganz genau. Plötzlich spürte er es wie einen Faustschlag in den Magen, dann schwappte es warm übers Herz in den Hals bis zur Stirn. Da war eine Zärtlichkeit in ihn gefahren, die er weitergeben wollte, die seine Muskeln matt machte, seine Hände zu flattrigen Schmetterlingen werden ließ.

Hansi liebte. Er liebte heiß.

Margot war so schön.

Während er ihr sanft die Stirn kühlte und ihr die Schnabeltasse an die trockenen Lippen hielt, überlegte er, ob er Lisa treu sein müsse. Lisa war seit zwei Jahren seine Freundin. Anfangs hatte er ihr gesagt, er wolle sie heiraten, aber das war Kleinkindergerede gewesen. Jetzt war es ernst! Für Margot wollte er schnell ein berühmter Dichter oder Filmemacher werden, damit er immer für sie sorgen konnte.

Ob sie ihn wollte?

Ab sofort würde er sich regelmäßig kämmen, die Fingernägel sauber halten. Gegen die zu großen Ohren ist kein Kraut gewachsen.

Ihr ging es besser. Sie atmete ruhig, war eingeschlafen. Ob er vielleicht Arzt werden sollte?

Er fühlte eine unsichtbare Hand an seinem Hinterkopf, die zwang ihn, den Kopf zu neigen, bis sein Mund ganz zart Margots Stirn berührte.

Tage später ging es Margot gut. Hansi aber war eigentlich gesund. Er saß an ihrem Bett, spielte mit ihr Quartett und Fang-den-Hut, las ihr vor, erzählte ihr alle seine Heldentaten und Pläne, hörte gierig zu, was sie von sich erzählte.

Sie mochte ihn auch, das hatte sie gesagt.

Immer wollte er bei ihr sein, nie sie verlassen – aber der Tag der Entlassung kam, und er verstand die eigenartigen Sätze aus den alten Märchen wie „Es ward ihm weh ums Herz“ oder „Da ergriff ihn großes Leid“.

Hansi wohnte in Gerresheim. Das Krankenhaus war in Kaiserswerth. Das war ein weiter Weg.

Aber Margot sollte in zehn Tagen ebenfalls entlassen werden. Sie wohnte in Hilden.

Von Gerresheim nach Hilden war es auch ein weiter Weg.

In Hilden, in der Nähe von Margots Wohnung, war ein Freibad. Hansi schrieb mit seiner schönsten Schrift an Margot einen Brief:

*„Liebste Margot!*

*Am nächsten Sonntag komme ich vormittags bei dir vorbei, dann hole ich dich ab, und wir gehen zusammen ins Freibad, weil ich große Sehnsucht nach dir habe und weil ich mich ganz schrecklich darauf freue, dich wiederzusehen. Freust du dich auch?*

*Ich wünsche mir, dass es dir gut geht. In tiefer Liebe, dein Freund Hans.“*

Den Brief warf Hansi zehn Tage nach seiner Entlassung an einem Montag in den Briefkasten, und eine Woche konnte er kaum etwas anderes denken als: Am Sonntag treffe ich Margot.

Hansis Vater war tot. Seine Mutter war nicht reich, das färbte auf ihn ab. In der Sehnsuchtswoche vor dem Schicksalstag ging es besonders knapp zu bei ihm zu Hause. Da fragte er nicht nach dem Fahrgeld. Er hatte sowieso keine Ahnung, was die Fahrkarte für den Autobus und die Eintrittskarten ins Freibad kosten würden. Immerhin war er im Besitz von einer Mark und achtzig Pfennigen. Irgendwie, dachte er, wird es schon gut gehen.

Margots Vater war sicherlich ungeheuer reich. Sie hatten ein Auto, ein eigenes Haus mit Garten, und die letzten Ferien hatten sie in Italien verbracht. Ein wenig bange war Hansi schon. Margot hatte bestimmt ungeheuer feine Kleider.

Er selbst hatte nicht besonders viele Anziehsachen. Der Sonntag begann mit großen Sorgen. Wie sollte er seiner Margot unter die schönen, großen, schwarzen Augen treten? Alles Grübeln half nicht: Er musste den von Mutti handgestrickten grauen Anzug anziehen, auf den die Mutti stolzer war als er.

Jedenfalls waren die Schuhe blank, Knie, Hals und Fingernägel sauber, das Haar ordentlich mit Wasser an die Kopfhaut geklatscht. Die Badehose hatte er unterm Strickanzug an. Dann traf ihn an der Bushaltestelle fast der Schlag:

Achtzig Pfennige sollte die Fahrt bis Hilden kosten. Rückfahrt auch achtzig Pfennige, macht zusammen eine Mark sechzig, würden noch zwanzig Pfennige bleiben –

dafür, das war ihm klar, würde er keine zwei Eintrittskarten fürs Freibad kriegen.

Die Fahrt war in Teilstrecken unterteilt, und er kaufte einen Fahrschein für sechzig Pfennige, hatte die Hoffnung, auf den letzten Stationen nicht ertappt zu werden, plante, das letzte Stück schwarzzufahren. Aber er war es nicht gewohnt, und als sein Fahrschein ungültig geworden war, wetzte er sein Strickhöschen auf dem Plastiksitz, ließ seine Ohren leuchten, wurde so auffällig, dass der Fahrer drei Stationen vor dem Ziel seinen Fahrersitz verließ, zu Hansi kam, dessen Fahrschein sehen wollte, ihn als abgefahren erkannte. Der Fahrer warf den armen Hansi aus dem Bus, und der stand da und dachte an Rache.

Der Fahrer würde später, wenn Hansi ein berühmter Arzt wäre, eine schreckliche Krankheit haben, die nur Hansi heilen könnte. Und er würde ihn lange zappeln lassen, ehe er sich bereit erklärte, ihm zu helfen; ja! Er würde ihm nur helfen, weil Margot ihn so sehr darum bäte ...

Mit Hansi ausgestiegen war ein junges – für Hansi allerdings steinaltes – Mädchen, so um die zwanzig. Die war an diesem Tag sehr glücklich. Sie hatte eine Verabredung mit ihrem Freund, und der war, das wusste sie, der richtige Freund für sie. Und wer glücklich ist, mag nicht die Gesichter der Unglückswürmer sehen. Sie fragte Hansi: „Hast wohl nicht genug Geld? Da, nimm." Und sie reichte ihm ein Fünfzigpfennigstück. Eine gute Fee! Blond und duftend.

„Dadadanke", stotterte er. Sie ging lächelnd. Ihr würde er später kostenlos den Blinddarm herausnehmen, das wusste Hansi. Und wenn er ihr den Bauch zunähte, dann würde er statt einer hässlichen Narbe eine Rose auf ihre Bauchdecke sticken.

Der nächste Bus sollte erst in einer Stunde kommen.

Hansi machte sich zu Fuß auf den Weg. Dabei wurden seine Schuhe staubig – vor allem, weil er unterwegs mit Steinen kickte. Aber er kam in Hilden an, fand gegen Mittag auch das richtige Haus, das Haus, in dem Margot wohnen müsste. Es war kein Haus. Es war eine Villa. Ringsum war eine schöne, dichte, grüne Hecke. Hinter der Hecke hörte er Lachen.

Er wagte nicht, am Eingangstörchen zu klingeln. Er wollte durch die Hecke sehen, wer da lachte. Er dachte, dass da vielleicht Margot im Garten sei, dass er sie einfach an die Hecke rufen könne, dass sie dann kommen würde, mit ihren Badesachen, dass sie dann schwimmen gehen könnten. Er fand auch einen Durchblick in den Garten. Da war auf der satten Wiese ein Riesentisch aufgebaut, gedeckt mit weißem Papier, darauf standen Kuchen und Torten und Teller und Tassen und Blumen und Kerzen. Rings um den Tisch saßen Mädchen, lauter Mädchen, nichts als Mädchen, kichernde, fein angezogene Mädchen. Zwischen den Mädchen saß Margot im weißen Kleid, hatte ein Kränzchen auf dem Kopf. Jetzt fiel es ihm ein, er hätte es wissen müssen, heute war der Tag der ersten Kommunion für Margot.

Am langen Tisch war ein Platz frei, eine Tasse unbenutzt. Wahrscheinlich wurde er erwartet.

Das Wasser lief ihm im Mund zusammen, wenn er so diesen Tisch ansah.

Aber der Mund wurde sofort wieder trocken, als er an

sich hinabsah, die staubigen Schuhe entdeckte, sein Strickhöschen wahrnahm.

Nein! So konnte er Margots Freundinnen nicht vorgestellt werden.

Er stand und starrte. Dann kam eine wunderschöne Dame mit einer dicken Kanne so voll Kakao, dass er braun aus der Tülle quoll, in den Garten, und Hansi hörte sie fragen: „Margot! Ist dein Freund noch nicht gekommen?"

„Ich schau noch mal nach, Mami", hörte er Margots Stimme, und die ging durch seine Ohren in den Brustkorb wie eine Feuerwerksrakete. Er sah, wie Margot aufstand, wie sie zum Eingangstor lief, und da drehte er sich um und rannte weg. Er rannte und schaute sich nicht um und hatte Tränen in den Augen und ein Brausen in den Ohren, aber er glaubte zu hören, wie ihre Stimme rief: „Hansi! Hansi!"

Er rannte um mehrere Ecken, rannte lange, ehe er verschnaufte. Ob das Herz nur klopfte, weil er so gerannt war?

Jetzt konnte er nicht zurück. Was hätte er sagen sollen? Nein, diese kichernden Freundinnen sollten ihn nicht sehen. Nein, er mochte weder sich selbst noch seine Margot blamieren.

Hansi beschloss, ins Freibad zu gehen. Margot würde sowieso an ihrem Kommunionstag nicht schwimmen gehen dürfen. Und am Abend, nach dem Schwimmen, wenn die Freundinnen weg sein würden, dann wollte er allen Mut zusammennehmen, wollte zu Margot gehen, ihr alles erklären.

Der Eintritt ins Freibad kostete eine Mark.

Da war er nun. Alles war anders, als er es sich erträumt hatte. Er war allein. Das Freibad war voller quiekender, quietschender, fröhlicher Menschen. Nur er war traurig. So weit weg von zu Hause kannte er natürlich auch niemanden. Es war ein grässlicher Tag.

Er musste bis zum Abend bleiben, denn dann wollte er ja noch zu Margot. Er schwamm verbissen Bahn um Bahn, dachte, wenn er ertrinken sollte, das wäre gut. Der Bademeister würde ihn retten. Es käme in den Nachrichten. Margot würde wissen, dass er für sie sein Leben weggeworfen hätte. Sie käme zu ihm ins Krankenhaus.

Vielleicht würde sie auch trotz der Gäste ins Schwimmbad kommen? Hansi schaute immer wieder nach ihr aus. Da, das Mädchen mit der gelben Badekappe! Ist das Margot?

„Was glotzt du mich so blöde an?“

Nein, das war sie bestimmt nicht.

Der Tag war zäh und knorpelig. Langsam und mühsam ließ er sich kürzer kauen. Nachmittags hatte plötzlich auch die Sonne keine Lust mehr an diesem Tag. Es regnete. Das Freibad leerte sich.

Hansi ging langsam zu seinen Sachen. Verdammt! An einen Kamm hatte er nicht gedacht, und nicht an ein Handtuch, und nicht an eine Unterhose.

Er zog seinen Strickanzug über die nasse Badehose, über die nasse Haut. Die Schuhe blieben schmutzig.

Die Feuchtigkeit der Badehose zog am Hintern ins Strickhöschen. Das sah bestimmt so aus, als hätte er in die Hose gemacht, dachte Hansi.

Wie spät mochte es sein? Er hatte keine Uhr.

Vor dem Freibad war eine Bretterbude. Darin verkaufte

eine Frau Blumen. Hansi ging dran vorbei, sah, dass eine Rose sechzig Pfennige kosten sollte. Während er ging, dachte er: Ich sollte Margot eine rote Rose schenken. Oder der Mutter von Margot eine gelbe Rose. Wenn ich Geld hätte, würde ich jetzt alle Rosen aus dem Laden kaufen. Aber ich habe kein Geld. Allerdings für eine Rose hätte ich noch Geld. Er fühlte mit der Hand in der Hosentasche die Münzen. Dann machte er kehrt. Er kaufte eine gelbe Rose.

Auf den abgeräumten Tisch in Margots Garten fiel der Regen. Die Papiertischdecke sah grau aus. Im Haus war Licht, und man konnte Schallplattenmusik hören. Sicherlich tanzten Margot und ihre Freundinnen im Wohnzimmer.

Es war unmöglich zu klingeln.

Hansi war ungekämmt, nass, sah aus, als hätte er in die Hose gemacht, hatte zu große Ohren, und die würden leuchten wie die Goldfische im Aquarium von Onkel Robert.

Hansi, mit seiner gelben Rose in der Hand, machte sich auf einen langen Fußweg.

Es war Mitternacht, als er zu Hause ankam. Der Mutter hielt er eine gelbe Rose mit laschen Blütenblättern entgegen. Sie packte ihn ins Bett. Er hatte eine hässliche Erkältung mitgebracht.

In seinen Fieberträumen sah Hansi Margot. Sie war schön, zärtlich, lieb. Aber als er gesund war, wagte er nie mehr, ihr zu schreiben. Doch vergaß er sie auch nie, als er größer und noch größer wurde.

Durch Margot hatte er gelernt, was Liebe ist.

RALF THENIOR

# *Das Kaleidoskop*

Aufgeregt stand Dirk vor seinem Bett. Sein Herz klopfte. Er war zum Geburtstag eingeladen. Von Silvie. Und nun konnte er sich nicht entscheiden. Welches T-Shirt sollte er anziehen? Er hatte alle drei auf dem Bett ausgebreitet und guckte sie an: das Superman-T-Shirt, das Hulk-Hogan-T-Shirt und das Rettet-die-Wale-T-Shirt. Beim Hulk-Hogan-T-Shirt hatte Dirk kein gutes Gefühl. Silvie mochte bestimmt keine Catcher.

„Warum nimmst du nicht das Superman-T-Shirt", fragte Dirks Mutter. Sie stand mit klingelndem Schlüsselbund in der Tür. Ungeduldig wartete sie, dass Dirk endlich zu Potte kam.

Dirk guckte das blaue Hemd mit dem rotgelben Supermanzeichen an und fing an zu träumen. Langsam wanderte sein Blick an den Rändern des gelben S entlang. S. S wie Superman. S wie Silvie. Dirk Superman fliegt zu Silvies Geburtstagsfeier. Er landet direkt vor dem Kaffeetisch. Hi, Superman!, rufen die Kinder. Hi, Silvie!, sagt Superman. Superman nimmt Silvie auf die Arme und fliegt mit ihr zum Kinderzimmerfenster raus. Dirk spürte, wie eine heiße Welle durch seinen Körper lief. Er wollte auf keinen Fall das falsche T-Shirt anziehen.

„Komm endlich, Dirk! Du wolltest schon vor einer halben Stunde losfahren. Mach voran!"

Das linke Auge des Wals sah Dirk an. Grinsend blies der Wal einen Wasserstrahl in die Luft. Dirk nickte dem Wal zu. Dann zog er rasch sein Rettet-die-Wale-T-Shirt über.

„Komm!“, sagte er und ging an seiner Mutter vorbei in den Flur.

„Hast du dein Geschenk?“, fragte Dirks Mutter.

Mist! Jetzt hätte er beinah das Geschenk für Silvie vergessen! Dirk ging noch mal zurück in sein Zimmer und holte das Kaleidoskop. Es war in goldenes Papier eingepackt. Er hatte alle Kaleidoskope im Spielzeuggeschäft durchgeguckt. Dies war das Schönste von allen gewesen.

Im Auto saß Dirk still auf dem Rücksitz. Sein Herz klopfte. Er musste an Silvie denken. Sie war erst drei Wochen in seiner Klasse. Vom ersten Augenblick an hatte er nicht aufhören können, sie anzuschauen.

„Das ist Silvie“, sagte Herr Wesselmann.

Die Neue stand vor der Klasse. Sie hatte blaue Augen und Locken wie Alice aus dem Buch „Alice im Wunderland“. Dirk merkte, wie er rot wurde, als er sie ansah. Er drehte sich um, ob jemand etwas gemerkt hatte. Oder ob jemand sein Herz klopfen hörte. Er sah, wie Roland die Neue unentwegt anstarrte.

Und Roland Gausepohl, dieser Arsch mit Ohren, war von Silvie auch zum Geburtstag eingeladen worden.

„Dirk! Träumst du schon wieder?“ Die Stimme seiner Mutter holte ihn in die Wirklichkeit zurück. „Wir sind da!“

Das Auto kam am Straßenrand vor einem großen Mietshaus zum Stehen. Dirk griff sich das Kaleidoskop und machte die Wagentür auf.

„Danke, Mama! Tschüss!“

„Keinen Kuss?“, fragte Dirks Mutter. Dirk, schon halb aus der Tür, schlüpfte noch einmal zurück und hielt sein Gesicht hin. Seine Mutter gab ihm einen schnellen Kuss auf den Mund.

„Und fall mir nicht in die Kirschtorte!“, sagte sie.

„Mama!“ Dirk war sauer.

Er ging auf den Hauseingang zu und drehte sich nicht mehr um.

Die Haustür war offen. Silvie wohnte im zweiten Stock. Dirk trat in den düsteren Hausflur. Er machte kein Licht und rannte die Treppe hinauf. Seine Schritte hallten von den Wänden, als ob er Eisenschuhe anhätte. Oder war es sein klopfendes Herz, das so durch das Treppenhaus donnerte? Dirk schwitzte, als er im zweiten Stock ankam.

Das Namensschild sah er sofort. Meerbusch. Das war Silvies Nachname. Dirk klingelte. Er hörte Getrappel im Flur. Johlend kamen Kinder zur Tür gerannt. Die Tür ging auf, und Silvie stand vor ihm. Silvie trug eine Latzhose und ein Ringelhemd. Mit dem blauen Samtreifen im Haar sah sie aus wie eine Prinzessin. Die Prinzessin hatte Grübchen, wenn sie lachte.

„Hallo, Dirk!“, sagte Silvie. „Wir haben schon auf dich gewartet.“ Hinter Silvie standen die anderen Geburtstagsgäste. Zwei Mädchen, die das Gleiche anhatten und sich ähnlich sahen. Die Zwillinge Nina und Tina. Dann war da noch die freche Anaïs aus der zweiten Klasse. Ganz hinten stand Roland Gausepohl. Er hielt seine galaktische Strahlenpistole vor die Brust wie ein Klingonen-Krieger und grinste.

„Hi!“, sagte Dirk und reichte Silvie sein Geschenk. „Für dich!“

„Danke“, sagte Silvie. Ein Zwerg hatte sich an den Großen nach vorn gehangelt und baute sich vor Dirk auf.

„Heißt du?“, krähte der Windelrocker.

„Dirk“, sagte Dirk.

Der Kurze streckte ihm die Hand entgegen.

„Tomm!“

Der Kurze zog Dirk in die Wohnung.

„Hi, Tom“, sagte Dirk.

Silvie lachte.

„Das ist mein Bruder Max“, sagte sie. „Komm mit ins Kinderzimmer!“

Silvie ging mit den Mädchen vor.

Roland trat zur Seite, als Dirk mit dem Kleinen an ihm vorbeikam. Er hielt seine Strahlenpistole vor der Brust und grinste dreckig.

„Geh schön in die Sandkiste, Dirkchen!“

„Blödman“, stieß Dirk hervor.

Der Windelrocker zog Dirk hinter sich her, mal schneller, mal langsamer, dann fiel er fast hin.

„Pass auf!“, rief Dirk.

Anaïs ging neben Silvie.

„Ich weiß schon, was es ist“, sagte sie triumphierend.

Silvies Mutter schaute aus der Küche.

„Du bist also der Dirk. Schön, dass du gekommen bist“, sagte sie. „Hat dich deine Mama hergebracht?“

„Ja“, sagte Dirk.

„Ich bin mit meinem Bike gekommen“, sagte Roland.

Das Kinderzimmer war mit Papierschlangen und Luftballons geschmückt. Silvie hatte ein Hochbett. Das gefiel Dirk. Sie stand vor ihrem Geschenketisch und packte das Kaleidoskop aus. „Oh, toll!“ Silvie nahm das Kaleidoskop und drehte es vor ihrem rechten Auge. *Klack,* machten die Glasscherben. *Klack.* Sie hatte lange weiße Finger und drehte die Röhre langsam vor dem rechten Auge. Das linke hatte sie zugekniffen. Anaïs und die Zwillinge Tina und Nina standen um sie herum. Aber Silvie war die Schönste von allen. Ihre Locken sahen aus wie goldener Wasserfall. *Klack.* Silvie war ein von Piraten geraubtes Mädchen, das nach Rettung Ausschau hält. Ein Kriegsschiff preschte durch die Wellen. Es war mit hundert Kanonen gespickt und als Handelsschiff getarnt. Dirk war der Kapitän. Er würde den Anführer der Piraten besiegen und dann würde Silvie ihm einen Kuss geben. *Klack,* machte das Kaleidoskop.

„So eins hab ich auch“, sagte Anaïs. „Genau das Gleiche.“

„Lass mich mal gucken“, riefen die Zwillinge im Chor.

„Auch! Auch!“, krähte der Kurze. Er ließ Dirks Hand los und stampfte breitbeinig auf Silvie zu. Der Zwerg umklammerte Silvies Bein und griff mit der rechten Hand nach oben. „Auch!“

„Nein!“, sagte Silvie.

Aber sie hielt das Kaleidoskop nicht hoch genug, und schon kriegte der Kleine das Ding zu fassen. Er wedelte es durch die Luft. *Klack. Klack. Klack.*

„Eh, Max, das is nix für dich!“, sagte Roland. Er wollte dem Kleinen das Kaleidoskop aus der Hand nehmen.

„Haben!“, sagte Max und drehte sich weg.

Roland packte ihn. Es kam zu einem Gerangel. Dann rutschte Max das Kaleidoskop aus der Hand und fiel mit Schwung zu Boden. *Päng! Schepper ...* Und Gausepohl trat aus Versehen drauf.

„Oh, Scheiße!“, sagte er.

Die Papphülle des Kaleidoskops war geborsten. Die bunten Glasscherben lagen auf der Erde und würden nie mehr bunte Muster formen. Silvies Geburtstagsgeschenk war kaputt.

Dirk wurde blass.

„Max!“, schrie Silvie.

Max rannte heulend aus dem Kinderzimmer.

Dirk stand da wie versteinert. Er war wütend und traurig zugleich.

„Mist!“, sagte Silvie und betrachtete das zertretene Kaleidoskop.

Dirk merkte, wie ihm die Tränen in die Augen stiegen.

Silvie guckte ihn an.

An ihrem Blick konnte er ablesen, dass es ihr Leid tat. Sie entschuldigte sich für ihren Bruder. Aber sie war auch selber traurig. Das Geschenk, das Dirk ihr gemacht hatte, war nach drei Minuten kaputt.

Silvie kniete sich hin und hob die beklebte Pappe auf. Dann griff sie nach den bunten Glasscherben. „Die sind hübsch“, sagte sie.

„Was ist denn mit dir los?“, fragte Anaïs und stieß Dirk in die Seite. Die Zwillinge Nina und Tina guckten ihn an.

Dirk war puterrot geworden.

„Nichts“, sagte er.

„Dirkchen muss aufs Klo. Der hat schon Wasser in den Augen“, tönte Roland Gausepohl.

Dirk hatte einen Kloß im Hals. Du Arsch mit Ohren!, wollte er sagen. Doch er brachte nichts heraus.

Silvies Mutter kam ins Kinderzimmer.

„Was ist denn hier los?“

„Max hat das Kaleidoskop hingeworfen“, sagte Sivlie. „Und Roland ist draufgetreten.“

Ein alter Mann mit weißen Haaren und einer Brille trat hinter Silvies Mutter ins Kinderzimmer.

„Na, mal sehen, ob wir das wieder hinkriegen“, sagte er und grinste.

„Opa!“, rief Silvie und rannte ihm in die Arme.

„Na, meine Zuckerschnut!“, sagte Silvies Opa. Er drückte sie ganz fest, hob sie hoch, wirbelte sie herum und gab ihr einen Kuss auf die Wange.

„In fünf Minuten gibt's Kuchen“, sagte Silvies Mutter und verschwand wieder in der Küche.

Silvies Opa war mager und groß. Seine Kleidung schlotterte ihm um die Knochen. Um seine Augen waren Lachfältchen eingegraben, und der Mund unter seiner großen Nase reichte von einem Ohr bis zum andern. Er setzte Silvie wieder auf den Boden.

„Danke für die Klavierstunden, Opa“, sagte Silvie.

„Ich hab noch was für dich.“

Silvies Opa griff in seine Jackentasche, zog ein kleines Paket hervor und legte es in Silvies Hände.

Silvie packte das Geschenk aus. Es war eine bunte Blume

aus Zuckerguss in einem kleinen schwarzen Karton auf Watte.

„Oh, wie schön!“, riefen die Zwillinge im Chor.

„Die ess ich nicht, die häng ich mir an die Wand!“, sagte Silvie.

„Wo ist das Klo?“, fragte Dirk.

„Der Kleine hat sich in die Hose geschissen“, sagte Gausepohl.

„Doofmann!“, blökte Anaïs. Die Zwillinge guckten sich öde an.

„Komm mit. Ich zeig’s dir“, sagte Silvie.

Dirk folgte Silvie in den Flur. Dirk schluckte. Er wusste nicht, was er sagen sollte. Zum ersten Mal war er mit Silvie allein.

„Hier“, sagte Silvie und öffnete die Tür zum Klo. „Alles o.k.?“

Dirk nickte.

„Klar.“

Er versuchte zu grinsen. „Das Kaleidoskop war schön“, sagte Silvie. „Vielleicht kriegt mein Opa es wieder hin!“

Dirk sah ihre Grübchen.

Silvie drehte sich um und ging ins Kinderzimmer zurück.

Als Dirk aus dem Klo kam, waren die anderen Kinder schon in der Küche. Auf dem Küchentisch stand eine Kirschtorte. Ungeduldig saßen die Kinder vor Keksschalen, Gläsern und Tellern. Sie warteten schon auf ihn.

Silvie saß vor einem Schokoladenkuchen mit neun brennenden Kerzen. Der einzige freie Platz war zwischen Max und Anaïs. Dirk setzte sich hin. Roland saß neben Silvie.

„Also los!“, sagte Silvies Mutter. „Mal sehn, ob du alle Kerzen mit einem Mal auspustest.“

„O.k.“, sagte Silvie. „Was ich mir wünsche, sag ich nicht.“

Sie holte tief Luft und blies die Kerzen aus: drei, vier, fünf, sieben, acht und dann die neunte mit einem letzten kleinen Puster.

„Bravo!“ Alle lachten und klatschten.

Silvie sah kurz zu Dirk herüber.

„Wer möchte Schokoladenkuchen?“, fragte Silvies Mutter.

Dirk aß Kirschtorte. Mit Schlagsahne. Er kaute auf einer Sauerkirsche. Und konnte Silvie nicht aus den Augen lassen.

Roland Gausepohl saß neben ihr. Er machte Faxen und brachte Silvie mit Sprüchen zum Lachen.

Dirks Nachbar meldete sich. „Max Tirschtorte esst“, sagte Max. Er ruckelte auf seinem Kindersitz herum und lachte Dirk an. „Dirk auch Tirschtorte.“

Dirk grinste. Der Kurze war in Ordnung. Dem konnte er nicht böse sein. Aber doof war es trotzdem, dass sein Geschenk gleich kaputtgegangen war unter Gausepohls Turnschuh.

Zu trinken gab es Orangensaft und Sprudel. Anaïs mixte Sprudel und O-Saft. Max patschte mit dem Löffel auf seinem Tortenstück herum. Die Schlagsahne hatte er schon runtergegessen.

Silvies Opa sprach mit Silvies Mutter. Dirk guckte Roland an. Roland schob sich ein großes Stück Schokoladenkuchen in den Mund.

„Wenn du willst, kannst du mal auf meinem Bike fahren", sagte er mit vollen Backen.

Silvie grinste kurz.

„Danke. Hab selber 'n Fahrrad", sagte sie. „Das durfte ich sogar anmalen."

Gausepohl guckte verdutzt. Das würden ihm seine Eltern nie erlauben.

Die Zwillinge Nina und Tina hatten ein Reitpferd zum Geburtstag bekommen und redeten die ganze Zeit nur von dem Pferd; wie sie es striegelten, wie sie es fütterten, wie sie den Stall ausmisteten und wie sie dann losritten.

Dirk fand die beiden doof. Er sah zu Gausepohl rüber. Gausepohl versuchte sich bei Silvie einzuschmeicheln. Das sah er sofort.

Dirk war eifersüchtig. Dieser Arsch mit Ohren! Wäre er nur früher aus dem Klo gekommen. Dann würde jetzt er neben Silvie sitzen.

„Du könntest mich auch mal angucken", sagte Anaïs zu Dirk und sah ihn voll von der Seite an.

Dirk merkte, wie sein Gesicht heiß wurde.

„Warum denn?", stotterte er.

„Vergiss es!", sagte Anaïs.

Silvies Opa grinste.

„Waren Sie auch schon mal verliebt, Herr Meerbusch?", fragte Anaïs.

Sie guckte Silvies Opa an und lächelte süß.

Dirk wurde rot. So eine blöde Ziege!, dachte er. Das macht sie extra! Silvie guckte erst ihren Opa an. Dann sah sie zu Dirk rüber und lachte ihn an.

Dirk sah ihre Augen, sie guckte, er auch, er verlor sich in den Weiten des Ozeans. Wellen über Wellen. Er stand auf der Kommandobrücke.

„Na, klar“, sagte Silvies Opa.

„Das war doch im Dino-Zeitalter“, platzte Roland heraus. „Das interessiert doch kein Schwein!“

„Schweine nicht“, sagte Tina.

„Das stimmt!“, sagte Nina.

„Du hast doch keine Ahnung!“, blitzte Anaïs Roland an. „Liebe ist Liebe. Egal wann!“

Roland stopfte sich noch ein Stück Kuchen in den Mund.

„Ein Krieger verliebt sich sowieso nicht!“, sagte er mit vollen Backen.

„Das stimmt nicht!“, platzte Dirk heraus.

Alle sahen ihn an. Dirk merkte, wie er rot wurde. Zum Glück kam ihm Silvie zu Hilfe.

„Los, Opa! Erzähl!“, sagte sie.

Dirk war froh, dass sich die Aufmerksamkeit wieder auf Silvies Opa richtete.

„Na ja“, sagte Silvies Opa langsam, und man konnte sehen, dass seine Gedanken eine lange Zeit zurückwanderten. „Ich hab einem Mädchen mal einen Winter lang die Schultasche getragen. Dafür hat sie mir auf dem Nachhauseweg eine Geschichte erzählt. Jeden Tag ein Stück. ‚Der Hund von Baskerville‘ hieß die Geschichte.“

„War das Ihre große Liebe?“, fragte Anaïs.

„Nee“, sagte Silvies Opa und grinste.

„Komm, Opa! Erzähl, wie du das erste Mal verliebt warst!“

„Können Sie sich da überhaupt noch dran erinnern, Herr Meerbusch?“, fragte Anaïs.

Silvies Opa lachte. „Klar kann ich das.“

„Los, Opa! Erzähl schon!“, sagte Silvie.

„Die Geschichte ist nur ganz kurz“, sagte Silvies Opa. „Eigentlich ist es gar keine richtige Geschichte.“

„Fang endlich an!“, sagte Silvie.

„Also, das war so: Ich war in der ersten Klasse.“

Roland stieß mit seinem Glas gegen die Teller. *Klack.*

„Mein Klassenlehrer hatte ein Weihnachtsmärchen geschrieben. ‚Der lustige Schneemann‘ hieß es. Ein Theaterstück. Die ganze Schule sollte es sehen. Die Stadtwerke hatten für die Fahrt ins Theater eine Straßenbahn zur Verfügung gestellt.“

„Opa!“, sagte Silvie. „Fang nicht an zu spinnen.“

„Hatten Sie denn Schienen vor der Schule?“, fragte Dirk.

„Nicht vor der Schule. Wir fuhren mit Bussen zur Straßenbahnhaltestelle. Dort stiegen wir um und fuhren mit der Straßenbahn zum Theater. ‚Sonderfahrt‘ stand vorn über dem Fenster. Damals ging das. Es gab kaum Verkehr.“

„Und was passierte dann?“, fragte Silvie.

„Es war der Nachmittag vor den Weihnachtsferien. Ich stand auf der hinteren Plattform der Straßenbahn. Eng gedrängt zwischen anderen Kindern und Erwachsenen. Die Mütter der meisten Kinder waren auch mitgekommen. Meine Mutter konnte nicht. Sie musste in der Metzgerei verkaufen. Ich stand ganz allein zwischen den andern Kindern. Die Straßenbahn fuhr durch die Innenstadt. Manchmal bimmelte der Fahrer. Dann winkten die Menschen draußen auf der Straße uns zu. Es war eng hinten in der Straßenbahn. Ich stand ganz dicht neben einem Mädchen aus meiner Klasse. Ich sah das Mädchen an. In der Schule saß sie ziemlich weit weg von mir. Als ich sie nun von der Seite anschaute, war es plötzlich, als würde ich sie zum ersten Mal sehen. Sie hieß Annelie. Sie hatte rote Wangen, ihre blauen Augen strahlten, und sie hatte Locken wie Alice aus dem Buch ‚Alice im Wunderland'. Mir wurde ganz heiß, und mein Herz begann wild zu pochen. Ich konnte nicht mehr wegsehen. Ich musste sie immerzu anschauen."

„Und dann?", fragte Anaïs gespannt.

„Und dann", sagte Silvies Opa, „hörte ich plötzlich eine Frauenstimme über meinem Kopf. ‚Na, Dietrich!', sagte sie. ‚Du kannst unsere Annelie aber gut leiden.' Es war ihre Mutter. Ich merkte, wie ich rot wurde. Ich schämte mich und schlüpfte durch einen Zwischenraum auf die andere Seite des Wagens."

„Und dann?", fragte Silvie.

„Das war schon die ganze Geschichte", sagte Silvies Opa. „Nach den Weihnachtsferien kam das Mädchen nicht mehr zur Schule. Sie war mit ihren Eltern weggezogen. Ich habe sie nie wieder gesehen."

„Echt traurig", platzte Anaïs heraus.

„Wie schade", zwitscherten die Zwillinge im Chor.

„Pech", sagte Roland.

„Vielleicht", sagte Silvie, und warf Dirk einen Blick zu, „hat das Mädchen aus der Straßenbahn in der neuen Schule ja einen anderen Jungen gefunden, der sich in sie verliebt hat."

BARBARA VEIT

# *Jerry Cotton und Phil Decker*

Es gab einmal eine Zeit, da musste ich unter der Bettdecke lesen – mit Taschenlampe. Das war ziemlich mühsam, denn die Luft wird schnell knapp, und Taschenlampen geben nicht viel Licht. Außerdem wird es unheimlich warm, wenn man ganz unter der Decke liegt. Es ist auch ganz schön schwierig, die richtige Stellung zu finden, um einigermaßen bequem zu lesen. Knien geht nicht, denn sonst wird man sofort erwischt: Meine Mutter hätte gedacht, da liegt ein Berg unter der Bettdecke. Also seitliche Lage, Kopf aufs Kinn gestützt. Dabei schläft nach einer Weile der Arm ein, und man muss wechseln. Außerdem dürfen keine Ritzen entstehen, durch die Licht dringen könnte.

Damals war ich elf, und es hatte einen Grund, warum ich mich unter der Decke versteckte: Ich las Jerry-Cotton-Heftchen, und das war streng verboten! Warum? Jerry Cotton war für meine Eltern „Schmutz und Schund", Roman-Heftchen überhaupt das Letzte! Meine Eltern wussten nicht, dass Jerry Cotton dunkle Haare und dunkle Augen mit langen Wimpern hatte. Sie wussten nicht, dass er total gut aussah, groß und stark war und eine 08 im Schulterhalfter trug. Die brauchte er als Detektiv in New York. Meine Eltern wussten auch nicht, dass ich Jerry-Cotton-Heftchen sammelte. Zwischen meinem Bett und der Wand hatte ich ein richtiges Lager eingerichtet. Unterm Bett wäre es nämlich zu gefährlich gewesen – wegen Putzen! Seit ich die Hefte sammelte, bezog ich mein Bett selbst, um zu vermeiden, dass meine Mutter das Versteck entdeckte. Ein einziges Mal hatte sie mich dabei erwischt, als ich Jerry Cotton las. Das war ganz am Anfang, als ich noch nicht wusste, dass er „Schmutz und Schund“ war. Ich saß in der Küche, als sie vom Einkaufen zurückkam.

„Was liest du denn da?“, fragte sie.

Ich gab keine Antwort, denn ich hörte sie gar nicht.

„He!“

„Ja?“

„Was du da liest?“

„Ich?“

„Ja, du!“

Ich hielt ihr das Heft hin.

„Es ist ganz toll!“, sagte ich.

Meine Mutter nahm das Romanheft mit spitzen Fingern.

„Wo hast du das her?“, fragte sie voll Abscheu.

„Ich hab es neben der Mülltonne gefunden. Auf einem Stapel alter Zeitungen.“

„Da gehört es auch hin!“, sagte meine Mutter mit Nachdruck. „Und zwar nicht neben, sondern in die Mülltonne! Das ist Schund und Mist! Du hast eine Menge guter Bücher! Ich verbiete dir, so einen Schmutz zu lesen!“

Sie schleuderte das Heft auf den Küchentisch.

„Ich möchte, dass du dieses Ding wegwirfst!“

„Warum denn?“, fragte ich.

„Weil es nicht gut für dich ist. Es ist brutal und bestimmt in einem fürchterlichen Deutsch geschrieben. Du bist elf Jahre alt! Das ist keine Lektüre für ein kleines Mädchen!"

Ich hatte keine Ahnung, was sie meinte. Jerry Cotton hatte wunderbar lockere Sprüche drauf und führte mich in eine fremde, aufregende Welt voller Abenteuer ... Dazu muss ich erklären, dass damals Fernsehen etwas ganz Außergewöhnliches war. Weder meine Familie, noch die meiner Klassenkameradinnen besaßen überhaupt einen Fernseher. Bücher und Kinofilme waren die Abenteuer in den 50er Jahren.

Damals las ich meinen ersten Jerry-Cotton-Krimi auf dem Klo zu Ende, danach wanderte er in den Mülleimer. Allerdings rettete ich ihn später am Abend, als meine Eltern im Bett waren. Ich wischte die Essenreste vom Umschlag und versteckte ihn hinter dem Bett. Von da an gab ich einen Teil meines Taschengeldes für Jerry aus, und meine Sammlung wuchs von Woche zu Woche.

Ich erzählte meinen Freundinnen von Jerry Cotton, doch sie interessierten sich nicht besonders für ihn. Sie lasen lieber Pferdebücher. Ich konnte also mit niemandem meine Begeisterung teilen.

Wenn ich abends meine Taschenlampe ausknipste, dann lag ich häufig noch lange wach und dachte an Jerry Cotton, der in seinem Jaguar-Sportwagen Jagd auf Gangster machte. Manchmal fürchtete ich mich, wenn ich allein zu Hause war, weil meine Eltern im Kino waren oder Freunde besuchten. Die Straßen von New York liefen dann plötzlich quer durch unsere Wohnung bis in mein Zimmer.

Die Schränke wurden in der Dunkelheit zu Wolkenkratzern, in den Schatten verbargen sich unheimliche Gestalten. Hatte es da nicht geknackt? Waren da nicht Schritte? Ganz nah! Atmete da nicht jemand?

Mit klopfendem Herzen und schweißgebadet lag ich in meinem Bett, unfähig eine Lampe anzuknipsen oder gar nachzusehen. Dann half nur eins: Ich stellte mir vor, dass Jerry Cotton in der Wohnung war, dass er mich beschützte. Es half aber nicht immer! Besser war es, wenn ich selbst Detektiv wurde. Nicht Jerry Cotton, denn er war irgendwie unerreichbar. Aber er hatte einen Freund, der hieß Phil Decker. Der war auch tapfer und nett. Eigentlich wäre es mir lieber gewesen, wenn Phil Decker eine Frau gewesen wäre ... doch da konnte ich nichts machen. Er war eben ein Mann.

Ich stellte mir also vor, dass ich Phil Decker war, dass ich eine 08 im Schulterhalfter trug. Ich zog die Pistole, machte Licht an und ging vorsichtig von Zimmer zu Zimmer. Die angelehnten Türen stieß ich mit dem Fuß auf – wie die New Yorker Detektive. Ich hatte noch immer schreckliche Angst, aber weniger als im Bett. Erst, wenn ich die gesamte Wohnung – samt Rumpelkammer – durchsucht hatte, konnte ich endlich schlafen.

Manchmal verwandelte ich mich auch auf der Straße in Phil Decker, und neben mir ging Jerry Cotton. Doch das wusste niemand außer uns beiden.

Eines Tages aber geschah etwas, das überhaupt alles veränderte! Eigentlich eine komische Geschichte, denn sie hatte schon viel früher begonnen als meine Begeisterung für Jerry Cotton. Wir wohnten im dritten Stock eines Mietshauses. Wenn ich auf dem Balkon stand, dann schaute ich erst mal in einen Baum, aber hinter dem Baum lag ein anderes Haus. Und dort im vierten Stock stand manchmal ein Junge auf dem Balkon und schaute irgendwohin – genau wie ich. Wir hatten uns gegenseitig schon lange wahrgenommen, doch wir kannten uns nicht. Nie hatten wir uns auf der Straße oder beim Einkaufen getroffen. Doch eines Tages brachte ich den Mülleimer runter, und da passierte es. Um den Müll auszuleeren, musste ich nämlich auf die Straße, ein paar Meter um unser Haus herum und dann in den Garten. Neben der Pforte zu unserem Garten aber lehnte genau der Junge, der sonst auf dem Balkon stand.

Eigentlich wäre ja nichts dabei gewesen, aber ich hatte Schwierigkeiten weiterzugehen. Es war mir irgendwie peinlich, dass er da stand. Ich musste an ihm vorbei. Noch hatte er mich nicht gesehen, denn er las. Seine dunklen Haare fielen ihm ins Gesicht, und er war ganz vertieft in ein Buch ... war es ein Buch? Ich näherte mich zögernd ... für ein Buch war es zu dünn! Es war ein Heft. Ich schlich an ihm vorbei, bückte mich ein wenig, um den Umschlag zu sehen. Es traf mich wie ein Schlag: Jerry Cotton!

In diesem Augenblick schaute er auf. Ich spürte, dass ich knallrot wurde. Beinahe hätte ich meinen vollen Mülleimer fallen gelassen.

Er lächelte ein bisschen und wurde ebenfalls rot. „Hallo!“, sagte er.

„Hallo“, flüsterte ich.

Und dann rannte ich fast zur Mülltonne in unserem Garten. Ich kippte den Müll hinein, und dann war mir ja klar, dass ich auch wieder zurückmusste. Es führte kein anderer Weg ins Haus. Er las Jerry Cotton. Er war der erste Mensch, der außer mir Jerry Cotton las. Jedenfalls der erste Mensch, den ich kannte. Ganz langsam drehte ich mich um und ging zwischen den Blumenbeeten wieder zur Pforte zurück. Er las nicht mehr, sondern schaute mir entgegen. Ich weiß nicht, was mir den Mut gab, aber ich hörte mich plötzlich sagen: „Was liest du denn da?"

„Einen Krimi", antwortete er. „Jerry Cotton. Kennst du den?"

„Ja", sagte ich atemlos. „Ich lese Jerry Cotton am allerliebsten."

„Ehrlich?", fragte er ungläubig.

Und dann fiel uns beiden nichts mehr ein. Wir standen da – ich mit meinem leeren Mülleimer, der ein bisschen roch, er mit seinem Heft in der Hand. Ich sah nur, dass er noch immer rot war. Ich war es auch.

„Erlauben das deine Eltern?", fragte er plötzlich. Ich schaute verlegen auf meinen Mülleimer.

„Nein, eigentlich nicht", murmelte ich.

Er lachte auf.

„Meine auch nicht. Deshalb lese ich hier auf der Straße."

„Ich lese mit der Taschenlampe unter der Bettdecke", antwortete ich und musste ebenfalls lachen.

Danach fiel uns beiden wieder nichts mehr ein. Ich überlegte krampfhaft, was ich sagen könnte, denn der Junge gefiel mir. Außerdem war er endlich ein Mensch, mit dem ich über Jerry Cotton reden konnte.

„Welchen liest du denn gerade?", fragte ich schließlich.

„Tod in Brooklyn“, antwortete er.

„Kenn ich noch nicht.“

„Ich kann ihn dir ja leihen, wenn ich durch bin“, sagte er.

Ich nickte heftig.

„Das wäre toll! Ich kann dir auch jede Menge leihen. Hinter meinem Bett habe ich ungefähr zwanzig Hefte versteckt!“

Der Junge lächelte und strich seine dunklen Haare zurück. Plötzlich fiel mir auf, dass er dunkelbraune Augen mit langen Wimpern hatte.

„Ich heiße übrigens Wolfgang“, sagte er und streckte mir seine Hand hin.

„Ich bin Lena“, antwortete ich und wurde schon wieder rot.

Seine Hand war warm und kräftig.

„Ich hab dich schon öfters auf dem Balkon gesehen“, sagte er.

Ich nickte.

„Du mich auch?“, fragte er.

Ich nickte wieder. Eigentlich wollte ich ganz schnell weg. Noch nie hatte ich mich so lange mit einem Jungen auf der Straße unterhalten, mit einem Jungen, den ich gar nicht kannte.

„Ich muss jetzt gehen“, sagte ich.

„Schade“, meinte er. „Ich hätte mich gern mit dir über Jerry Cotton unterhalten.“

„Ein andermal vielleicht“, stotterte ich. Dabei wünschte ich mir nichts so sehr, als mit ihm über Jerry Cotton zu reden. Aber irgendwas in mir wollte nur noch weg. Wieso, wusste ich auch nicht. Am liebsten wäre ich weggerannt!

„Wir könnten uns ja morgen Nachmittag treffen“, sagte Wolfgang. „Vielleicht nicht hier, sondern am Eingang zum Nero-Park.“

Ich wusste nicht, was ich sagen sollte. Mein Herz begann zu rasen. Was wollte Wolfgang von mir? Ich hatte mich noch nie mit einem Jungen verabredet. Vorsichtig schaute ich ihn noch mal an. Er sah wirklich nett aus. Fast gut – mit seinen dunklen Haaren, seinen dunklen Augen und den langen Wimpern. So hatte Jerry Cotton als Junge bestimmt auch ausgesehen.

„Ja, gut!“, sagte ich. „Wann?“

„Um drei.“

„Gut, also bis morgen.“

Ich drehte mich um und ging zum Haus zurück. Mein Herz raste noch immer. Ich durfte meiner Mutter auf gar keinen Fall etwas von dieser Verabredung erzählen. Sie hätte es nie erlaubt, dass ich mich mit einem Jungen traf. Ich selbst war mir plötzlich auch nicht mehr so sicher. An diesem Nachmittag konnte ich mich kaum auf meine Hausaufgaben konzentrieren. Am Abend lag ich stundenlang wach – diesmal las ich nicht unter der Bettdecke; ich dachte nach. Klar, ich wollte mit Wolfgang reden. Aber wie redete man mit Jungen? Ich wollte auch Hefte mit ihm tauschen! Da war eine wilde Freude in mir und gleichzeitig eine heftige Angst. In dieser Nacht knackten wieder alle Dielen, die Schränke wurden zu Wolkenkratzern, und ich fürchtete mich, obwohl meine Eltern zu Hause waren.

Am nächsten Tag um drei ging ich zum Eingang des Parks. Mir war heiß, doch das lag nicht an der Frühlingssonne.

Ich sah Wolfgang schon von weitem. Er lehnte am Eisengitter des Eingangstors und las Jerry Cotton. Meine Hände krampften sich um drei Hefte, die ich ihm mitgebracht hatte. Noch hatte er mich nicht gesehen. Noch konnte ich weglaufen! Aber warum eigentlich? Es gab überhaupt keinen Grund dafür. Doch meine Füße wären weggelaufen, ganz von alleine, wenn ich es ihnen erlaubt hätte. Dann aber schaute Wolfgang auf und winkte. Jetzt konnte ich nicht mehr weglaufen!

An diesem Nachmittag sprachen wir lange über unsere Helden – Jerry Cotton und Phil Decker. Es war eigentlich ganz einfach, und hinterher verstand ich nicht mehr, warum ich mich gefürchtet hatte. Es war einfach wunderbar, weil Wolfgang ganz ähnlich dachte wie ich. Meine Schritte wurden leichter, wir redeten und redeten. Und dann hatte Wolfgang eine verrückte Idee.

„Wir könnten uns doch Schulterhalfter bauen und so tun, als seien wir Jerry Cotton und Phil Decker!“, sagte er.
„Und wo kriegen wir die 08 her?“, fragte ich.

„Wir kaufen uns einfach eine Plastikpistole“, meinte er.

„Und wer ist Jerry Cotton?“, fragte ich lachend.

„Ich natürlich!“, lachte Wolfgang zurück – und ich hatte nichts dagegen, denn Phil Decker war sowieso mein Mann.

Von diesem Nachmittag an trafen wir uns regelmäßig. Wir tauschten Hefte, bastelten Schulterhalfter, kauften Spielzeugpistolen. Und dann nahmen wir unsere abendlichen Rundgänge auf. Es war nicht leicht, meinen Eltern zu erklären, warum ich mich ausgerechnet am Abend mit meinen Freundinnen treffen musste, um noch Hausaufgaben zu machen. Es durfte auch nicht zu häufig sein, sonst wären sie misstrauisch geworden. Zwei- oder dreimal in der Woche gingen wir auf Patrouille. Nie spät am Abend, sondern in der Dämmerung. Nebeneinander wanderten wir durch die Straßen und Gassen unserer Stadt. Wir sahen die Schatten länger werden, beobachteten jede verdächtige Bewegung, schlichen uns an amerikanische Straßenkreuzer an. Es gab eine Menge davon, denn zwei oder drei Kasernen voller amerikanischer Soldaten lagen am Rand unserer Stadt.

Wir drangen in Hinterhöfe ein, die Hand an der Pistole im Schulterhalfter. Manchmal zogen wir unsere Pistolen, deckten uns gegenseitig vor Gangstern, die in den Eingängen der Häuser lauerten. Es war ein wunderbares Spiel, das wir gemeinsam lebten. Für uns war es Wirklichkeit. Wir waren Jerry Cotton und Phil Decker. Wir nannten uns auch so. Nie sagte Wolfgang „Lena" zu mir, nie hätte ich ihn „Wolfgang" gerufen. Wir waren Jerry und Phil. Darüber mussten wir keine Worte mehr verlieren.

Das Schönste dabei war, dass wir so nahe beieinander wohnten. Nachts gaben wir uns Lichtsignale mit unseren Taschenlampen. Ich fürchtete mich auch weniger, wenn meine Eltern nicht zu Hause waren, denn dann machte ich mit Jerry vorher ein Notsignal aus. Ich trug außerdem keine Röcke mehr, sondern nur noch Jeans. Ein Phil Decker konnte keine Röcke anhaben. Meine Mutter schimpfte zwar und meinte, dass ich aussähe wie ein Junge, doch das störte mich nicht. Ich fühlte mich stärker und war viel glücklicher als vorher. Wolfgang war für mich auf eine wunderbare Weise zu Jerry Cotton geworden, und er hatte all die lockeren Sprüche drauf. Ich aber auch! Wir wetteiferten mit lockeren Sprüchen. Zum Beispiel: „Sieh dir mal die Puppe da vorne an! Die ist wohl in einen Eimer mit Schminke gefallen!“

„Meinst du die Vogelscheuche mit den Wimpern wie Fliegenbeine?“

So ging das ein paar Wochen. Und dann hatten wir einen ganzen Samstagnachmittag für uns allein. Beide Eltern waren irgendwo eingeladen. Jerry und ich beschlossen, den Berg zu erkunden, der gleich hinter unserem Park anstieg. Es war ein sonniger Frühlingsnachmittag, als wir loszogen. Ich freute mich auf ein Abenteuer mit Jerry. Aber als wir die Menschen und den Park hinter uns gelassen hatten, als wir quer durch den Wald gingen und wachsam nach verdächtigen Spuren suchten, da stieg ein seltsames Gefühl in mir auf. Ich fühlte mich auf einmal beklommen. Das lag an Jerry, denn er war ziemlich schweigsam. Hin und wieder stieß er mit dem Schuh nach einem Stein, und er sah mich immer wieder von der Seite an. Ich mochte es nicht, wenn er mich heimlich ansah – es machte mich verlegen! Irgendwas war anders als sonst! Ich wurde ganz kribbelig und wütend.

Wir schauten nicht mehr nach Spuren, sondern stolperten nebeneinander durch den Wald. Nach einer Weile kamen wir zu einem Bach. Jerry ließ sich am Ufer fallen und streckte sich in der Sonne aus. Er hatte seine Augen geschlossen und die Hände hinter dem Kopf verschränkt. Ich setzte mich auf einen Stein und betrachtete ihn. Warum sagte er bloß nichts? Plötzlich kam er mir so fremd vor – war nicht mehr mein vertrauter Partner Jerry Cotton. Seine Haare glänzten in der Sonne, und seine Wimpern warfen Schatten auf seine Wangen. Mein Herz klopfte irgendwie zu schnell und zu laut.

Wahrscheinlich bin ich wütend, dachte ich. Aber eigentlich spürte ich eher ein Gefühl der Angst, so ein Zittern in der Magengegend. Am liebsten wäre ich weggelaufen. Jerry sah ernst aus, fast traurig. Ich musste irgendwas tun, damit das alles aufhörte.

„Was hast du denn?", fragte ich mit unsicherer Stimme.

Er setzte sich so plötzlich auf, dass ich zusammenzuckte.

Jetzt war sein Gesicht ganz nah, immer noch ernst.

„Ich weiß nicht, wie ich es ausdrücken soll, Lena", sagte er leise.

Er hatte Lena zu mir gesagt – nicht Phil, sondern Lena! Das war gegen alle Abmachungen!

„Weißt du ..." Er drehte verlegen einen Grashalm zwischen seinen Fingern. „... ich hab dich nämlich unheimlich gern. Deswegen würde ich lieber mit dem Jerry-Cotton-Spiel aufhören und über alles Mögliche mit dir reden."

Ich hielt die Luft an, mein Herz klopfte schmerzhaft gegen die Rippen. Wolfgang warf mir einen kurzen Blick zu und drehte weiter an seinem Grashalm.

„Ich würd auch gern Lena zu dir sagen und mit dir ins Kino gehen."

Und dann neigte er sich blitzschnell vor, gab mir einen

Kuss auf die Backe, sprang auf und lief ein paar Schritte. Zwischen den Bäumen drehte er sich kurz um: „Denk drüber nach, Lena!“, rief er – und dann war er weg.

Mir war schwindlig. Ich konnte überhaupt nicht denken. Ich starrte auf den Grashalm, den er kurz zuvor noch zwischen seinen Fingern gedreht hatte. Nach einer Weile begann mein Kopf wieder zu arbeiten. Wolfgang hatte mir einen Kuss gegeben! Ich war noch nie von einem Jungen geküsst worden. Und da lag das Problem: Ich hatte ihn ja auch unheimlich gern – aber vor allem als Jerry. Da war irgendwie alles klar: Jerry Cotton und Phil Decker waren Partner. Aber Wolfgang und Lena waren etwas anderes – da wurde alles unklar!

Langsam stand ich auf. Es war so schwierig. Ich hatte Angst vor dem Unklaren. Vielleicht war jetzt alles aus? Ich machte mich auf den Rückweg. Ohne Jerry war es ein bisschen unheimlich zwischen den dunklen Bäumen. Ich zuckte zusammen, als es links vor mir raschelte, und tastete automatisch nach meiner 08 im Schulterhalfter.

„Lass sie stecken, Phil!“, rief Wolfgang und lachte.

Ich musste auch lachen, spürte aber gleichzeitig Tränen in meinen Augen.

„Gehen wir nach Hause oder noch auf den Gipfel?“, fragte Wolfgang.

„Auf den Gipfel“, antwortete ich.

Und dann gingen wir nebeneinander und sagten nichts. Aber nach einer Weile gingen wir Hand in Hand. Ich weiß bis heute nicht, wer von uns beiden die Hand des anderen genommen hatte.

MICHAEL KLAUS

# *Die Liebe, der Widersacher, der Großvater, das Huhn*

Als ich zehn Jahre alt war, hatten die Eltern meiner Mutter noch ihren Bauernhof. Er war klein. Aber dass es deshalb einmal unrentabel werden könnte, daran war nicht zu denken. Gegenüber dem alten Hauptgebäude mit großem Tennentor und Kuhstall, Schweinestall, Pferdestall, mit angebautem Hühnerstall und Misthaufen stand das mit schwarzer Teerfarbe gestrichene Holzhaus. Das war zugleich Werkstatt mit an langen, rostigen Zimmermannsnägeln aufgehängtem Werkzeug und eben Vorratsschuppen für Berge von Brennholz. Im Hauklotz stak die Axt, die wir bei Strafe nicht anfassen durften. Zwischen Haupthaus und Holzhaus lag ein ungepflasterter Hof. Hatte sich der Regen zu tief in den Hof gegraben, kippte Großvater rotweißen Ziegelschutt in die Löcher.

So wie ich meine Sommerferien bei meinen Großeltern verbrachte, wohnte Marie-Therese regelmäßig im Sommer bei ihrer verwitweten Großtante unten im Hof in der Senke. Das erste Mal sah ich sie, als sie eines Abends das einzige Huhn ihrer Großtante Änne zurückholen sollte. Obwohl meine Großeltern zweihundert Hühner hatten, war das von Tante Änne leicht zu finden. Es war das einzig Braune. Und es kam jeden Tag den Hügel herauf und wurde jeden Abend wieder zurückgetragen.

Marie-Therese war schön. Aber da war noch Ferdinand

von irgendwoher, von einem anderen Hof oder aus dem Dorf, ich weiß nicht, und der hatte mir gegenüber den großen Vorteil, dass sein Cousin im Gefängnis saß. Wenn wir also mittags, wenn alles fast still und wie gelähmt war, auf einem Holzberg, der leicht ins Rutschen geraten konnte, unter dem brütend heißen Dach des Holzhauses saßen und von weit oben auf ein Huhn spuckten, das sich ins Holzhaus verirrte, hatte Ferdinand etwas zu erzählen und ich nicht. Und je mehr Einbrüche Ferdinands Cousin begangen, gestohlene Autos zu Schrott gefahren und alten Frauen die Schädel gespalten hatte, – wir starrten unter uns auf den Hauklotz und die blutige Axt –, umso schöner wurde Marie-Therese. Dabei saßen Marie-Therese und Ferdinand so dicht zusammen, dass ich schweißnass dachte, ich sei das Huhn, auf das sie spuckten.

Das Strafmaß für Ferdinands Cousin steigerte sich von Mittag zu Mittag. Es war heiß. Der staubige Hof lag im bläulichen Dunst. Der Großvater hustete im Schlaf. Der Geruch der schmelzenden Teerfarbe, die Hühner gacksten wie vertrocknet. Da sahen wir Ferdinands zerlumpten, traurigen Cousin in Ketten auf der schattenlosen Teufelsinsel.

Ich hielt es nicht mehr aus. Ich wollte mich auf den Misthaufen werfen und für immer dort liegen bleiben. Ich konnte schon damals sehr wütend gegen andere, aber auch gegen mich selbst sein. Ich hatte die beiden da hocken lassen und war den Holzberg herabgehetzt. Besser Ferdinand auf den Mist! Aber der war älter, größer, vermutlich stärker. Ich rannte über den Hof. Nur weg! Und im schmalen, von der Hitze aufgeweichten Asphaltstreifen an der Mauer des

Misthaufens klebten plötzlich meine Sandalen fest, die Lederriemen rissen, und ich war so in Schwung, dass meine nackten Füße in die weiße Glut des Hofes trampelten. Und als ich losschreien musste, aber nicht schreien wollte, fliegen wollte und nicht konnte, immer nur: Meine Füße!, dachte, Füße! Füße! Füße!, hatte ich endlich die Idee zu meiner Geschichte, die Marie-Therese an mich heranrücken lassen würde. Ich wollte mir Zeit lassen, um überlegen bis hochnäsig zurückzukehren, aber dazu war der Hof zu heiß, und ich rannte auf den Fußballen hüpfend mit sperrigen Zehen und verzogenem Gesicht zurück ins Holzhaus in ihr breites Gelächter.

Es waren die Füße meines vor zwei Jahren gestorbenen anderen Großvaters aus der Stadt, die mir eingefallen waren. Er war so krank, dass er sich auf seinem roten Küchensofa wund lag. Dabei wurde sein Körper immer gefühlloser. Sonntags kamen seine Kinder und deren Frauen und Männer und seine Enkel. Er wurde von allen mit Handschlag oder Küssen begrüßt. Und dann begann sich sofort jeder mit jedem zu streiten, ob es noch angebracht war, die und die zu grüßen, wo die doch katholisch waren oder nur einen untergeordneten Beruf hatten, wo einer aus unserer Familie doch verbeamtet war. Und die eine unserer kleinen Familien meinte, dem Großvater die klügeren Enkel geboren zu haben. Und die Keiferei ging so weit, bis sonntags diese kleinen Familien fast auseinander brachen, und statt dass sich wenigstens die Ehepartner gegenseitig in Schutz nahmen, sagten auch die sich ins Gesicht, dass man eigentlich eine viel bessere Ehefrau, einen besseren Ehemann verdient hätte. Oder, dass man sich habe vom anderen hereinlegen lassen.

Und während eines dieser Streitsonntage waren Großvaters Füße angebrannt. Weil Großvater immer fror, lagen seine Füße auf einem Heizkissen. Das war defekt, ohne dass wir es wussten, und gab an diesem Sonntag viel zu viel Hitze ab. Großvaters Füße waren damals schon gefühllos. Er merkte nicht, wie seine Füße verschmorten. Und wir merkten es erst am Gestank in der Wohnküche.

„Blödsinn!“, sagte Ferdinand, als ich von den Füßen meines Großvaters erzählte, und wollte Marie-Therese und mir weismachen, dass sein Cousin gerade zum Tode verurteilt worden war. Aber Marie-Therese, eine Hand auf meinem Knie, wollte nur wissen, wie die Füße ausgesehen hatten.

Ich hatte damals nicht hinsehen können. Ich liebte meinen Großvater, und er liebte mich. So erzählte ich tagelang in der Hitze des Mittags unterm schwitzenden Teerdach von Großvaters Füßen, was ich von Stöcken, von Ästen, von Baumrinde im Feuer wusste. Wie sie rot glühten, wie sie dann schwarz wurden, wie sie Risse bekamen, wie sie sich aufbäumten und weiß wurden. Und hatte nur Angst, Ferdinand könnte eine viel gruseligere Geschichte erfinden. Deshalb erfand ich auch noch den Fluch meines Großvaters. Wie der brennende Greis seine ganze Familie verflucht hatte. Nur nicht mich, da er mich liebte.

Marie-Therese wollte den Fluch hören. Wort für Wort. Und seine Auswirkungen. Was war unserer Familie durch den Fluch zugestoßen? Da war es Abend, und sie musste ihr braunes Huhn einfangen und zurück zu ihrer Großtante.

Der Fluch meines angebrannten Großvaters! Mir fiel nichts ein, weder als ich an diesem Abend noch sehr lange wach im Bett lag, noch im Traum.

Meine Großmutter vom Land rettete mich. Sie schlachtete am nächsten Tag das braune Huhn und blieb bei ihrer frechen Behauptung, sie hätte es aus Versehen geschlachtet. Aber niemand glaubte ihr, dass sie aus Versehen das einzige braune Huhn unter zweihundert weißen geschlachtet hatte. Der Hof war voll von streitenden Menschen. Die Großtante vom Hof in der Senke hatte Großneffen und Großnichten mitgebracht. In Wirklichkeit war es wohl eine vierhundertjährige Nachbarschaftsfehde, die nur manchmal ausruhte, aber noch einmal vierhundert Jahre andauern wird.

Und Marie-Therese kam nicht mehr. Ich schaute zwar immer wieder durch die Obstbäume in der Senke und war traurig wegen Marie-Therese, weil sie so schön war, aber ich war erleichtert, weil mir der Fluch nicht mehr einfallen musste und was er angerichtet hatte. Und nach dem Fluch hätte mir ja wieder etwas anderes einfallen müssen, und danach wieder etwas und wieder etwas.

UWE-MICHAEL GUTZSCHHAHN

# *Lucértola*

*1. Ankunft*

Endlich sah Gino auch hinten aus dem Wagen jemanden aussteigen. Ein Mädchen mit langen blonden Haaren. Er hatte gewusst, dass noch jemand im Wagen sein musste. Für drei hatten sie das Haus gemietet, Vater, Mutter und Kind. Der Mann und die Frau, die vorn gesessen hatten, waren schon längst im Haus. Aber einer von ihnen musste, was Gino nicht hatte sehen können, an die Tür zurückgekommen sein und dem Mädchen etwas zugerufen haben, was soviel hieß wie: Nun komm schon! Und bring ein paar Sachen mit rein! Jedenfalls schob sich das Mädchen träge aus dem Wagen und ging lustlos zum Kofferraum. Dort zerrte es etwas unter der geöffneten Klappe hervor und verschwand schließlich mit einer winzig kleinen Plastiktüte im Haus.

Danach ließ es sich nicht noch mal blicken. Nur der Mann und die Frau kamen abwechselnd und holten Koffer, Reisetaschen mit halb offenem Reißverschluss, aus denen Schuhe und Wanderstiefel hervorsahen, einen Packen lose verstauter Bettwäsche, mindestens drei Wolldecken, eine riesige Kühlbox und eine ganze Kiste voll Lebensmitteln in Gläsern, Dosen und Tüten aus dem Wagen.

Das also waren die neuen Feriengäste. Gino war von keinem der drei begeistert. Wenn schon, hätten sie wenigstens einen Jungen mitbringen können. Einen, mit dem man was anfangen konnte.

*2. Eine Woche später*

Endlich ein Tag für mich, dachte Martina. Erst wochenlang vorher dieses Gerede über herrliche Wanderungen durch Weinfelder und Olivenhaine, dann eine Woche Sommerglut, in der kein Mensch über Mittag freiwillig einen Schritt vor die Tür setzt, außer meinen Eltern natürlich. Die schreckt wirklich gar nichts ab.

Martina hatte gestreikt. „Wenn schon kein Urlaub am Meer, mit Wasserkühlung und Luftmatratze wie im letzten Jahr, dann wenigstens jede Woche einen wanderfreien Tag für mich. Ich bleibe hier, und ihr könnt wandern, wohin und wie weit ihr wollt. Macht euch um mich keine Sorgen. Ich werde lesen und nichts tun und meine Füße ausstrecken, damit die Blasen verschnaufen können.“

Ihre Eltern hatten lange geredet und unnütze Überlegungen angestellt. Doch am Ende hatten sie, weil ihnen nichts Besseres einfiel, eingewilligt. Aber nur unter einer Bedingung: Der Garten wird nicht verlassen! Hast du verstanden?

Frühmorgens waren die Eltern wieder zu einer Wanderung aufgebrochen. Martina hatte sich zur Wand gedreht und ausgeschlafen. Seit einer Woche zum ersten Mal. Dann war sie aufgestanden und hatte sich ein Marmeladenbrot zum Frühstück geschmiert, das sich sehen lassen konnte, so dick war der Erdbeerbrei drauf. Und mitsamt Brot, Milchpackung, Kabadose, einem Glas, einem Löffel und einem Buch, alles zusammen auf einem schönen Tablett, das ihre

Eltern noch keinen Morgen benutzt hatten, verließ sie die Küche in Richtung Garten. Dort stellte sie das Tablett neben den Liegestuhl aus weiß gestrichenem Holz und blauweiß gestreifter Stoffbespannung, auf den sie sich bisher nur abends nach den Wanderungen hatte fallen lassen können, völlig k. o. So ein schöner Liegestuhl und so wenig genutzt! Schande! Da muss dringend was nachgeholt werden! Superdringendst!, sagte sich Martina und ließ sich in den Liegestuhl sinken, als wäre sie wieder acht Stunden gewandert.

Im Liegen öffnete sie die Kabadose.

Im Liegen füllte sie Pulver und Milch ins Glas.

Im Liegen schlürfte sie den ersten Schluck.

Im Liegen biss sie in das Marmeladenbrot.

Im Liegen hörte sie hinter sich ein Schnalzen.

Es war gar nicht leicht, mit einem marmeladetriefenden Butterbrot und einem noch reichlich vollen Glas Kaba aus dem Liegestuhl hinter sich zu spähen. Kein Wunder, dass Marmelade und Kaba aufs T-Shirt kleckerten. Zumutung, jemanden beim Essen zu stören.

*3. Weitere zwei Wochen später*

Gino wartete wie jedes Mal hinter den Pinien. Es war Martinas letzter wanderfreier Tag. Noch zwei Tage, dann war der Urlaub zu Ende.

Endlich öffnete Martina die Küchentür.

„Bis du da, Ginelli?“, rief sie. Sie hatte ihn von Anfang an so genannt. „Passt doch. Gino Ginelli. Ich denk da sofort an Eis. Schöner Gedanke“, hatte sie gesagt.

„Hast du wieder von Eis geträumt?“, antwortete Gino von hinter den Pinien. „Wo bleibst du?“

„Reg dich nicht auf. Ich hab dir was mitgebracht. Los, komm schon rüber.“

Gino kam durch die Pinienreihe, da wo einer der schwarzgrünen Spitzbäume eingegangen und eine Lücke entstanden war. „Was gibt's?“

„Nichts Besonderes“, sagte Martina. „Hab dir auch ein Marmeladenbrot gemacht. Damit du nicht wieder wie neulich mit solchen Stielaugen über meins herfällst.“

Gino konnte gut Deutsch. Seine Eltern waren erst vor drei Jahren mit ihm aus Deutschland zurückgekehrt. Aber was Stielaugen waren, wusste Gino nicht.

„Stielaugen ist, wenn man einem andern das Marmeladenbrot mit den Augen stiehlt“, erklärte Martina und grinste. „Sagt doch der Name.“

Dann gab sie Gino das Brot, das sie noch dicker mit Marmelade bestrichen hatte als ihres. So ein Brot nannte man besser getunkter Brothauch, Geschmacksrichtung Erdbeer.

„Reicht das, Ginelli?“

„Wenn du mir jetzt noch vormachst, wie ich das essen soll, ohne zu kleckern, vielleicht.“

„Zieh dich aus. Dann kannst zu kleckern, so viel du willst. Ich wasch dich hinterher ab“, antwortete Martina.

„Nur, wenn du auch.“

„Ich klecker ja nicht.“

„Und vor zwei Wochen?“

„Das war deine Schuld. Schließlich stört man niemanden beim Essen. Wusstest du das nicht?“

„Ich? Nee!“, tat Gino scheinheilig. „Wieso das denn?“

„Na, hör mal, was hast du denn in Deutschland gelernt? Bei uns sitzt man gerade am Tisch, lümmmelt sich nicht, schmatzt nicht, quatscht nicht. Und jemanden von hinten erschrecken, das gibt's schon mal gar nicht. Aber bei euch ist das wahrscheinlich anders.“

„Blöde Trine“, sagte Gino.

„Wenn schon, dann Tine“, lachte Martina noch. „Das lass ich gelten. Aber Trine? Wehe!“

„Trine, Trine, blöde deutsche Trine!“, rief Gino.

„Kommst gleich in die Terrine!“

„Du bist fies! Echt! Und so jemandem schenk ich ein Marmeladenbrot. Muss ich blöd sein! Total bescheuert! Oh Mann, tut das weh!“

Gino lachte wieder. „Ist ja gut. Kannst dich wieder beruhigen. So blöd bist du auch wieder nicht.“

„Mann, bist du freundlich!“

„Klar. Eigentlich wollte ich dir heute Morgen sogar was schenken. Willst du wissen, was?“

Sekundenlang Schweigen. Doch dann: „Sag schon, Ginelli!“

„Ich zeig's dir. Komm mit.“

„Wohin?“

„Wirst schon sehen.“

„Ich darf doch den Garten nicht ...“

Da lief sie schon Gino hinterher durch die Lücke zwischen den Pinien, durch die er verschwunden war.

„Ginelli, warte! Warte doch!“

*4. Abreisetag, morgens*

Martina sah noch zwei Tage später die Eidechse vor sich. Eklig. Ginelli spinnt. Was soll ich mit einer Eidechse?

„Lucértola", hatte Gino gesagt und die winzige graue Eidechse auf seine Hand gesetzt, ehe sie auf der Mauer wegzucken konnte. „Klingt schön, nicht? Willst du sie?"

„Ist das dein Geschenk?"

„Was denn sonst? Hier, nimm sie. Lucértola."

„Iiih Spinne! Das ist eine Echse!", schrie Martina.

„Ich weiß. Kleines Krokodil. Aber es frisst dich nicht. Eidechsen sind harmlos. Sogar ganz große. Die sind mindestens dreißig Zentimeter mit Schwanz. Und grün wie ein richtiges Krokodil. Hast du schon mal so eine große gesehen?"

„Hör auf", sagte Martina und sah immer noch auf Ginos Hand, auf der die kleine graue Eidechse lauernd hockte.

„Große sind selten. Viel seltener als diese kleinen Lucértole", redete Gino unbeirrt weiter. „Ich könnte dir eine große zum Geburtstag schenken. Ich weiß, wo es welche gibt."

„Spinnst du?", schrie Martina weiter. „Ich hasse Echsen. Echsen sind eklig. Egal wie groß. Guck doch. Alle sehen sie aus wie ein lauerndes, mordsüchtiges Krokodil. Sogar die da auf deiner Hand."

„Unsinn. Du musst sie nur in die Hand nehmen. Dann spürst du, was für ein schönes Tier sie ist. Lucértola. So ein schöner Name. Ganz sanft. Klingt kein bisschen nach Krokodil. Sag schon, wann hast du Geburtstag? Ich schenk dir eine. Die großen sind wirklich noch viel viel schöner. Fänd ich echt ein passendes Geburtstagsgeschenk für dich."

Martina hatte alles daran gesetzt, ihren Geburtstag nicht zu verraten. Denn er fiel ausgerechnet mit dem Tag zusammen, an dem sie mit ihren Eltern wieder nach Hause fuhr. Gino hätte ihr ohne weiteres so ein Krokodil ins Auto schmuggeln können. Oder in einen der Koffer. In die Kühlbox, damit es bis Deutschland durchhielt.

Gut, dass Gino ihren Geburtstag nicht wusste. Auf gar keinen Fall wollte Martina eine Eidechse. Überhaupt kein ekliges Krokodil. Nicht mal ein ausgestopftes.

Irgendwie hatte sie trotzdem Angst, dass Gino ihren Geburtstag herausgefunden haben könnte. Ginelli kriegt alles raus, dachte sie morgens früh vor der Abreise, als sie im Bett lag und sich noch niemand im Haus rührte.

Wenn ich mir vorstelle, ich mach zu Hause meinen Koffer auf und es sitzt ein Krokodil oben auf den T-Shirts! Iiih Spinne! Grässlich! Ich würde schreien. Mama auch. Und Ginelli würde sich hier in Italien alles genau ausmalen. Den Moment, wenn wir den Koffer öffnen und schreien. Ekel. Hab ich eigentlich Geburtstag oder er?

Martina stand auf. Sie konnte jetzt unmöglich mehr schlafen. Irgendwie wurde das Zimmer zu eng. Schon wieder so ein Sommergluttag. Ausgerechnet, wo sie nach Hause fahren. An diesem Geburtstag war ihr wirklich gar nichts gegönnt. Schon, dass sie an so einem Tag von morgens bis abends im Auto hocken musste. Bei der Hitze. Und dann noch Ginelli mit seinen ekligen Krokodilen. Oh Mann, das halt ich nicht aus!, dachte Martina.

Sie ging zum Fenster und drückte die Holzläden auf. Grelles Licht knallte ins Zimmer, dass sie blinzeln musste.

Als sie die Augen wieder öffnen konnte, sah sie den grünen Busch vor dem Fenster im Sonnenlicht gleißen. Dann raschelte er. Martina erschrak. Als ob hundert Eidechsen in ihm versteckt wären. Große grüne mit lauernden schwarzen Augen. Der Busch sah sie an.

*5. Abends, zu Hause*

Nach zwölf Stunden Fahrt wühlte Martina müde in allen Koffern. Bis zur Erschöpfung hatte sie geholfen, das ganze Urlaubsgepäck ins Haus zu schleppen. Von Koffer zu Koffer, von Reisetasche zu Reisetasche war sie gerannt, um alle zu öffnen.

„Was ist los?“, staunte ihre Mutter. „Suchst du was?“

„Lass mich.“

Zu guter Letzt untersuchte Martina auch noch die Kühlbox. Aber auch da: nichts. Nicht mal eine winzig kleine Lucértola. Eine ganz kleine, unscheinbare Eidechse mit lauernden schwarzen Augen. Ein winziges Mini-Krokodil.

Mist, dass ich Ginelli meinen Geburtstag nicht gesagt hab. So was Bescheuertes. Ich ekle mich überhaupt nicht. Nicht mal vor großen Eidechsen. Kein bisschen. Aber eine kleine Lucértola würde schon reichen. Wäre das schönste Geburtstagsgeschenk, das ich mir vorstellen kann. Ehrlich. Mann, muss ich blöd sein, dass ich Ginelli nichts gesagt hab. Hab ich ja immer gewusst.

Martina ging in ihr Zimmer und warf sich aufs Bett.

GREGIE DE MAEYER

# *Fühl mal*

Gemächlich beginnt Domino seinen Hosenschlitz aufzumachen.

„Schau“, sagt er.

„Nein!“, schreit Dimka und schlägt die Hände vor die Augen. Sie will nichts sehen von dem Schauspiel, das Domino aufführt. So bleibt Dimka ein Weilchen sitzen, vielleicht eine Minute, während Domino mit dem Hosenschlitz im Anschlag gegen die Bäume lehnt. Er knabbert an einem Grashalm.

Die Bäume liegen auf einem Stapel im Graben. Sie sind eine meterlange Bank. Und da drauf sitzt Dimka. In der Mitte. Eine Fliege erkundet ihr Knie. Mit beiden Ellenbogen jagt Dimka sie weg. Irgendwo zwischen den paar Wolken am Himmel summt ein Flugzeug hin und her. Manchmal kann man es kaum hören.

Sobald sie vorsichtig durch zwei Finger linst, fummelt Domino herausfordernd an seiner Hose. Sie macht schnell zwei grimmige Fäuste und drückt mit allen geballten Fingern ihre Augen zu.

„Sie schläfern dich erst ein“, sagt Domino. „Du fühlst nichts davon.“

„Bis du wach wirst“, sagt Dimka. „Es tut ganz arg weh.“

„Es ist bloß ein ganz kleiner Schnitt“, sagt Domino. „Der Arzt hat es versprochen.“

„Warum schläfern sich dich dann erst ein, wenn es nur eine kleine Operation ist?“, fragt Dimka.

„Du verstehst davon nichts“, sagt Domino. „Schau, damit du weißt, worüber du redest.“ Erneut beginnt er an seinem Hosenschlitz zu friemeln.

„Lass. Ich weiß das alles“, sagt Dimka. „Die Juden tun es auch. Alle Juden schneiden ein Stückchen vom Pimmel ihrer Kinder.“

Dimka lässt die Hände sinken. Sie guckt Domino direkt in die Augen.

„Alle Juden?“

Dimka nickt.

Das Flugzeug hängt nun genau über ihren Köpfen. Sie schauen zu ihm hoch. Und sie hören auf das Gebrumm.

„Später werde ich Förster“, sagt Domino. „Und dann kauf ich so ’n Flugzeug, um die Bäume und die Hirsche und die Wildschweine zu zählen. Und dann darfst du mit. Dann häng ich ein Spruchband hinter das Flugzeug, darauf steht: ‚Der Förster liebt Dimka.‘ Und dann erschrecken wir die Leute aus dem Dorf mit Sturzflügen und Loopings und ...“

„Ich frag mich, was sie mit den Stückchen machen“, sagt Dimka.

„Welches Stückchen?“

„Ich frag mich, was sie mit dem Stückchen Pimmel tun, das der Arzt wegschneidet.“

„Das ist kein Stück Pimmel!“, sagt Domino. „Das ist ein Stückchen Haut. Sie machen es los. Es ist festgewachsen an meinem Pimmel. Und das muss los. Sieh doch.“

Domino grinst, weil es Dimka verlegen macht.

„Nein, hab ich gesagt.“ Dimka klettert einen Stamm höher. Sie dreht ihm den Rücken zu.

„Ich frag mich wirklich, was sie damit machen. Mit den Stückchen. Und mit all den anderen Dingen, die aus den Bäuchen und Brüsten von Menschen herausgeschnitten werden.“

„Sie geben sie dem Hund“, sagt Domino.

„Oder den wilden Tieren im Zoo“, sagt Dimka. „Oder den Schweinen.“

„Vielleicht wird ja gar nichts weggeschnitten. Sie machen es einfach los. Das hab ich dir doch schon gesagt.“

„Sie tun mit dir, was sie wollen“, sagt Dimka. „Wenn du schläfst. Und während sie dich mit einem haarscharfen Messer aufschneiden, macht der Arzt Witze. Über einen Mann, der einen neuen Penis kriegt. Und weil es keine Penisse mehr gibt, hat der Arzt einen Rüssel angenäht. Der Mann war ganz zufrieden mit seinem neuen Teil. Aber er kriegte Schwierigkeiten auf Festen, wenn da jemand mit Erdnüssen längs lief.“

„Mit Erdnüssen?“

„Und Kuchen.“

Domino begreift nichts.

„Dann fangen die Schwestern an zu lachen und niemand hat Mitleid mit dir. Sie lachen sich tot, während der Arzt schneidet. Während du da liegst und verblutest“, sagt Dimka.

„Du machst mir Angst“, sagt Domino.

Er denkt an den Rüssel.

Das Flugzeug ist weg. Nur die Fliege sitzt noch da. Auf

Dimkas Knie. Mit einem Schlag ist sie tot. Mit einer Bewegung ihrer Hand fegt Dimka die Fliege ins Gras.

„Du musst keine Angst haben“, sagt sie. „Vielleicht schläfern sie dich doch nicht ein. Vielleicht geben sie dir nur einen Stich genau da, wo geschnitten werden muss. Um nur da zu betäuben. Und dann kannst du alles hören, was gesagt wird. Dann wird der Arzt seine dummen Witze für sich behalten.“

Domino ist blass geworden. Mit den Händen zwischen den Beinen starrt er Dimka an. Es sieht aus, als ob er den Stich zwischen den Beinen jetzt schon fühlt.

Da ist das Flugzeug wieder. Und die Fliege! Oder ist es eine andere? Das Flugzeug fliegt so niedrig, dass sie sich nicht verstehen können.

„Okay“, ruft Dimka. „Lass sehen, wenn du es unbedingt willst.“

Domino schüttelt den Kopf.

„Lass sehn!“, sagt Dimka, während sie mit beiden Händen Dominos Hose festhält.

„Hände weg“, ruft er. „Nimm die Hände weg!“

Domino und Dimka fallen zusammen vom Baumstapel.

Das Flugzeug steigt in die Höhe.

„Sehr tapfer“, sagt Dimka. Sie lässt Domino los.

„Bist du vielleicht tapfer?“, fragt er.

„Ganz tapfer“, sagt Dimka.

„Wie tapfer?“

„So mutig“, sagt Dimka. Sie zeigt auf ihren Bauch.

„Was ist so tapfer an deinem Bauch?“, fragt Domino.

„Sie haben ihn aufgeschnitten“, sagt Dimka.

„Aufgeschnitten?“

„Um ein Stück Darm rauszuholen. Sie haben einen Stich gemacht und dann hab ich so getan, als ob ich schlafe. Alle dummen Witze vom Arzt hab ich gehört. Und die Schwestern haben gelacht und gelacht und gelacht.“

Dimka nimmt den Saum ihres T-Shirts und lässt ihren Bauch sehen. Ihren nackten Bauch.

Domino wird es heiß und kalt.

Dann zieht Dimka ihre Hose ein bisschen nach unten.

„Guck“, sagt sie.

Ein zartrosa Streifen lacht ihn an.

„Fühl mal“, sagt Dimka.

Vorsichtig, mit einem Finger, fühlt er.

„Schön“, sagt Domino.

„Es ist eine Narbe“, sagt sie. „Und sie geht nie mehr weg. Narben sind hässlich.“

Sie nimmt Dominos Hand weg, lässt ihr T-Shirt fallen und seufzt tief.

„Narben sind cool“, sagt Domino. „Später lass ich mich tätowieren, dann sitzt ein Drache auf meinem Arm mit deinem Namen zwischen den Zähnen. Und ein Herz auf meiner Brust. Ein großes rotes Herz.“

Dimka lacht. „Du bist verrückt“, sagt sie.

„Es soll wehtun“, sagt Domino. „Ganz doll, aber ich werde die Zähne zusammenbeißen. Ich werde es nicht mal fühlen, so stark bin ich.“

Da kommt ein Bauer. Ein Bauer auf seinem Traktor mit einem Hund auf dem Schoß. Er grüßt. Als ob sie nicht zehn wären. Als ob sie zu den Großen gehörten.

„Hat es wehgetan?“, fragt Domino.

„Was?“, fragt Dimka.

„Das“, sagt Domino, während er seine Hand vorsichtig auf ihren Bauch legt.

„Überhaupt nicht“, sagt Dimka. „Ich hab nichts gefühlt, weil ich den Stein bei mir hatte.“

„Den Stein?“

„Solange du den geheimen Stein bei dir hast, kann dir nichts passieren“, sagt Dimka.

Sie holt ihr Portmonee aus der Hosentasche. Im Portmonee sind ein altes Taschentuch, ein bisschen Geld und ein Stein. Er ähnelt einem Stück Glas. Dimka hält den Stein zwischen Daumen und Zeigefinger gegen die Sonne. Ein Auge zugekniffen, schaut sie den Stein an. Er funkelt im Sonnenlicht.

Das Flugzeug ist auch wieder da und zwei Schmetterlinge jagen wie verrückt hintereinander her.

Domino blinzelt. Er seufzt.

„Weißt du sicher, dass er hilft, so ein Stein?“

„So sicher wie nur was“, sagt Dimka.

„Wie komm ich an so einen Stein?“

„Du musst ihn stehlen“, sagt Dimka.

„Stehlen? Wo?“

„Oder finden?.“

„Finden?“

„Oder kriegen“, sagt Dimka. „Mach die Augen zu.“

Domino schließt die Augen.

Er hört das Flugzeug, weit weg.

„Manchmal stürzen sie ab“, sagt er.

„Halt die Hände auf“, sagt Dimka.

„Und niemand überlebt es.“

Seine Hände zittern, als er mit ihnen ein Schüsselchen formt. Er streckt es vor sich aus.

Dimka küsst den Stein. Dann drückt sie ihn vorsichtig gegen die Lippen von Domino und legt ihn danach in seine Hände. Sie schließt seine Finger um den Stein und flüstert: „Niemand stürzt ab.“

Eine Fliege brummt an seinem Ohr, während Dimkas Finger seine Wange streicheln.

Und dann beginnt Domino zu lachen. Er lacht sich kaputt. Die eine Hand fest um den Stein gepresst, klatscht er sich auf den Hintern. Er ruft: „Die Erdnüsse, die Kuchen. Ich verstehe!“

INGE MEYER-DIETRICH

# Glücksklee

Christoph kramt in seiner Schultasche.

Wühlt alles durcheinander.

Hat er den Stift denn wirklich?

Ja! Er hat ihn. Wirklich, er hat zum ersten Mal in seinem Leben geklaut!

Er legt den Stift vor sich auf den Schreibtisch.

Ein blauer Stift. Mit grünen Kleeblättern verziert.

Vierblättrige. Die bringen Glück!

Christoph fängt an, die Kleeblätter zu zählen. Zuerst kommt er dauernd durcheinander. Aber dann schafft er es: Genau fünfunddreißig Blätter zählt er. Fünfunddreißigmal Glück?

Einmal würde schon reichen, denkt Christoph.

Chrissie und Christoph. Christoph und Chrissie. Er schreibt die Namen ganz ordentlich mit dem Glücksstift auf ein großes Blatt Papier und malt ein leuchtend rotes Herz mit dickem Filzstift drumherum. Das gefällt ihm. Doch er versteckt das Blatt schnell in seiner untersten Schreibtischschublade. Niemand soll es sehen!

Dann lehnt er sich auf dem Stuhl zurück und macht die Augen zu. Den Stift hält er dabei in der Hand. Chrissies Stift.

„Du brauchtest ihn doch nicht zu klauen", flüstert Chrissie

ihm ins Ohr, so leise, dass es außer ihm niemand hören kann.

„Ich hätte ihn dir auch geschenkt."

„Waaas?"

„Geschenkt. Na klar." Chrissie lacht. Dabei wippen ihre Haare auf und ab und hin und her und streicheln ganz sanft sein Gesicht. „Glaubst du's nicht?"

„Aber wieso ...?"

„Weil ... weil ich deine Freundin sein will."

Christoph seufzt und macht die Augen wieder auf.

Mistmistmist! Alles nicht wahr! Kein klitzekleines bisschen! Chrissie wäre stinkwütend, wenn sie wüsste, dass er ihr den neuen Stift geklaut hat. Und dann, das haben doch wohl alle in der Klasse bemerkt: Sie ist ja schon seit vor Weihnachten mit einem andern zusammen, mit Matthi nämlich. Der Klassensprecher und auch der Beste im Sport. Der ist überhaupt ganz toll. Und er hat bei der Weihnachtsfeier am letzten Tag vor den Ferien den Joseph gespielt. Mit Chrissie als wunderschöner Maria.

„Die passen doch super zusammen", hat Annika gesagt, gleich am Anfang, als sie das Krippenspiel eingeübt haben. Und obwohl Annika Chrissies beste Freundin ist und er sie sonst ganz gut leiden kann: In dem Moment hätte Christoph ihr am liebsten eine reingehauen. Annika sollte besser ein Schaf oder den Ochsen spielen, die blöde Kuh, hat er gedacht. Nicht den Hosianna-Engel mit den goldenen Flügeln. Dann hätte er es ihr schon gezeigt. Er war nämlich einer von den Hirten.

Ja, warum konnte er nicht der Joseph sein?

Wenn er sich wenigstens gemeldet hätte!

„Wer von euch würde denn gern den Joseph spielen?", hat Herr Krämer gefragt, damals, im November, als schon feststand, dass Chrissie die Maria sein sollte.

Ich!, hätte Christoph am liebsten geschrien.

Aber er hat nicht mal aufgezeigt. Sein Herz hat geklopft und geklopft, und er konnte vor Aufregung kaum atmen. Einfach bloß dagesessen hat er und blöd geguckt. Dabei träumt er schon so lange davon, Chrissies Freund zu sein.

Matthi und Ben und Thorsten und Dominik. Die haben sich alle vier gemeldet. Herr Krämer hat sie Lose ziehen lassen. Matthi hat gewonnen. Gestrahlt hat der wie Boris Becker nach seinem letzten Sieg.

Christoph wäre am liebsten nach Hause gelaufen.

Und dann musste er auch noch einer der Hirten sein, weil Herr Krämer unbedingt wollte, dass alle Kinder bei dem Krippenspiel mitmachten.

„Warum guckst du denn so böse, Christoph?", hat Herr Krämer bei der Generalprobe gefragt. „Ist dir eines von deinen Schafen weggelaufen?"

Zum Glück hat keiner über die blöde Bemerkung gelacht. Nur Matthi, der hat gegrinst. Jedenfalls kam es Christoph so vor.

Matthis Vater hat während der Aufführung dauernd fotografiert. Und der war es auch, der die Idee mit dem Klassenfoto hatte. Alle Kinder sollten sich in ihren Kostümen auf der großen Treppe vorm Schulhaus aufstellen.

Maria und Joseph in der Mitte.

Christoph hat sich weggeschlichen. Und bis jetzt ist es keinem aufgefallen, dass von den Hirten einer gefehlt hat. So ist das.

Der Stift in Christophs Hand fühlt sich warm an.

Vielleicht bringt er ja wirklich Glück?

Vielleicht wird Chrissie den Matthi irgendwann leid? Manchmal kann er ein ganz schöner Angeber sein. Oder Matthi verliebt sich in eine andere? Oder oder oder?

Auf jeden Fall hat Christoph jetzt was von Chrissie, den Stift, mit dem sie schon geschrieben hat. Ihre Fingerabdrücke sind drauf und seine. (Andere auch noch, sicher, doch die denkt sich Christoph einfach weg.)

„Hat jemand von euch gestern meinen Stift eingepackt?"

Chrissie fragt das am anderen Morgen laut in die Klasse hinein. Gleich in der ersten Stunde.

„Eingepackt ist gut." Annika lacht. „Du meinst geklaut?"

„Egal", sagt Chrissie. „Ich will ihn wiederhaben."

„Deinen Stift?", fragt Herr Krämer. „Wie sah er denn aus?"

„Blau mit lauter Glücksklee drauf", sagt Chrissie.

„Hat jemand ihn vielleicht doch aus Versehen eingesteckt?"

Herr Krämer sieht die Kinder an. „Guckt bitte mal alle in eure Etuis." Damit hat Christoph nicht gerechnet. Er hätte den Stift doch besser zu Hause lassen sollen! Nein, im Etui hat er ihn nicht. Aber wenn Herr Krämer jetzt verlangt, dass sie alle ihre Schultaschen auspacken?

„Hier scheint deinen Stift jedenfalls keiner zu haben, Christiane“, sagt Herr Krämer. „Guck noch mal gründlich zu Hause nach.“

„Hab ich schon“, sagt Chrissie. „Ich find ihn nicht. Gestern hatte ich ihn zum ersten Mal mit in der Schule. Aber ich kann ja noch mal suchen.“

Christophs Herz klopft schon wieder so blöd wie vor Weihnachten, als es um den Joseph ging. Bauchschmerzen hat er. Eigentlich ist es doch gemein, gerade Chrissie etwas zu klauen. Bestimmt ist der Stift ein Geschenk.

„Ich bin mir ziemlich sicher, dass dein Stift wieder auftaucht, Christiane“, sagt Herr Krämer, „ich glaube nicht, dass von uns jemand stiehlt.“

Auch das noch!

Stiehlt. Das hört sich schrecklich an! Christoph will das Wort nicht hören. Doch da hat es sich schon in seinem Kopf festgesetzt. Und ihr richtiger Name. Christiane. Der klingt heute so streng! Christiane sagen nur die Lehrer. Die Kinder sagen alle Chrissie. Das passt auch viel besser. Passt zu ihren Haaren. Zu ihren hüpfenden Schritten. Zu ihrer Stimme, die er so gern hört, besonders, wenn Chrissie etwas vorliest. Warum das für ihn so ist, weiß er selbst nicht genau.

Chrissie. Das kann man innendrin ganz liebevoll sagen. Zehnmal und öfter hintereinander. Bei „Christiane“ würde man sich viel leichter verstottern.

Als es klingelt, weiß Christoph nichts von dem, was sie in dieser Stunde durchgenommen haben. Er weiß nur: Glücksklee. Aber glücklich ist er nicht. Ganz im Gegenteil.

Kann es sein, dass geklauter Glücksklee Unglück bringt?

Ob Christoph den Stift heimlich auf Chrissies Platz zurücklegen soll? Wenn er sich nach der Pause beeilt, kann er es schaffen, ohne dass jemand was merkt.

Er könnte es schaffen. Aber er versucht es gar nicht erst. Und das liegt nicht daran, dass die Zeit zu knapp ist.

Wenigstens eine Lieblingsstunde hat er heute: Zeichnen. Das kann er gut, und das tut er gern. Er ist meistens als Erster fertig mit dem Thema, das Herr Krämer ihnen stellt. Und danach kann er zeichnen, was er will. Heute muss er aufpassen, dass er keine Wiese mit Glücksklee malt. Da fällt ihm ein, dass sie ja morgen Fahrradprüfung haben. Er zeichnet ein Mädchen auf einem Fahrrad.

Verflixt. Das Mädchen sieht Chrissie ziemlich ähnlich. Schnell setzt er ihr eine Kappe auf und malt ihr eine Brille mit rotem Rand. So kann keiner Chrissie erkennen.

„Sollen wir nachher noch ein bisschen Rad fahren üben?", fragt Ben auf dem Nachhauseweg.

Besser als zu Hause rumsitzen, denkt Christoph. Lust hat er keine. Lust hat er zu gar nichts mehr.

Sie treffen sich um drei am Sportplatz. Zuerst fährt Christoph einfach bloß so hinter Ben her, ohne richtig aufzupassen, wohin sie fahren. Dann tritt er plötzlich in die Pedale wie noch nie. Er merkt, wie gut ihm das tut! Er will Ben gar nicht abhängen. Er will nur trampeln, so lange und so fest, bis er dieses komische Gefühl endlich los ist, das ihn in letzter Zeit ganz durcheinander bringt.

Keuchend kommt er am Wäldchen hinter den Hochhäusern an.

Keine Spur mehr von Ben.

Christoph steigt ab und setzt sich auf eine Mauer. Ob Ben sauer ist und aufgegeben hat?

Da sieht er ihn kommen. Er ist nicht allein. Chrissie und Annika sind bei ihm. Nur die beiden. Kein Matthi.

„Mensch, willst du 'n Rekord aufstellen?", ruft Ben. „Wir wollten doch zusammen üben."

„Ich weiß nicht", sagt Christoph unsicher. „Auf einmal musste ich einfach treten." Er kommt sich albern vor.

„Du bist schon einer!" Annika steigt von ihrem Rad und sieht gar nicht mehr aus wie der Engel im Krippenspiel.

„Gut, dass Ben uns getroffen hat."

„Habt ihr auch Angst vor morgen?", fragt Chrissie.

„Nee", sagt Christoph. Und das stimmt. Das ist keine Angeberei. Er ist zwar einer, der nicht immer genug aufpasst, weil er manchmal an was ganz anderes denken muss – an den geklauten Glücksstift zum Beispiel. Aber mit dem Fahrrad hat er eigentlich keine Probleme.

„Ich hab ein komisches Gefühl wegen morgen", sagt Annika.

„Die Verkehrsregeln. Das sind so viele. Wie soll man die bloß alle behalten?"

Ben nickt und beißt sich auf die Unterlippe.

„Linksabbiegen ist am schlimmsten." Chrissie poliert mit dem Anorakärmel ihre Fahrradklingel. „Auf dem Verkehrsübungsplatz war alles so einfach, aber richtig auf der Straße?" Sie macht ein sorgenvolles Gesicht.

„Und Matthi?“, fragt Ben. „Was ist mit dem? Warum übt der nicht mit?“ „Für den ist alles kinderleicht.“ Chrissie klingt fast ein bisschen böse. Oder bildet Christoph sich das bloß ein.

„Ich hab jedenfalls Angst vor morgen“, sagt Chrissie.

Mensch, und jetzt hat sie noch nicht einmal mehr ihren Glücksstift, denkt Christoph. Dabei könnte sie ihn bei der Prüfung vielleicht viel besser gebrauchen als ich.

Aber er kann ihn doch morgen nicht in ihre Tasche schmuggeln und nachher noch einmal klauen?

Ich muss ihr einen anderen Glücksbringer besorgen, denkt er. Und da fällt ihm sein kleiner plüschiger Marienkäfer ein.

Den hat Mama ihm geschenkt, als er mal ganz schlimmen Durchfall hatte und für ein paar Tage ins Krankenhaus musste. Das ist lange her.

„Und was machen wir jetzt?“, fragt Annika.

„Wir können ja die ganze Strecke noch mal zusammen abfahren, so wie es morgen bei der Prüfung sein soll“, schlägt Christoph vor.

„Und dann bist du plötzlich wieder weg“, meint Ben.

„Diesmal nicht“, sagt Christoph. „Diesmal fahr ich ganz normal und vorsichtig.“

Er lässt Ben vorneweg fahren. Dann kommt Annika und nach ihr Chrissie. Ihr roter Anorak leuchtet die ganze Zeit vor ihm her. Dasselbe Rot wie das Herz auf dem Blatt in seiner untersten Schreibtischschublade. Chrissies Haare wippen, und Christoph fühlt sich plötzlich, als säße er auf einem Flugrad.

Abends legt er den Glücksstift und den kleinen Marienkäfer unter sein Kopfkissen und wartet darauf, dass er einschläft. Jetzt ist er sich gar nicht mehr so sicher, dass die Fahrradprüfung leicht zu schaffen ist. Und wenn er durchfällt? Dann blamiert er sich, und er will sich auf keinen Fall vor Chrissie blamieren! Einschlafen kann er lange nicht. Und dann ...

Zuerst fahren sie alle normal hintereinander, in einer langen Reihe, die ganze Klasse. Auf einmal ist Matthi links neben Chrissie, und die beiden fahren Hand in Hand.

Das geht nicht, das ist gefährlich, will Christoph rufen.

Aber da sieht er Matthis Vater am Straßenrand stehen.

Mit Fotoapparat wie beim Krippenspiel. Der muss die beiden wohl dauernd knipsen!

Einen Moment lang nicht aufgepasst – und schon hat Christoph die anderen Kinder verloren. Er weiß den Weg nicht mehr. Er will radeln, so schnell es geht. Will die andern wieder finden. Aber er kommt nicht vom Fleck. Den Lastwagen sieht er viel zu spät.

Neiin! Nein, ausweichen kann er nicht!

Dass man so auf einen Lastwagen draufknallen kann, ohne dass es irgendwo wehtut!

Christoph liegt auf der Straße. Der Lastwagenfahrer beugt sich erschrocken über ihn. So ist das, wenn man stirbt, denkt Christoph verwundert. Da kann man sogar noch denken. Nur aufstehen und weggehen, das kann er eben nicht mehr. Er liegt da und ist tot und hat keine Ahnung, was jetzt kommt.

Ein Hund bellt. Doch Christoph sieht ihn nicht. Da

wacht er auf und begreift erst ganz allmählich, dass er lebt und dass er Alina hört, den Hund der Nachbarn. Alina bellt jedes Mal, wenn einer ins Haus kommt, den sie nicht kennt.

Da kommt also jemand die Nachbarn besuchen. Dann ist die Nacht sicher noch lange nicht um, denkt Christoph enttäuscht. Und wie man sich als Toter fühlt, das weiß er jetzt auch noch immer nicht.

Am Morgen ist er schrecklich müde. Mama packt ihm einen Apfel und Brote in seinen kleinen Rucksack, bevor sie zur Arbeit fährt. Sie wünscht ihm viel Glück.

Da fällt ihm ein, was er unterm Kopfkissen vergessen hat, und er geht noch mal schnell zurück. Der Glücksklee-stift kommt in die flache Reißverschlusstasche, die vorn auf dem Rucksack sitzt. Und den Marienkäfer schiebt er in seinen Jackenärmel. Während er mit dem Fahrrad zur Schule fährt, überlegt er die ganze Zeit, wie er Chrissie wohl den Glückskäfer geben kann, ohne dass es jemand merkt.

Christoph hätte früher losfahren sollen! Jetzt sind die meisten Kinder schon da und stehen um Herrn Krämer herum.

„Ihr wisst ja, ihr fahrt der Reihe nach", sagt der gerade, „ich lese eure Namen gleich noch einmal vor, so wie sie im Alphabet hintereinander kommen. Und während der Fahrt immer gut aufpassen. Alles klar?"

„Ich muss noch mal aufs Klo!", ruft Annika, und sofort laufen ein paar Kinder los. Chrissie ist auch dabei. Blass sieht sie aus. Ob sie wirklich solche Angst hat?

Christoph muss nicht aufs Klo. Aber vielleicht ...? Er hat den Käfer noch immer im Ärmel.

Ja, es klappt! Als Chrissie aus dem Schulklo rauskommt, trifft Christoph für einen Moment mit ihr vor der Tür zusammen. Allein.

„Du schaffst es bestimmt!“ Er kriegt den Satz tatsächlich über die Lippen. Und Chrissie lächelt ihn zaghaft an.

Da traut er sich, ihr den Käfer in die Hand zu drücken.

„Steck ihn in die Tasche“, sagt er schnell. „Der bringt dir Glück.“

Bevor Chrissie was sagen kann, rennt er zu den andern zurück. Und dann fängt auch gleich die Prüfung an.

Die Müdigkeit ist längst von Christoph abgefallen. Das Fahren macht Spaß. Nur schade, dass Chrissies roter Anorak nicht vor ihm her leuchtet wie gestern. Dafür hat er sich ihr Lächeln von vorhin fest eingeprägt. Und Chrissie fährt zum Glück nicht Hand in Hand mit Matthi. Matthis Vater ist gar nicht gekommen, also kann er auch keine Fotos machen.

Und kein Lastwagen fährt Christoph tot wie heute Nacht im Traum.

„Prima“, sagt Herr Krämer, „herzlichen Glückwunsch! Ihr habt die Fahrradprüfung alle bestanden.“

Er teilt im Klassenzimmer die Urkunden aus.

Dann stellen die Kinder die Stühle zu einem Kreis zusammen und frühstücken gemeinsam mit Herrn Krämer.

Christoph sitzt neben Ben, und Chrissie sitzt zwischen Ben und Annika. Nicht neben Matthi. Aber zerstritten sind die beiden auch nicht. Sonst würde Matthi jetzt nicht rufen: „Siehste, Chrissie, war gar nicht so schlimm!“

Sie nickt und lacht. Aber gleich darauf lacht sie auch mit Ben und Annika.

Sie ist nicht nur Matthis Freundin, denkt Christoph. Vielleicht kann sie ja auch meine Freundin werden?

Er nimmt seine Brote aus dem Rucksack. Wenigstens einen kurzen Blick muss er auf den Glücksstift werfen. Vorsichtig macht er den Reißverschluss auf.

Dass Ben ausgerechnet in dem Moment gegen ihn stoßen muss!

Christoph lässt den Rucksack fallen, und der Stift kullert aus der Tasche. Liegt auf dem Boden. Jeder kann ihn sehen.

„Guck mal, Chrissie“, sagt Annika, „ist das nicht deiner?“

Still wird es in der Klasse.

Christoph spürt, wie alle auf ihn starren. Er wagt nicht, den Kopf zu heben. Wenn er doch bloß heute Nacht gestorben wäre.

„Er war's!“, sagt Matthi. „Christoph hat den Stift geklaut!“

„Oh Mann!“, sagt Annika.

„Im Ernst?“, fragt Ben.

Christoph hält den Atem an. Hebt den Kopf. Sieht nur Chrissie. Ungläubig guckt sie auf den Stift, der am Boden liegt, dann auf ihre rechte Hand, in der sie etwas versteckt hält. Plötzlich schüttelt sie den Kopf und macht langsam die Hand auf. Da liegt der Käfer. Der Glückskäfer, den Christoph ihr heute geschenkt hat.

„Ich hab den Stift doch wieder gefunden.“ Chrissie sieht Christoph an. Und dann lacht sie. Gar nicht mehr zaghaft wie heute Morgen. Blass ist sie auch nicht mehr. Froh sieht sie aus und so schön wie immer. „Wir haben die Glücksbringer einfach getauscht, Christoph und ich.“

Die anderen gucken nicht so, als würden sie glauben, was Chrissie erzählt.

„Heute Morgen“, sagt sie fest. „Vor der Fahrradprüfung.“

„Ach so“, sagt Annika.

Mensch, denkt Christoph. Mensch, Chrissie! Ihm ist, als ob er träumt. Dabei ist es doch wahr. Chrissie hält zu ihm. Letzte Nacht, da war sein Traum wie schreckliche Wirklichkeit. Und gerade jetzt ist die Wirklichkeit wie ein schöner Traum.

NORA KLUCK

# *Eiszapfen*

„Das gibt es doch gar nicht! Wie kann man bloß so stur sein!“, rief Daniela. Sie war am Rand eines Nervenzusammenbruchs.

„Hör mal, es nützt dir doch nichts, wenn du dich jetzt aufregst. Vielleicht hatte er einfach keine Zeit, dir zu schreiben“, versuchte Angela ihre beste Freundin zu trösten. Aber sie wusste selber, dass das ziemlich weit hergeholt war. Vor beinah zwei Monaten hatte Daniela an ihren Klassenkameraden Stefan einen Brief geschrieben, dass sie ihn sehr nett fände. Aber bis jetzt: keine Reaktion. Weder schriftlich, noch hatte Stefan in der Schule Daniela drauf angesprochen.

„Warum geht er mir aus dem Weg?“, fragte Daniela hilflos.

„Tut er das?“

„Und ob!“

„Komm, das bildest du dir ein!“ Angela wurden die überdrehten Gedanken ihrer Freundin langsam zu viel.

„Nein, wirklich nicht! Weißt du noch, neulich, als wir für die Gruppenarbeit Paare bilden sollten, je ein Junge und ein Mädchen? Zuerst hat Frau Gerlach Stefan mir zugeteilt. Er wollte aber unbedingt mit Sabine zusammen sein!“, ereiferte sich Daniela.

„In der Gruppenarbeit ging es um biologische Stammbäume“, erinnerte Angela ihre Freundin. „Und darin bist du – im Gegensatz zu Sabine – wirklich keine Leuchte!“

Das musste Daniela einsehen.

„Trotzdem, er hat bis jetzt nicht auf meinen Brief geantwortet, und er wird es wahrscheinlich nie tun! Ende, aus, Sense!“

Dieser Satz hatte normalerweise nichts zu bedeuten: Schon oft hatte Daniela ihn in den letzten Wochen gesagt, aber sie konnte sich diesen Stefan Pulser einfach nicht aus dem Kopf schlagen.

Doch diesmal war es ihr ernst. Insgeheim hoffte sie zwar noch immer, dass er ihren Brief beantworten würde, aber trotzdem veränderte sie ihr ganzes Auftreten ihm gegenüber. Meistens verhielt sie sich jetzt misstrauisch und gleichzeitig spöttisch, als wäre sie etwas Besseres.

Wenn er sie ansprach, wies sie ihn ab.

„Kannst du mir die Matheaufgabe erklären? Ich versteh das absolut nicht!“, bat Stefan.

„Warum ich? Es gibt doch genug andere Leute in der Klasse!“, sagte Daniela genervt. „Wenn du zu blöd bist, kann ich doch nichts dafür!“

Die Uhr über der Tafel zeigte zehn Minuten vor acht. Um acht Uhr fing die Mathematikstunde an.

Angela, die normalerweise neben Daniela saß, hatte es sich auf der Nachtspeicherheizung gemütlich gemacht, sodass der Platz neben Daniela frei war.

Stefan setzte sich auf Angelas Platz und sah Daniela durchdringend an.

„Warum bist du in letzter Zeit so unfreundlich zu mir?“, fragte er.

„Bin ich das?“

„Komm, tu nicht so. Was hast du gegen mich?“

Jetzt hätte sie es sagen können. Alles, was sich in den letzten zwei Monaten angestaut hatte.

Aber sie sagte bloß: „Du nervst.“ Dabei setzte sie ein gelangweiltes Gesicht auf und drehte die Augen zur Klassenzimmerdecke.

„Aha, jetzt kommt also die coole Masche.“ Stefan stand auf. „Ehrlich gesagt, das hätte ich nicht von dir erwartet. Ich bin total enttäuscht.“

Damit ging er zu seinen Kumpels, die ihn johlend begrüßten und in ihr Gespräch mit einbezogen.

Daniela standen die Tränen in den Augen. Jetzt hatte sie Stefan endgültig verloren.

Gegen drei Uhr nachmittags klingelte das Telefon. Außer Daniela war niemand zu Hause.

Schnell schnäuzte sie sich, bevor sie an den Apparat ging.

Man musste ja nicht gleich hören, dass sie die ganze Zeit geheult hatte.

„Daniela Heymann“, meldete sie sich.

„Hier ist Stefan Pulser.“

Daniela bekam einen Riesenschrecken.

„Ha... hallo Stefan.“

Am liebsten hätte sie sofort wieder angefangen zu weinen.

„Ich wollte fragen, ob du am Samstag Zeit hast.“ „Ich? Ja, ja, ich glaube schon.“ Sie war noch völlig verwirrt.

„Sollen wir zusammen ins Kino gehen?“

„Was läuft denn?“

„Wir könnten uns ‚Mrs Gallingham und ihr Hund‘ ansehen“, schlug Stefan vor. „Soll ganz witzig sein.“

„Meinetwegen. Wann treffen wir uns?“

„Um Viertel nach drei vor dem Kino? Der Film fängt um halb vier an.“

„Abgemacht. Dann bis morgen in der Schule.“

„Ja, tschüss, bis morgen.“

Es knackte in der Leitung. Stefan hatte aufgelegt.

Daniela konnte den Samstag kaum erwarten.

Endlich war es so weit. Aber sie wollten sich um Viertel nach drei treffen – jetzt war es gerade erst zehn.

Daniela war den ganzen Vormittag nervös und zappelig. Sie lief wie ein eingesperrter Tiger im Haus herum, von der Küche ins Wohnzimmer, vom Wohnzimmer ins Bad, vom Bad in ihr Zimmer ... Es war zum Verrücktwerden.

Sie nahm Bücher und Zeitschriften aus dem Regal, blätterte geistesabwesend herum, legte sie zurück, machte sich ein Marmeladenbrot und ließ es in der Küche liegen.

Doch endlich wurde es drei Uhr, und sie machte sich auf den Weg zum Kino.

Stefan war noch nicht da. Nervös wartete sie.

Er kam pünktlich auf die Minute.

„Hallo.“

„Hallo.“

„Na?“

„Na?“

Sie lachten etwas verlegen. Und dann sagten sie nichts mehr.

Den Film fand Daniela langweilig und kein bisschen witzig. Sie war viel zu angespannt, überhaupt nicht offen. Das Einzige, woran sie immerzu dachte, war, wieso Stefan sie einerseits ins Kino einlud und andererseits ihren Brief nicht beantwortete. Ganz war dieser kleine Giftpfeil nämlich noch nicht verschwunden.

So verlief der Abschied ziemlich eisig.

Abends ärgerte sich Daniela, aber es war nicht mehr zu ändern.

In der nächsten Zeit verhielt sich Daniela gegenüber Stefan wie ein Eiszapfen: Mal schmolz sie in der Sonne, mal setzte sie wieder Frost an.

Stefan merkte das natürlich und fragte sich, was er falsch gemacht haben könnte.

Mal half Daniela ihm in Mathematik, mal ließ sie ihn abblitzen. Es gab Tage, da verfolgte sie ihn regelrecht, und solche, an denen sie ihm aus dem Weg ging.

Nur auf seine Verabredungsvorschläge ging sie immer ein.

Beinah jede Woche trafen sie sich außerhalb der Schule.

Daniela war aber immer noch ein wenig angespannt. Es war, als hätte sie eine unsichtbare Mauer zwischen sich und Stefan aufgebaut. Sie war zwar dünn, aber nicht so schnell einzureißen. Genau genommen bestand sie nur aus Papier – aus dem Brief, den er immer noch nicht beantwortet hatte.

Das Telefon klingelte.

„Daniela Heymann“, meldete Daniela sich.

„Hier ist Stefan“, kam es vom anderen Ende der Leitung. Das war inzwischen nichts Ungewöhnliches mehr.

„Mal wieder.“

„Stört dich das?“

„Nein, ganz im Gegenteil.“

„Hast du heute Zeit?“

„Diesmal leider nicht, ich muss mein Zimmer aufräumen. Sachen sortieren und so. Ganz schön anstrengend“, stöhnte Daniela.

„Kann ich dir nicht helfen?“, schlug Stefan vor.

„Das wär schön!“, freute sich Daniela.

„Okay, in einer halben Stunde bin ich da.“

Er hielt sein Versprechen. Genau eine halbe Stunde später klopfte es an Danielas Zimmertür. Sie saß gerade inmitten von Zeichenkartonresten, Stofftieren, Ordnern, alten Schulheften, Zeitschriften und Büchern auf dem Fußboden und sortierte einen Stapel beschriebener Blätter.

„Herein!“, rief Daniela.

Stefan trat ein und sah auf das Chaos. Überall lagen Gegenstände herum, die eigentlich an ganz andere Stellen gehörten.

„So sieht es hier aber nicht immer aus“, erklärte Daniela lächelnd.

Die beiden arbeiteten fleißig, und obwohl Stefan nicht wusste, wohin was gehörte, war er eine große Hilfe. Außerdem machte es zu zweit sowieso viel mehr Spaß.

Zuletzt kam der Schreibtisch dran. Die Schubladen standen bereits auf dem Boden und mussten erst ausgeräumt, dann geordnet, dann wieder eingeräumt werden.

Plötzlich hielt Stefan einen Briefumschlag in der Hand, auf dem seine Adresse stand.

„Was ist das?“, fragte er.

Daniela erkannte den Umschlag sofort. Die Briefmarke war noch nicht abgestempelt.

„Ich Idiot!“, rief sie entsetzt.

„Wieso das?“

Stumm reichte sie ihm den Brief.

„Lies“, forderte sie ihn auf.

Nachdem Stefan den Brief gelesen hatte, sagte er: „Jetzt ist mir alles klar: Stimmt's, du dachtest, ich hätte ihn bekommen und dir aber nicht geantwortet?“

„Genau.“

„Und ich dachte schon, du hast was gegen mich!“

„Bestimmt nicht!“, lachte Daniela.

Jetzt schmolz der Eiszapfen endgültig weg.

KATHRIN SANDER

# *Der Zettel*

Deutsch ist Melanies Lieblingsfach. Aber heute interessiert sie sich überhaupt nicht für das, was Frau Görke, die Lehrerin, sagt. Gespannt schaut sie zu Sigi hinüber. Wann schlägt er endlich sein Heft auf?

Wann findet er den Zettel, den sie im Vorbeigehen schnell hineingesteckt hat. Was wird er tun, wenn er ihn gelesen hat? Sich umdrehen und sie anlächeln? So hat sie sich das jedenfalls immer wieder vorgestellt, als sie die Sache mit dem Zettel plante.

Sigi ist erst seit drei Monaten in Melanies Klasse, weil sein Vater in ihre Stadt versetzt wurde. Sigi hat sich schnell eingelebt und sich besonders mit Otto und Daniel angefreundet. Sie hocken ständig zusammen und verbringen auch den größten Teil ihrer Freizeit gemeinsam. Aber auch bei den anderen Kindern der Klasse ist Sigi beliebt, weil er immer gut drauf ist und für jeden Streich zu haben. Sogar zu den Mädchen ist er meistens ganz nett, was für Jungen nicht selbstverständlich ist.

Also Sigi, der Musterknabe? Na ja, ganz so ist es nicht.

Seine Leistungen im Unterricht sind alles andere als gut. Er müsste einiges nachholen, aber das scheint ihn nicht zu kümmern. Und zu den Lehrern ist er manchmal ziemlich frech.

Melanie ist das egal. Sie findet Sigi einfach super, seine

lustigen blauen Augen und die blonde Mähne haben es ihr angetan. Nur blöd, dass er sie überhaupt nicht beachtet. Gut, er ist freundlich zu ihr, wenn er sie trifft. Aber das ist auch alles. Melanie würde so gern mal länger mit ihm reden oder nachmittags was unternehmen. Aber immer ist er mit Otto und Daniel zusammen. Und die wollen kein Mädchen dabei haben.

Melanie hat lange überlegt, wie sie Sigi auf sich aufmerksam machen kann. Schließlich hatte sie die Idee mit dem Zettel. Sie hat niemandem was davon gesagt, auch Nora, ihrer besten Freundin, nicht. Mit der bespricht sie sonst alles. Aber dies, denkt sie, geht nur Sigi und mich was an.

Sigi sitzt rechts seitlich vor Melanie. Sie kann ihn gut beobachten. Neben ihm sitzt Otto und vor ihm Daniel.

Jetzt! Sigi schlägt sein Heft auf. Er findet den Zettel, liest ihn. Melanie lächelt erwartungsvoll, gleich wird er zu ihr hinschauen. Sie sieht, wie auch er lächelt. Oder grinst er etwa? Was macht er denn? Nein! Jetzt lässt er Otto den Zettel sehen. Melanie durchfährt es siedend heiß, ihr Lächeln erlischt.

Otto liest den Zettel, prustet los und gibt ihn weiter an Daniel. Jetzt bemerkt Frau Görke die Unruhe.

„Daniel, was macht ihr denn da?“

„Gar nichts.“

„Dann seid gefälligst ruhig und passt auf!“

Vor Frau Görke haben die Kinder Respekt, für den Rest der Stunde ist Ruhe.

Melanie wünscht sich, die Deutschstunde würde nie ein Ende nehmen. Nicht, weil sie der Unterricht so interessiert.

Im Gegenteil, sie kriegt überhaupt nichts davon mit. Sie muss immer dran denken, was gleich in der Pause auf sie zukommt. Und sie ist schwer enttäuscht. Eine solche Gemeinheit hätte sie Sigi nicht zugetraut. Hätte sie bloß nicht den Zettel ... Aber jetzt ist alles zu spät.

Es klingelt zur Pause. Kaum hat Frau Görke die Klasse verlassen, steigt Daniel auf seinen Tisch, wedelt mit dem Zettel und ruft: „He, Leute, ich hab was ganz Besonderes hier. Einen Liebesbrief!"

Sigi versucht, ihm den Zettel abzunehmen, kommt aber nicht ran.

„Na, wollt ihr hören, was hier steht?"

„Jaaa!", brüllt die Klasse im Chor.

„Hallo Sigi, ich finde dich sehr nett. Melanie."

Lautes Gejohle. Alle drehen sich nach Melanie um. Die ist unter ihrem Tisch verschwunden und packt ihre Sachen zusammen. In der nächsten Stunde ist Gott sei Dank Sport, sie will ganz schnell die Klasse verlassen. Aber das ist nicht so einfach. Umringt von lachenden und schreienden Kindern, muss sie sich zur Tür kämpfen. Schließlich schafft sie es und rennt, so schnell sie kann, zur Turnhalle.

Im Umkleideraum lässt sie sich auf die Bank fallen. Am liebsten würde sie losheulen vor Wut und Enttäuschung. Aber das Schauspiel will sie den andern, die jeden Augenblick nachkommen können, nicht bieten.

Zum Glück sind die Mädchen beim Sportunterricht unter sich. Sie machen sich natürlich erst mal über Melanie lustig.

Aber dann sagt Nora: „Eigentlich ist es ja gemein von

Sigi. Ich kann mir denken, wie dir zumute ist, Mella."

Die andern finden es auch gemein.

Nur Louisa, die immer alles besser weiß, sagt: „Na ja, ich finde, Mella ist selbst schuld. Man schreibt doch 'nem Jungen keinen Liebesbrief."

„Wieso? Das war doch kein richtiger Liebesbrief. Mella hat doch nur geschrieben, dass sie Sigi nett findet. Da ist doch nichts dabei", verteidigt Nora ihre Freundin.

„Ja genau", meint Karen, „meine Mutter hat gesagt, wenn man jemanden mag, soll man ihm das auch sagen."

„Aber doch keinem Jungen! Die sind doch doof! Habt ihr ja gesehen", sagt Louisa.

Die Mädchen diskutieren, bis der Turnunterricht beginnt.

Melanie hat die ganze Zeit über nichts gesagt. Sie hat auch nicht richtig zugehört. Sie denkt nur immerzu darüber nach, warum Sigi sie so bloßgestellt hat. Vielleicht findet er sie ja blöd und hässlich und will nichts mit ihr zu tun haben. An so was hat sie überhaupt noch nicht gedacht. Und hässlich? Sie hat lange braune Haare und grüne Augen, und ihr Onkel Theo hat neulich zu Mama gesagt: „Deine Tochter wird mal eine richtige Schönheit."

Wahrscheinlich will er nichts mit ihr zu tun haben, weil die Jungen ja sowieso immer zusammenhocken. Sie sind eben doof, Louisa hat ganz Recht.

Nach der Hälfte der Turnstunde tut Melanie so, als ob sie Kopfschmerzen hätte und darf nach Hause gehen. So ganz gelogen ist es gar nicht, ihr Kopf fühlt sich wirklich dumpf und schwer an. Vor allem will sie aber vor Schulschluss fort sein und nicht noch den Jungen begegnen.

Nachmittags um vier Uhr hat Melanie Klavierunterricht in der Musikschule. Sie hat zwar heute überhaupt keine Lust, und richtig geübt hat sie auch nicht. Aber sie geht trotzdem hin, schon damit Mama keine Fragen stellt. Sie will auf keinen Fall erzählen müssen, wie sehr sie sich blamiert hat.

Im Unterricht ist sie nicht bei der Sache. Die Mozart-Sonatine, die sie schon ganz gut kann, klingt so, als spiele sie sie zum ersten Mal vom Blatt.

Herr Rautenberg, der Lehrer, wundert sich, will wissen, was mit ihr los ist.

Melanie murmelt wieder was von Kopfschmerzen und ist froh, als die Dreiviertelstunde vorbei ist.

Niedergeschlagen macht sie sich auf den Heimweg. Sie denkt an morgen. Am liebsten würde sie gar nicht zur Schule gehen. Aber Mama kann sie die Kopfschmerzen nicht so einfach vorspielen. Die fragt nach, so lang, bis dann doch alles raus ist.

Melanie stellt sich vor, wie es wäre, wenn sie jetzt nicht nach Hause ginge, sondern immer weiter die Straße entlang. Irgendwohin. Einfach nur weiter, den Blick zu Boden gesenkt, nichts sehen, nichts hören.

„Hallo, Melanie!“

Melanie schrickt zusammen und schaut auf.

Da steht Sigi vor ihr und grinst verlegen.

„Hallo“, sagt er noch mal.

„Hallo“, erwidert Melanie zögernd. Eigentlich wollte sie nie wieder mit Sigi reden. „Was machst du denn hier?“

„Ich hab auf dich gewartet. Deine Mutter hat gesagt, du bist in der Musikschule.“

„Meine Mutter?"

„Ich hab bei dir angerufen. Ich wollte mich entschuldigen wegen heute Morgen."

„Hast du das etwa meiner Mutter gesagt?"

„Nee ... also ... äh ... es tut mir Leid mit dem Zettel."

„Hm." Melanie weiß nicht recht, was sie sagen soll. So einfach vergeben und vergessen kann sie es nicht. „Ich wollte Otto den Zettel gar nicht geben", erklärt Sigi. „Er hat ihn nur sofort gesehen und mir abgenommen."

„Und sofort an Daniel weitergegeben. Hab ich alles gesehen. Was glaubst du, wie ich mich gefühlt habe?"

Sigi macht ein zerknirschtes Gesicht. Er erklärt noch einmal, dass es ihm Leid tut und seinen Freunden auch.

„Und morgen in der Schule? Da geht es doch bestimmt wieder los." Melanie traut dem Frieden nicht ganz.

„Nee, ehrlich nicht, verspreche ich."

„Na ja, dann bis morgen. Tschüss." Melanie will weitergehen.

„Du, Mella ..."

„Sie dreht sich um: „Ja?"

„Eigentlich find ich den Zettel gut."

Ein kleines Lächeln huscht über Melanies Gesicht. Dann setzt sie ihren Heimweg fort. Sie freut sich auf morgen.

ANJA TUCKERMANN

# *Herzblätter und Zettelpost*

*(77 Briefe auf kleinen Zetteln, geschrieben von Lydia, Yvonne, Nilgün, Miriam, Katrin, Patricia, André, Pascal, Metin und Florian aus der 6a, verschickt bei Herrn Tembruch in Deutsch, außerdem in Englisch, Mathe und Erdkunde)*

*1.*

An Yvonne! Bitte weitergeben! Nilgün guckt dauernd zu mir rüber. Lydia.

Nilgün will mit André gehen, das weiß doch jeder. Ich glaube, er findet sie auch gut. Yvonne.

Dann muss ich ihn wohl vergessen ... Lydia.

An Yvonne! Meinst du wirklich, André will mit Nilgün gehen? Lydia.

Jemand müsste ihn fragen. Vielleicht Pascal? Yvonne. PS: An deiner Stelle würde ich versuchen, mich in einen anderen Jungen zu verlieben.

Ich kann mich nicht sinnlos in einen Jungen verknallen. Aber ich würde es versuchen, wenn es mir hilft, André zu vergessen. Lydia.

An Florian! Du bist 'ne riesengroße Fettsau. Gib den Brief weiter. Lydia.

Schwein, meinst du. Wer's sagt, der ist's. Florian.

An Yvonne! Hat Florian dir den Brief gegeben? Lydia.

Ja. Zerrissen. Aber ich habe ihn wieder zusammengekriegt. Yvonne.

Ich fühl mich ganz krank, wenn Nilgün immer zu mir rüberguckt. Lydia.

Die ist eifersüchtig, weil du immer zu André hinguckst. Yvonne.

Ich denke, André ist auch in sie ...!? Lydia.

*2.*

Ich bin nicht mehr in André! Nilgün.

An Yvonne! Du glaubst nicht, was geschehen ist: Nilgün hat mir geschrieben, dass sie nicht mehr in André verknallt ist. Lydia.

Hast du ein Glück. Wie findest du die Neue? Yvonne.

Ich bin total zittrig. Obwohl ich gar nicht weiß, ob André mich überhaupt leiden kann. Lydia P.S. Patricia? Sie hat schon mit André, Pascal und Metin geredet.

Hast du gesehen, wie sie geschminkt ist? Yvonne.

Ja, voll angemalt. Na ja, ich möchte ja nicht sitzen bleiben wie sie. Aber jetzt denke ich nur an A. Lydia.

An André! Schreib mal was. Lydia.

Fang du an, damit ich antworten kann. André.

Nein! Lydia.

Doch. André.

3.

Hallo. Ist es schön da, wo du sitzt? Lydia.

Ja. Eben hat André einen Brief bekommen, da stand drin, dass jemand ihn liebt. Sie vermuten, dass er von Miriam kommt. Weil die Schrift so ist. Yvonne.

An Katrin! André ist der festen Überzeugung, dass ihr den Brief geschrieben habt. Miriam.

Vollmacke. Der ist sowieso nicht mein Typ. Lydia war's auch nicht. Katrin.

An Lydia! Hast du den Brief geschrieben? André.

Nein! Eins weiß ich genau: Miriam, Yvonne, ich und Katrin waren's nicht. Lydia.

Genau. Yvonne.

Ich liebe dich. Patricia.

Ich liebe dich. André.

An Lydia! Patricia war's. Sie hat wieder einen Brief an André geschickt. Katrin.

An Patricia! Wieso schreibst du denn deinem Liebling, wenn ihr schon so nah zusammensitzt? Lydia.

Wer ist der Liebling? Yvonne.

André. Lydia.

Glaubst du wirklich? Na ja, sie versucht, ihn dir auszuspannen. Yvonne.

Nee, ich will ihn gar nicht. Patricia.

An Lydia! Das ist es ja. Für sie ist es ein Spiel. Yvonne.

An Yvonne! Zwischen Lydia und André ist nichts auszuspannen. Der kann sie nicht leiden. Patricia.

Patricia ist ein fieser Sack. Lydia.

Die mischt sich sowieso überall ein. Yvonne.

Stimmt. Bloß weil sie neu ist und älter, denkt sie, sie weiß alles über Jungs. Lydia.

Warum kicherst du so blöd? Du weißt gar nicht, was ich meine. Lydia.

Weil du so schön geschrieben hast. Ein Kosename. Patricia.

Alte Hexe. Lydia.

Olle Wüstensau, du Hühnerkopp. Patricia.

An Nilgün! Lydia weint, hast du gesehen? Miriam.

Wieso? Hoffentlich kriegt es der Tembruch nicht mit. Nilgün.

Weil Patricia an André geschrieben hat. Miriam.

Sie denkt wohl, André gehört ihr. Nilgün.

Na ja, Herz verloren. Miriam.

An Yvonne! Ich kann zu Hause gar nichts mehr machen, weil ich immer denke, ich muss ihn vergessen. Lydia.

Es wird schon. Wollen wir um drei Mark wetten? Yvonne.

Nein. Aber es wäre so schön, wenn er mir nur mal Tschüss sagen würde. Lydia.

*4.*

An Yvonne! Ich frag ihn, ob er mit mir gehen will. Entweder er will oder er will nicht. Was denkst du? Lydia.

Ja, frag ihn mal. Er sagt bestimmt ja. Ich finde, ihr passt gut zusammen. Yvonne.

Von wem kam der Brief, den der Tembruch kassiert hat? Nilgün.

Der sollte zu Yvonne. Miriam.

Was stand drin? Nilgün.

Musst du Lydia fragen. Miriam.

An Lydia! Was stand drin? Nilgün.

Sag ich nicht. Lydia.

Hätte ich mir denken können. Nilgün.

An Katrin und Lydia! Ich find es aber *doof,* dass ihr euren Tisch zu uns herangeschoben habt. Ich will die *doofe Lydia* nicht in meiner Nähe haben. Wir sollten in Erdkunde doch alles in das Heft schreiben. Habt ihr das gemacht? Ich nicht. Miriam.

Ich krieg noch 20 Pf von dir. Selber doof. Lydia.

Was habt ihr in Englisch? Ich 'ne 3 und Katrin 'ne 2. Lydia.

Yvonne 1.

Miriam 2.

Patricia 4.
Nilgün 3.

Wann wiederholt ihr denn das Fußballspiel? Übrigens, ich finde, ihr könnt toll spielen. Lydia.

Antwort: Schmeichlerin, ich weiß nicht, wann. André.

An Lydia! Hast du André gefragt? Patricia.

Was? Lydia.

Ob er mit dir geht? Patricia.

Woher weißt du davon schon wieder? Lydia.

5.

An André! Wie findest du Lydia? Patricia.

Ganz niedlich! André.

Patricia hat André gefragt, wie er dich findet! Er hat geantwortet „ganz niedlich". Miriam.

An André! Würdest du mit ihr gehen? Patricia.

Antwort: Unter Umständen. André.

An André! Unter welchen Umständen meinst du das mit Lydia? Patricia.

Antwort: Ich meine vielleicht. André.

An André! Warum nur vielleicht? Patricia.

Antwort: Weil ich's jetzt noch nicht sagen kann, verdammte Scheiße!!! André.

Warum willst du nicht mit mir gehen? Patricia.

Weil du mir zu doof bist und ich doch mit Lydia gehen soll, oder? André.

An Lydia! Ich habe André geschrieben, ob er schon mit dir geht, aber er hat nicht geantwortet. Patricia.

An Miriam! Lydia hat André ein Foto von ihrem Hasen geschenkt. Sieht voll süß aus. Katrin.

Ich frag ihn mal, ob er es mir zeigt. Ich hab auch einen Hasen. Miriam.

An Patricia! Du, schick mal einen Zettel an Nilgün, ganz deutlich. Schreib drauf: *Das geht Sie doch nichts an*. Für Tembruch. Lydia.

Wird gemacht. Patricia.

6.

Treffen wir uns heute Nachmittag? Yvonne.

Weiß nicht. Meine bekloppte Mutter sagt, ich darf mich nur zwei Mal in der Woche mit jemandem treffen. Lydia.

Was machst du den ganzen Tag zu Hause? Yvonne.

Ich muss erstmal Essen kochen für meine Geschwister. Na ja und dann Schularbeiten und so. Lydia.

An Lydia! André spinnt! Er spielt mit einer Puppe rum statt aufzupassen. Miriam.

Passt du denn auf? Lydia.

So ’n bisschen. Miriam.

Ich passe nicht auf. Lydia.

Die Puppe muss drei Tage in die Waschmaschine. Miriam.

Was treibst du so? Lydia.

Ich schreibe einen Brief an meinen Opa. Yvonne.

Dass wir in den Ferien doch nicht kommen? Lydia.

Kannst du alles noch mal schreiben. Das Schwein von Florian hat ein Stück rausgerissen. Kannst du ja über Katrin geben. Lydia.

Ich fahre nicht mit meinem Vater. Er wirft mir nur Spitzen zu. Dann keife ich zurück und er haut mir eine runter. Yvonne.

Schade, ich wär gern mitgefahren. Jetzt bin ich die ganzen Ferien hier. Lydia.

Ich auch, aber ich will nicht mit. Er wird mich bitten, aber ich fahre nicht. Yvonne.

An Lydia! Ich habe gehört, dass du mit Yvonne fest befreundet bist, stimmt das? Patricia.

Genauso wie mit Katrin. Lydia.

Wie findest du Miriam? Patricia.

Ganz nett. Lydia.

Schreib du auch mal was. Patricia.

Ach, in Latein? Lydia.

Warum nicht? Oder willst du nicht? Patricia.

Doch. Nur gefährlich. Was soll ich bloß schreiben? Lydia.

Wir müssen eben vorsichtig sein. Wollen wir uns in Musik zusammensetzen? Patricia.

Weiß noch nicht. Werden wir ja sehen. Lydia.

Wie steht's mit André? Patricia.

Is überhaupt nichts los. Weil ich nicht weiß, was ich machen soll. Lydia.

Das ist natürlich blöd. Wie findest du Andrés Brille? Patricia.

Unheimlich gut. Lydia.

Finde ich auch. So, nun machen wir Schluss. Wir machen bei Tembruch weiter. Patricia.

Deine Brille finde ich unheimlich gut. Lydia.

Danke. André.

7.

An Lydia! Ich mach am 9. 11. eine Party. Kannst du da kommen? Ich geb dir in ein paar Tagen noch eine Einladung und noch einen Plan, damit du weißt, wie du zu mir kommst. Miriam.

Was ist das für ein Tag? Aber ich kann wahrscheinlich, wenn meine Mutter nicht ins Krankenhaus kommt. Hast du Geburtstag? Lydia.

Ja. Ein Samstag. Miriam.

Was ist mit deiner Mutter? Yvonne.

Ihr ist ein Daumennagel gezogen worden, und sie hat eine Blutvergiftung. Lydia.

Ist jemand bei euch? Yvonne.

Nein. Ich muss kochen und so. Lydia.

Hast du André auch zu deiner Party eingeladen? Lydia.

Ja. Miriam.

Aber nicht Patricia. Lydia.

Nein, keine Angst. Miriam.

Kommt Metin auch zu deiner Party? Nilgün.

Ja. Kannst Yvonne sagen, dass P. auch kommt. Miriam.

*8.*

An Lydia! Wie geht es dir mit André? Patricia.

Antwort: Mit André ist nichts. Entweder er will oder er will nicht. Wenn er Vielleicht sagt, traut er sich nicht, es richtig zu sagen, denn er hat ja genug Zeit gehabt, sich das zu überlegen. Lydia.

An Patricia! Sagst du mal André das mit dem Vielleicht? Aber ich habe nie so was gesagt, ja? Hi hi. Lydia.

An André! Schreibe an Lydia was, sie würde sich freuen. Patricia.

Scheiß Lydia an, sie würde sich freuen. André.

Umwerfend lustig! Ha, Ha, Ha! Patricia.

Soll's auch sein. André.

An Lydia! Das ist natürlich gemein, aber vergib ihm einmal. Wenn du ihn gern hast und er dich auch, muss immer der Junge den Anfang machen! Wenn er das nicht tut, musst du ihm ein wenig entgegenkommen! Mein Rat! Patricia. P.S.: Ich helfe dir, wenn du es willst!

9.

Kannst du zu meinem Geburtstag kommen? Lydia. Am 23. ist das.

Nein! Andreas.

Ja! André.

Vielleicht. Metin.

Vielleicht. Pascal.

An Lydia! Hast du Geburtstag? Am Wievielten? Patricia.

Am 24. 11. Totensonntag. Lydia.

Na toll. Freust du dich schon? Patricia.

Ja. Lydia.

Kommt André? Patricia.

Ja. Lydia.

Dann kannst du dich ja umso mehr freuen! Schreib mal was! Patricia.

Was denn? Tembruch ist doof. Lydia.

Stimmt. Patricia.

Langweilig, langweilig. Lydia.

An Katrin! Tauschst du mit mir die Plätze in der nächsten Stunde? Lydia.

Ja, das haben wir ja schon verabredet in der Pause. Katrin.

Gut. Danke. Lydia.

Dann bist du näher an André. Aber nicht, dass du nur zu ihm guckst und nicht aufpasst, sonst haben wir umsonst getauscht. Katrin.

Hast du schon für die Arbeit geübt? Lydia.

Nein. Aber ich habe den Hefter von Nilgün abgeschrieben. Katrin.

An Patricia! In der nächsten Stunde sitzt Lydia neben Ruth. Sie tauscht mit Katrin. Miriam.

Was macht die Liebe? Patricia.

Frag mich nicht. Miriam.

Metin guckt dich immer an. Patricia.

Wirklich? Miriam.

Ja. Soll ich ihn mal fragen, wie er dich findet? Patricia.

Nein. Miriam.

An Lydia! Was haben wir eigentlich die nächste Stunde? Ich habe gehört, du willst dich in Erdkunde auf Katrins Platz setzen, um näher bei André zu sein. Stimmt das? Patricia. Antwort auf die andere Seite schreiben:

Woher weißt du das schon wieder? Nicht wegen André, sondern weil wir aufpassen wollen. Nächste Stunde Englisch. Schreibst du das mal mit dem Vielleicht? Lydia.

Ich verstehe dich nicht. Patricia.

An Lydia! Du musst dich mehr mit ihm treffen. So kommt ihr euch bestimmt näher. An deinem Geburtstag bleib sitzen und lass ihn ruhig fragen, ob du tanzen willst. (Du nicht fragen!) Du musst dich seinen Interessen anschließen, auch wenn es dir nicht gefällt! Patricia.

Ich hab außer Fußball die gleichen Interessen. Morgen gehe ich auch auf eine Party. Lydia.

Bei wem denn? Patricia.

Bei Miriam. Lydia.

Dann streng dich an. Bei Miriam kannst du dein Vorspiel machen! Patricia.

Quark. Nee, bei Nilgün hat er mich ziemlich oft aufgefordert. Lydia.

Na bitte! Er hat schon einen Anfang gemacht. Patricia.

An alle! Steinach ist eine Hexe. Miriam.

Das ist eine Beleidigung für Hexen. Nilgün.

An alle! Wir sind eben *alle* dumm. So sind wir wenigstens unter uns. Hi hi. Wie viel Fehler habt ihr? Lydia.

Ich 15 ½.

14 ½. Yvonne.

Andreas: 13.

9 ½. Die aus der b sind alle Streber. Metin.

21 ½. Olaf.

15. André.

An André: Wie viele Schlümpfe hast du? Lydia.

Die 2, die ich mithabe. André.

Ich habe so ungefähr 6 Schlümpfe. Lydia.

Ich hab 28. Aber meine Schwester hat so 5 verbummelt. Yvonne.

Bring mal mit. Mach ich auch. André.

An Miriam! Ich bring ne Cola zu deiner Party mit und vielleicht ’n paar Cds. Lydia.

Cds unbedingt. Miriam.

*10.*

An Patricia! Hallo! Wie geht's dir da vorn? Lydia.

Kotz, blök, rülps, so geht es mir! Patricia.

Wieso? Lydia.

Weil man Steinach bis hierher riecht. Patricia.

Hihihihi. Lydia.

Hohohoho. Patricia.

Wirklich sehr lustig. Lydia.

Na klar, langweilig, genauso wie bei Tembruch. Patricia.

Wenn du aufpasst, ist es gar nicht so langweilig. Lydia.

Wie soll ich denn aufpassen, wenn ich laufend Briefe bekomme? Patricia.

Ich passe auf und schreib trotzdem Briefe. Lydia.

Dann bist du klasse. Von wegen Liebesbriefe. Patricia.

An dich? Sind wir lesbisch? Lydia.

Wenn das Steinach liest. Und was bist du? Patricia.

Nicht lesbisch. Das müsstest du ja wissen. Lydia.

Genau. Du bist verliebt in André. Hoffentlich wird das was an deinem Geburtstag. Viel Glück. Patricia.

Danke, aber wenn er nicht *mal* was sagt, dann wird es *nie* was. Was soll ich denn bloß machen? Lydia.

Na klar, du musst ihn reizen! Mit Reizwäsche hi, hi. Patricia.

So'n Quatsch. Da denkt er höchstens, ich hab ne Macke. Denk dir mal was Besseres aus. Lydia.

Du hast Recht, es war ja nur ein Scherz! 1. Du musst mit ihm tanzen. 2. Dich neben ihn hinsetzen und unterhalten. Ich überlege noch. Patricia.

Überleg mal schneller. Das habe ich nämlich alles schon

gemacht. Glaubst du eigentlich, dass er mit mir gehen möchte? Lydia.

Warum nicht, du bist genau sein Typ, das hat er mir geschrieben: „Ganz niedlich." Er meinte dich damit! Beim Blues musst du mit deinem Mund seine Wange streifen. Falls er was sagt, das war nicht mit Absicht. Patricia.

An Lydia! Wer kommt alles zu deiner Party? Nilgün.

Katrin, du, ich, Yvonne, Metin und Olaf vielleicht, André und Klaus.

Andreas kann nicht. Und bei dir? Lydia.

Katrin, ich, du, Andreas, Klaus, André, Metin! Ich habe aber noch keinen eingeladen und weiß nicht, wer kommen kann und wer nicht! Nilgün.

An Patricia! Na, ist der Roman interessant? Lydia.

Antwort: Na klar, sehr spannend! Wie findest du das mit Tembruch? Patricia.

Was? Lydia.

Nilgün, Katrin! Patricia.

Die hat's gut, die Katrin. Ich möchte auch draußen sein. Lydia.

Das kann man wohl sagen. Nilgün hat aber wirklich mit Yvonne gesprochen. Patricia.

*11.*

An André! Wollen wir uns mal in einer Stunde zusammensetzen? In Englisch? Lydia.

Meinetwegen! André.

Dann kann Yvonne ja mit dir tauschen!? Ist Pascal einverstanden? Lydia.

Wenn André zu Lydia will, warum nicht? Pascal.

Okay, geritzt. André.

Findest du es überhaupt gut, wenn ich neben dir sitze? Lydia.

Meinetwegen. André.

Sag doch mal ehrlich. Willst du überhaupt, dass ich mich neben dich setze? Wirklich von dir aus. Lydia.

Antwort: Jaaa, meinetwegen. Jaa! André.

Yvonne! Ja!! Lydia.

*12.*

An Yvonne! Hallo! Wie geht's dir da hinten? Lydia.

Ganz gut. Und dir? Yvonne.

Normal. Lydia.

Ich find's nur langweilig. Yvonne.

Was? Lydia.

Den Unterricht! Yvonne. PS: Patricia hat eben wieder geschrieben, ob es gefunkt hat. Ekelhaft!

Blöde Ziege. Lydia.

Ja. Yvonne.

Genau. Pascal.

An Lydia! Wieso (weshalb, warum) tut Yvonne eigentlich so, als wenn sie sich nur neben Pascal setzt, weil du neben

André sitzen willst? Das ist doch nur ne Ausrede, oder? Es geht mich ja nichts an, ich meine ja nur so! Nilgün.

An Lydia! Wer kommt zur Party? Yvonne.

Du, ich, Katrin, Nilgün, Metin, André, Olaf, Klaus. Lydia.

Nilgün? Sag mal, spinnst du? Yvonne.

Wieso, ich kann doch einladen, wen ich will. Ich finde, auf Partys ist sie ganz nett. Lydia.

Na ja, ich finde, sie ist soooo albern. Heute habe ich mich mit Metin unterhalten, da lachte sie und machte eine doofe Bemerkung. Richtig albern. Also, wenn Nilgün kommt, dann komm ich nicht. Yvonne.

Wieso nicht? Die ist zwar manchmal albern, aber auf Partys, wenn Pascal nicht da ist, ist sie nett. Lydia.

Nö, ist zwar schade, aber ich find sie eben doof. Yvonne.

An Lydia! Habt ihr euch schon geküsst? Patricia.

Nein, wann denn? Hättest du doch gesehen. Lydia.

Stimmt. Freust du dich auf deine Party? Patricia.

Ja. Lydia.

Brauchst du Musik dafür? Patricia.

Nein. Lydia.

Lass die Stunde nicht einfach vorübergehen. Berühr seine Hand! Patricia. Mein Rat!

An Yvonne! Ich glaube, Patricia will zu meiner Party eingeladen werden. Ich will sie aber nicht einladen, weil sie mich dann die ganze Zeit beobachtet. Lydia.

Tu's nicht. Yvonne.

Ich sag ihr, ich darf nicht so viele einladen. Stimmt ja auch. Sind alle genau gezählt. Lydia.

*13.*

An Yvonne! Ich weiß nicht, wie das was werden soll mit André. Lydia.

Bist du nicht froh, neben ihm zu sitzen? Yvonne.

Doch. Aber wir sitzen immer nur blöde rum, gucken uns nicht an, sprechen nicht und sehen uns gar nicht. Lydia.

An Lydia! Kommt Metin heute zu deiner Party um halb vier oder kommt er wieder erst später? Katrin.

Er kommt rechtzeitig, keine Angst. Lydia.

Du Kotzkopf! Katrin.

*14.*

An André! Hast du Lust, dich mit mir irgendwann, irgendwo, zu treffen, um irgendwas zu machen? Lydia.

Du kannst ja mal zu mir kommen. André.

Ja, da hätte ich Lust zu. Wann kannst du denn? Lydia.

Mir ist es egal wann. André.

Ich hab immer Zeit. Lydia.

Du kannst ja nach dem Mittagessen und den Schulis kommen. André.

Wie kommt man denn zu dir? Lydia.

Richtung Ruhleben, Kaiserdamm raus, Ausgang Messedamm, Kaiserdamm hoch, rein bis Nr. 87, Einfahrt durch, immer geradeaus, Tür rein. Im 4. Stock wohn ich. André.

DORIS MAUSE

# *Bumm, bumm, bumm!*

Er hieß Hitman und saß in der Schule schräg vor ihr. Hitman war neu in der Klasse, aber das schien ihm nicht sonderlich viel auszumachen; es hatte nur eine Sportstunde und zwei Pausen gedauert, bis die Jungen nicht nur beschlossen, ihn in Ruhe zu lassen, sondern ihn mitnahmen – wohin auch immer.

Hitman hatte keine Angst – vor den Jungen nicht und vor den Lehrern erst recht nicht. Der Englischlehrer wollte ihm einen englischen Namen verpassen, so wie er alle Schüler der Klasse bei einem albernen englischen Namen nannte, was ihm selber großes Vergnügen zu bereiten schien.

„Na", schleimte Herr Mühlfeit, „da ist ja ein Neuer! Und, wie sollen wir dich nennen?"

„Sie brauchen mich gar nicht zu nennen!", unterbrach Hitman den Englischlehrer, bevor dieser seine Frage selbst beantworten konnte. „Ich habe schon einen Namen!"

„Natürlich hast du einen Namen." Herr Mühlfeit, von der Klasse nur der Englischfeit genannt, ließ sich sowieso nicht gern von einem Vorhaben abbringen, ganz bestimmt aber nicht von seinem liebsten Jetzt-brauchst-du-aber-mal-einen-englischen-Namen-Plan. „Du brauchst aber einen englischen Namen. Alle meine Schüler haben im Englischunterricht einen englischen Namen. Und du willst doch sicherlich nicht von Anfang an ein Außenseiter sein."

Da Hitman schräg vor ihr saß, konnte Mariam sein Gesicht nicht sehen, aber vorstellen konnte sie es sich. Sicherlich sah er den Englischfeit mit dem gleichen Ausdruck an, mit dem er sie vorhin angesehen hatte, als sie ihm gesagt hatte, dass Kaugummi in der Schule verboten sei. Sie hatte nett sein, ihn nicht in das offene Messer laufen lassen wollen – vielleicht war Kaugummi ja in der Schule, von der er kam, erlaubt –, aber er hatte sie nur angesehen mit diesen merkwürdigen Augen, hatte sich den Kaugummi in aller Ruhe in den Mund geschoben und sich dann umgedreht, sehr langsam umgedreht und war fortgegangen.

Mariam wusste, dass sein Blick für den Englischfeit der gleiche sein musste. „Ich *habe* einen englischen Namen. Ich bin der Hitman."

Sein Hinterkopf war regungslos, als der Englischfeit ein kurzes, meckerndes Gelächter von sich gab, Hitman erst drohend ansah, dann irgendwie traurig und schließlich die Schultern zuckte.

„Von mir aus bist du dann eben Hitman. Auch wenn man nicht eigentlich sagen kann, dass das ein englischer *Name* ist. Aber wenn du unbedingt so eine Art Comic-Figur sein willst ... von mir aus." Der Englischfeit wendete den Blick von ihm ab. „Wollen doch mal sehen, ob du auch wirklich ein *Hit* bist, was, haha!"

Nur Benjamin – Benny – lachte mit.

„Dann holt mal jeder einen Zettel raus. Zeit für einen kleinen *Vokabeltest*!" Herrn Mühlfeits gute Laune schien für diese Stunde bereits verbraucht zu sein. Und da Mariam die Vokabeln sowieso nicht konnte, hatte sie genug Zeit, darüber nachzudenken, wie Hitman es eigentlich immer schaffte, dass die Lehrer ihn alle in Ruhe ließen.

Man kann nicht behaupten, dass Mariam den Neuen besonders mochte – das kam allein schon deshalb nicht in Frage, weil er zu sehr Junge war, und als solcher sprach er nur in den notwendigsten Fällen mit Mädchen wie Mariam. Und da der Hitman nicht mit Mariam sprach, redete sie natürlich auch nicht mit ihm – und wie sollte man schon jemanden mögen, mit dem man sich nicht unterhalten konnte?!

Aber Mariam konnte ihn beobachten, still und unauffällig, da er sich genau in der Linie ihres Blickes zur Tafel befand. So wusste Mariam auch, dass kein Junge der Klasse so viel Post erhielt wie Hitman, Post von Mädchen, die nicht so waren wie Mariam. Mariam wusste nicht, was der Inhalt der vielfach zusammengefalteten Zettelchen sein mochte, die durch die Stuhlreihen zu seinem Platz durchgegeben wurden. Vorn auf den Briefchen stand sein Name, nicht selten hatte der i-Punkt die Form eines Herzens. Hitman faltete die Briefe bedächtig auseinander, las sie und steckte sie dann in die Hosentasche. Mariam hatte nie gesehen, dass er einen der Zettel beantwortete.

Mariams Freundinnen schrieben zwar keine Briefe an Hitman, aber sie redeten viel über ihn. Seinen Namen benutzten sie dabei nie.

„*Er* ist jetzt auch im TUS Mendringdorf, der Trainer hat *ihn* sofort in die Mannschaft aufgenommen."

„*Er* kann total gut Englisch, *er* war ja auch schon mal in Amerika."

Mariam beteiligte sich nicht an diesen Unterhaltungen. Sie wusste nichts über Hitman, sie kannte nur jede Haarsträhne seines Hinterkopfs ganz genau, wusste, dass er immer nur weiße T-Shirts trug, immer nur Turnschuhe und dass seine Füße unter dem Stuhl meistens nervös auf und ab wippten, während sein Oberkörper reglos blieb. Und obwohl der Hitman anscheinend nie einen Brief beantwortete, erhielt er auch nach Wochen immer noch mehr Post, auch dann, als ihn kein Lehrer mehr „den Neuen" nannte.

Dann kam der Wandertag. Mariam hasste Wandertage. Man stieg in einen schäbigen Bus. Die Jungen saßen alle ganz hinten, diesmal würde sicherlich Hitman den begehrten Platz in der Mitte der letzten Reihe haben. Die Jungen tobten immer herum, der Englischfeit schrie herum, die Mädchen kicherten und wisperten. Mariam würde auch diesmal wieder mit ihrer besten Freundin Jenny vorn in der Reihe hinter dem Englischlehrer sitzen, weil Jenny im Bus immer schlecht wurde. Dann würde man sinnlos durch irgendeine Gegend laufen, dann auf irgendeiner Wiese sitzen, die Jungen würden Fußball spielen, die Mädchen würden sich unterhalten.

Mittags aßen alle, was sie mitgebracht hatten. Mariam war sich sicher, dass ihre Mutter ihr auch diesmal eine Thermoskanne mit kaltem *Tee* mitgeben würde und *Butterbrote*, während alle anderen Saft in kleinen Trinkpacks hatten oder sogar Dosen mit Fanta oder Cola, kleine Delikatessen zum Essen und Süßigkeiten. Oft machte Mariam ihren Rucksack gar nicht auf, sondern gab vor, keinen Hunger zu haben.

Auf der Rückfahrt im schäbigen Bus war in aller Regel vielen Schülern schlecht, auf alle Fälle aber Jenny, die sich einmal sogar in den Mittelgang des Busses übergeben hatte. Mariam hatte als ihre Freundin die ganze Schweinerei wieder aufgeputzt. Mariam hasste Wandertage.

Nicht so der Rest der Klasse. Eifrig wurde das Ziel des Ausflugs besprochen. Eine Burgruine konnte besichtigt oder eine kleine Bergtour gemacht werden, ein Abenteuerspielplatz lockte. Mariam war es egal, wo man hinfahren würde, denn es würde sowieso alles sein wie immer: Die Jungen würden toben, der Englischfeit schreien oder umgekehrt. Natürlich war es Hitman, der die Diskussion in eine ganz andere Richtung lenkte.

„Wir könnten zum Stausee fahren, da ist auch ein toller Spielplatz. Hinterher könnten wir doch alle mit dem Ausflugsdampfer fahren."

Alle anderen Vorschläge waren wie weggewischt. Natürlich, zum Stausee, da konnte man unendlich viel unternehmen, und die Bootsfahrt, das wäre mal echt etwas anderes! Der Englischfeit war natürlich erst einmal dagegen.

„Viel zu gefährlich!", war sein erster Einwand, „Ich weiß doch schon jetzt, dass irgendwer von euch in den See fallen und halb ertrinken wird!"

„Ich hab den Rettungsschwimmer!", verkündete Hitman. „Ich werd schon aufpassen, dass niemandem was passiert!"

Das schien den Englischfeit nicht besonders zu beruhigen: „Du bist wahrscheinlich der Erste, der gerettet werden muss, ich kenne doch meine Spezialisten!"

Jeder in der Klasse wusste, dass die Bezeichung „Spezialist“ in diesem Fall kein Lob war.

Aber das Wunder geschah: Nach einer unendlichen Diskussion und vielen Beteuerungen von Seiten der Klasse, dass man sich diesmal aber wirklich tadellos benehmen werde, ließ sich Herr Mühlfeit auf den Vorschlag ein: Der Ausflug würde zum Stausee gehen.

Auch das war Mariam egal. Ob nun Stausee oder Berge, Wald oder Wiese – an dem immer gleichen Muster der Wandertage würde sich nichts ändern.

„Kann ich nicht ein kaltes Schnitzel mitnehmen?“, fragte Mariam abends ihre Mutter. „Ach, Mari!“, sagte die Mutter nur. „Du weißt doch, dass wir abends dann richtig essen. Du brauchst doch mittags nur so was für zwischendurch, da sind Butterbrote genau das Richtige!“

„Keiner von den andern hat Butterbrote dabei. Alle bekommen von ihren Eltern irgendwas anderes mit!“

Mariam hatte eigentlich gar keine Hoffnung, sie wusste schon zu genau, was die Mutter als Nächstes sagen würde: „Ja, ich weiß. Und wie Herr Mühlfeit mir gesagt hat, ist dann hinterher im Bus immer allen schlecht. Glaub mir, so ein leckeres Butterbrot ist schon das Beste! Und dazu einen gesunden Tee, dann kann gar nichts schief gehen.“

Mariam wusste, dass ihre Mutter sowieso nie begreifen würde, was alles so schief gehen konnte auf einem Wandertag.

Das Wetter am nächsten Morgen war strahlend schön. Die Sonne lachte nur so vom Himmel, und schon als Mariam morgens missmutig zur Bushaltestelle schlurfte, war es so warm, dass sie ihre Jacke in den Rucksack stopfte.

Die Klasse hatte sich beinahe vollständig vor dem Schultor versammelt. Jacken und Taschen lagen auf einem großen Haufen wild durcheinander, und auch Mariam warf ihre Tasche in weitem Bogen zu den andern. Ihre *Butterbrote* und ihren *Tee* würde sie sowieso nicht brauchen. Auch der Englischfeit schien außerordentlich gut gelaunt.

„Na, ihr Rabauken!“, begrüßte er die Klasse wohlgemut. „Tobt euch mal jetzt schön aus, dann seid ihr hoffentlich gleich im Bus etwas ruhiger!“

Doch dafür blieb nicht viel Zeit, denn schon im gleichen Moment bog ein großer Reisebus um die Ecke, der auch tatsächlich am Schultor hielt.

Das war ja mal ein ganz anderer Bus als die, mit denen die Klasse sonst zu ihren Ausflügen aufbrach! Keine speckigen Kunstlederbezüge befanden sich auf den Sitzen, sondern beim Hinsetzen sank man in kuschelige, weiche Polster. Neben jeder Sitzreihe befand sich eine Vielzahl von Hebeln und Knöpfen, mit denen man die Sitze in jede erdenkliche Position bewegen konnte. Sogar eine Fußstütze ließ sich vor den Sitzen ausklappen, sodass man bequem seine Schuhe aufsetzen konnte und die Füße nicht wie sonst unnütz in der Luft baumelten.

Mariam setzte sich mit Jenny auf den Platz hinter dem Englischfeit. Als sie sich umdrehte, sah sie, dass Hitman nicht, wie von ihr erwartet, den mittleren Platz der letzten Reihe eingenommen hatte, sondern auf einem ganz normalen Platz am Gang saß. Mariams Laune besserte sich.

Vielleicht würde ja doch alles ganz anders werden, diesmal.

Doch bevor es losging, hielt erst einmal der Busfahrer eine Rede. „Kaugummi in die Aschenbecher!", schärfte er der Klasse ein. „Nicht die Toilette benutzen!"

„Warum haben wir sie denn dann überhaupt?", krähte einer der Jungen von der letzten Bank, eine Frage, die der Busfahrer unbeantwortet ließ, jedoch dem Englischfeit Anlass war, das Mikrofon zu ergreifen: „So langsam werdet ja sogar ihr etwas älter, deshalb müsst ihr nicht mehr mit dem Kinderbus fahren! Aber benehmt euch gefälligst entsprechend, ja, Jim?"

Die Klasse ließ sich die Laune nicht verderben, und als der Bus endlich losfuhr, tobten die Jungen etwas gemäßigter als sonst, und der Englischfeit schrie auch etwas leiser.

Die Fahrt dauerte nicht lange, schon bald hatten die ersten Schüler das Ufer des Stausees erspäht.

Der Vormittag verlief eigentlich ganz gut. Der Englischfeit organisierte ein Völkerballspiel, an dem tatsächlich die ganze Klasse teilnahm. Mariam kam meistens ganz gut über die Runden. Zwar konnte sie nicht gut werfen, aber sie war wendig genug, um dem Ball auszuweichen, wenn sie im Feld war, sodass sie lange nicht abgetroffen wurde. Trotzdem hatte sie den Verdacht, dass sie anscheinend einfach kein beliebtes Ziel war; die wirklich gut aussehenden Mädchen standen meistens als Erste außerhalb des Feldes.

Später verteilte sich die Klasse über den Spielplatz, Mariam saß die meiste Zeit mit Jenny und ihren anderen

Freundinnen auf den Schaukeln. Sie unterhielten sich über die Jungen.

Keine von ihnen *ging* tatsächlich mit jemandem, und so redeten sie darüber, mit wem sie denn vielleicht gehen würden, wenn sie überhaupt einen Freund haben wollten. Alle wussten, dass Jenny Sebastian gut fand. Da aber Sebastian Jenny niemals beachtete, sondern vielmehr der dunkelhaarigen Daniele kleine Briefchen schickte, gab Jenny das nur ungern zu. Die andern Mädchen interessierten sich auf einmal fast alle für Hitman – er war viel erwachsener als die übrigen Jungen, viel cooler und viel aufregender zugleich.

„Er ist eben der Hitman!", war man sich einig.

„Und wen findest du gut?", wandte sich auf einmal Nadine an Mariam.

Mariam war sich nicht sicher, wen sie *gut* fand. Sie dachte an Hitmans Rücken und seine unruhigen Füße. Dann dachte sie an seinen Blick im Zusammenhang mit dem Kaugummizwischenfall. Wie sollte sie jemanden *gut* finden, der nicht mit ihr redete?

„Ich finde keinen so richtig gut", gab sie zu, doch die anderen Mädchen glaubten ihr nicht.

„Du kannst es ruhig sagen! Wir sind doch deine Freundinnen!", schmeichelte Nadine, und als Mariam immer noch nicht zugeben wollte, den Hitman gut zu finden, wurde Nadine giftig.

„Du gibst es ja nur nicht zu, weil er uns alle, aber dich ja schon mal überhaupt gar nicht anschaut!"

Mariam war nicht eigentlich böse; viel zu oft hatte sie Nadines Briefe in Hitmans Richtung weitergeleitet. Auch

Nadine hatte niemals eine Antwort von Hitman erhalten. Der Englischfeit beendete das Gespräch.

„So, jetzt müssen wir aber wirklich mal los zum Schiff! Packt eure Siebensachen zusammen und seht zu, dass ihr nicht wieder die Hälfte liegen lasst! Auf geht's!"

„Dumme Kuh!", zischte Nadine noch Mariam zu, bevor sie sich von der Schaukel erhob und lässig ihr langes Haar über die Schulter zurückwarf.

Mariam sah niemanden an, als sie ihre Tasche nahm und zum Bootssteg hinüberging.

Das Schiff war so ein richtiger Ausflugsdampfer, „Seemöwe" nannte sich der Klotz. Die einstmals weiße Farbe war inzwischen sehr rostig und hatte darüber hinaus an vielen Stellen eine unschöne gelbliche Färbung angenommen. Die Schüler nahmen dies aber kaum zur Kenntnis. Viel wichtiger war die Tatsache, dass sie die einzigen Passagiere waren und es auf der Fahrt wohl kaum galt, auf irgendwelche anderen Leute Rücksicht zu nehmen, die sich unter Umständen an einem hohen Geräuschpegel stören könnten.

Mit Gebrüll erstürmte man das Sonnendeck, hängte sich über die Reling, bis man vom Englischfeit zurückgepfiffen wurde, rannte planlos von vorn nach hinten und von hinten nach vorn. Als das Schiff ablegte, teilte sich die Klasse in eine Hälfte, die vorn den neuen Ufern entgegenschaute, die andere Hälfte der Schüler blickte hinten in das von der Schiffsschraube aufgewühlte Wasser. Bald schon wurde das jedoch langweilig. Einige Mädchen streckten sich auf den Bänken des Sonnendecks aus, ein paar Jungen packten ein Kartenspiel aus.

Mariam und Jenny setzten sich auf die lange Bank an der Reling.

Sebastian setzte sich ihnen gegenüber zu Daniele. Jenny schloß die Augen. Sebastian redete auf Daniele ein, die sagte wenig, aber schien, wie Mariam glaubte, zu lächeln. Dann schwiegen sie beide. Sebastian begann wieder zu reden. Daniele schüttelte den Kopf. Dann sagte Daniele etwas zu Sebastian, woraufhin er rot wurde.

„Daniele will nicht mit ihm gehen!", sagte Mariam beruhigend zu Jenny, die immer noch die Augen geschlossen hielt. Mariam blickte zurück und sah gerade noch, wie Sebastian aufstand, anscheinend wütend etwas zu Daniele sagte, sich dann ihren Rucksack schnappte und damit fortlief. Das gute alte Spiel ... wenn du schon so nicht hinter mir herläufst, dann vielleicht wenigstens hinter deinem Rucksack, dachte Mariam.

Der Rest der Klasse wurde schnell auf das Spiel aufmerksam. Als die flinke Daniele Sebastian fast erreicht hatte, warf er den Rucksack zu Klaus. Klaus lief ein kleines Stück und gab den Rucksack weiter an Kevin. Kevin lief an der Reling entlang auf Mariam und Jenny zu. Von den beiden ruhigen Mädchen erwartete er keinen Angriff.

Jenny aber hasste das Spiel, das Daniele dazu gebracht hatte, hinter Sebastian herzulaufen. Sie streckte ein Bein aus, sodass Kevin fiel. In seiner Überraschung ließ er den Rucksack los, Jenny schnappte ihn sich sofort; sie kletterte auf die Bank und hielt den Rucksack wie eine Siegestrophäe hoch. Hitman hatte sich die ganze Zeit im Hintergrund gehalten. Jetzt nahm er einen langen Anlauf und setzte zu einem Sprung auf Jenny an. Jenny aber – geübt in den rauen Spielen der Klasse – trat einfach einen Schritt zur Seite. Hitman landete zwar auf der Bank, hatte aber immer noch so viel Schwung in seinem Sprung, dass er auf das Geländer der Reling zuschoss. Die Stahlkonstruktion, die Hitman eigentlich hätte aufhalten sollen, brach an der rostigen Schweißnaht einfach auseinander, sodass Hitmans Flug zwar kurzzeitig verlangsamt, aber nicht aufgehalten wurde.

Entsetzt sah Mariam, wie Hitman auf das Wasser des Stausees aufschlug. Ein Schrei ging durch die Klasse. „Mann über Bord!“, kreischte der Englischfeit mit einer Stimme, die noch nie ein Schüler von ihm gehört hatte.

Mariam starrte in den See – sie konnte Hitman nicht sehen, das Wasser war zu dunkel. Er *ertrinkt*!

Mariam überlegte nicht, sie konnte nicht überlegen, sie hatte auch keine Wahl, sie musste es einfach tun – Mariam ging in die Hocke und sprang in den See.

„Er ist doch Rettungsschwimmer!“, hörte sie im Flug noch Jenny hinter sich herschreien.

Das hatte Mariam nicht bedacht. Auch nicht bedacht hatte sie, dass sie nach dem Seepferdchen aufgehört hatte mit Schwimmen, weil sie Angst vor der Tiefe des Beckens hatte.

Die schrillen Stimmen der Klasse verstummten, als sie in das Wasser eintauchte. Wie ein Stein fiel sie nach unten, das Wasser rauschte in ihren Ohren und umhüllte ihren Körper, eiskalt war das Wasser, und ihre Kleidung fühlte sich an wie schleimige Algen. Alles, was sie hörte, war ihr eigener Herzschlag – bumm, bumm, bumm – wie der Bass eines Musikstücks.

Mariam zwang sich, die Augen zu öffnen. Sie konnte nicht erkennen, wo oben oder unten war, Panik ergriff sie, als sie sich hin und her wendete und nicht wusste, in welche Richtung zu schwimmen sie versuchen sollte. In einem lautlosen Schrei entschwand ihrem Mund eine Luftblase, und als Mariam ihr hinterhersah, erkannte sie die Helligkeit der Wasseroberfläche.

Mariam bewegte ihre Arme so, wie der Schwimmlehrer es ihr vor Jahren gezeigt hatte, doch die mit Wasser gefüllten Ärmel ihres Pullovers hatten auf einmal so viel Gewicht, dass sie sie kaum bewegen konnte. Ihre Schuhe waren bleischwer und schienen sie nach unten zu ziehen.

Luft, dachte Mariam und hörte immer noch nur ihren Herzschlag – bumm, bumm, bumm! Ich muss atmen, dachte Mariam, ich muss doch *atmen!*

Bumm, bumm, bumm!

Und dann dachte sie an das Wort von vorhin – *ertrinken.*

Wild schlug sie mit ihren Armen um sich, als sie plötzlich etwas von hinten umfing. Die Geschwindigkeit ihres Herzschlags verdoppelte sich.

Ihre Arme wurden an den Oberkörper gepresst, und dann sah sie unter sich Hitmans Turnschuhe energische Schwimmbewegungen ausführen.

Der Herzschlag in ihren Ohren wurde von einem unheimlichen Rauschen übertönt, als sie die Wasseroberfläche durchbrachen.

Laut keuchte Mariam die Luft in sich hinein, spuckte Wasser, keuchte, atmete, atmete. „Ganz ruhig!“, hörte sie dann Hitmans Stimme in ihrem Ohr. „Ganz ruhig. Ich hab dich. Du bist in Sicherheit. Ich bring dich in Sicherheit."

Mariam spuckte Wasser.

„Ich bring dich in Sicherheit!", sagte Hitman. „Kreuze die Arme vor der Brust. Schaffst du das?"

Mariam gehorchte. Hitman war immer noch hinter ihr, ergriff um ihre Seiten herum den linken Unterarm mit beiden Händen und zog sie so mit sich.

Auf dem Sonnendeck der „Seemöwe" wickelte man sie alle beide in Decken. Mariam wurde auf eine der Bänke gelegt, Hitman stand im Kreis seiner Freunde. Der Englischfeit konnte sich nicht entscheiden, auf wen er zuerst eine Schimpftirade loslassen sollte – auf den Kapitän des Schiffes, auf Hitman oder auf Mariam. Und so sprang der Englischfeit von einem zum andern und schimpfte unzusammenhängendes Zeug.

Mariam schämte sich in Grund und Boden. Am liebsten wäre es ihr gewesen, wenn sie schon zu Hause in ihrem Bett gelegen hätte. Wie hatte sie sich nur so unmöglich machen können! Als ob sie, die dumme Mariam, die Hitman normalerweise noch nicht mal *anschaute,* die richtige Person gewesen wäre, um ihm hinterherzuspringen. Wie peinlich! Wie außerordentlich peinlich und erniedrigend! Mariam hielt ihre Augen geschlossen.

Weit entfernt hörte sie Hitmans Stimme.

„Wie konnte das denn überhaupt passieren, dass sie auch noch ins Wasser gefallen ist?" „Sie ist nicht gefallen," sagte Sebastian. „Sie ist gesprungen."

„Wie, sie ist gesprungen?“

„Na, gesprungen eben“, wiederholte Sebastian. „Sie ist dir einfach hinterhergesprungen.“

Hitman konnte das kaum glauben, wie Mariam dem ungläubigen Unterton seiner Stimme entnahm. „Aber warum hat sie das denn getan?“

Mariam hielt die Augen geschlossen.

„Sie wollte dich retten!“, sagte Jenny.

„Mich retten?“

„Ja, sie wollte dich retten! Bevor sie gesprungen ist, hat sie geschrien: Er ertrinkt!“

„Dabei kann sie fast gar nicht schwimmen!“, warf Sebastian ein.

„Ja“, antwortet Jenny nur.

Ich Idiot!, dachte Mariam. Ich peinliche, lächerliche Figur!

Sie öffnete die Augen nicht.

Der Englischfeit hatte etliche Mühe, Mariams Mutter den Vorfall zu erklären.

„Wie, sie ist gesprungen?“, fragte sie und wusste nicht, dass Hitman nur kurz zuvor genau die gleiche Frage gestellt hatte. „Das würde meine Tochter nicht machen, niemals. Sie hat Angst vor tiefem Wasser. Sie würde niemals freiwillig in einen See springen!“

„Sie ist gesprungen!“, wiederholte der Englischfeit.

Am nächsten Morgen kam Mariam absichtlich zu spät zur Schule. Sie hatte keine Lust auf dumme Fragen ihrer Klassenkameraden und auf die ungläubigen Blicke. Sie kam fünf Minuten nach dem Mathemeyer in die Klasse.

„Tut mir Leid, ich habe verschlafen!“, nuschelte sie und eilte auf ihren Platz.

„Kein Wunder“, sagte der Mathemeyer. „Das muss ja ein aufregender Ausflug gewesen sein gestern.“

Mariam sagte nichts. Die Horrorgeschichten konnte sie sich schon vorstellen, die die andern dem Lehrer erzählt hatten.

Hitman drehte sich um und sah sie an. Er sah sie einfach an. Mariam sah zuerst weg. Hitman beugte sich zu seiner Tasche nieder und holte einen Zettel heraus. Mit einem Bleistift schrieb er ein paar Worte darauf und faltete den Zettel zusammen – einmal, zweimal, dreimal. Dann schrieb er etwas auf die Vorderseite. Mariam sah aus dem Fenster. Der Zettel landete auf ihrem Tisch. *Mariam* stand in großen Buchstaben vorn auf dem Zettel. Sie nahm den Zettel und faltete ihn unter der Bank auseinander.

Bumm, bumm, bumm!, machte ihr Herz.

Sie las: *„Danke.* Das war sehr mutig von dir. Sehr nett und sehr, sehr mutig.“

Sie überlegte nicht lange, bevor sie darunter schrieb: „Es war nicht mutig, sondern sehr, sehr dumm. Ich kann fast nicht schwimmen.“

Sollte er doch von ihr denken, was er wollte. Außerdem hatte Sebastian ihm ja eh schon gesagt, dass sie fast nicht schwimmen konnte.

Sie faltete den Zettel wieder zusammen, strich ihren eigenen Namen durch und schrieb seinen darunter.

Sie sah aus dem Fenster. Wahrscheinlich dachte der Mathemeyer, dass sie noch immer angegriffen sei von gestern, auf alle Fälle nahm er sie nicht dran.

Dann lag der Zettel wieder auf der Bank. Unter den beiden durchgestrichenen Namen stand wieder *Mariam.*

Sie las: „Gerade deshalb mutig. *Danke!!!*

P.S.: Soll ich dir schwimmen beibringen?!"

Als sie aufsah, drehte er sich wieder um. Er lächelte nicht, er sah sie nur an. Mariam fühlte, wie sie rot wurde. Dann nickte sie sehr langsam. Hitman formte mit seinen Lippen ein Wort: Heute?

Mariam nickte wieder.

Bumm, bumm, bumm!, machte ihr Herz.

SIGRID ZEEVAERT

# *Dieses ganze Durcheinander im Kopf*

Wenn ich es könnte, würde ich es machen: einen doppelten Salto, damit sie mal guckt. Aber ich kann es nicht. Leider. Im Fußball bin ich auch nicht so besonders, da sind Piet und Flori viel besser. Nein, ich müsste irgendwas anderes machen. Ein Gedicht für sie dichten vielleicht. Ich weiß auch nicht. Dabei geht mir alles Mögliche im Kopf herum, das schon. Aber das kann man doch nicht schreiben. Glaube ich jedenfalls. Und ich behalte es lieber für mich. Ich sage es überhaupt niemandem. Tue einfach so, als wäre alles normal. So wie immer. Als gäbe es keine Rotwerderei. Und keine weichen Knie oder Gestottere, sobald sie in der Nähe ist.

Das ist schrecklich. Dieses ganze Durcheinander im Kopf. Und im Bauch und überall. Dabei ist es eigentlich schön. Es ist schrecklich und schön. Und hat mit Lena zu tun. Ziemlich sogar. Um nicht zu sagen: nur.

Seit Lena in unsere Klasse geht, ist es mit mir eben so. Dass ich oft an sie denken muss. Zum Beispiel abends. Dann liege ich im Bett, so wie jetzt, und schlafe nicht ein. Weil sie so dunkle Augen hat. Und weil sie nett ist. Sehr, sehr nett.

Ich ziehe mir die Decke bis unters Kinn und seufze leise. Irgendwie tut es weh. Nicht richtig, aber ein bisschen. Schade, dass ich es nicht kann. Ich meine, einen doppelten

Salto. Oder ein Gedicht dichten. Aber es ist Quatsch. Wahrscheinlich fände sie ein Gedicht sowieso vollkommen blöd.

Ich lasse es lieber. Behalte das alles für mich und gehe auch nicht zu ihr hin. Ich tue es nicht. Tue einfach, als wäre alles normal. Und warte, bis es von selbst wieder vorbeigeht. Obwohl ...

Ich weiß nicht, ob ich warten kann. Weil es mich eben verrückt macht. Das alles. Heute Nachmittag habe ich ein ganzes Blatt voll geschrieben, immer nur mit einem Wort: Lena, Lena, Lena.

Danach habe ich es zerrissen.

Es ist schrecklich.

Und es ist schön.

Weil sie so nett ist und dunkle Augen hat. Und dunkle Locken.

Einmal hat sie mich angelacht. Vor lauter Schreck habe ich gleich weggeguckt. Leider. Beim nächsten Mal tue ich es nicht: weggucken. Beim nächsten Mal gucke ich zurück und lache auch.

Egal, ob ich dabei rot anlaufe oder nicht. Ich mache es. Auch wenn Piet und Flori in der Nähe stehen und es sehen. Beim nächsten Mal mache ich es. Und überhaupt.

Ich hole Luft und drehe mich von der einen auf die andere Seite.

Vielleicht mache ich noch ganz andere Sachen. Vielleicht gehe ich einfach zu Lena und hole sie ab. Oder ich schreibe ihr einen Brief. Einen Brief mit ganz vielen Herzen und allem. Oder ich versuche es doch, das Gedicht. Vielleicht.

Ich gähne. Müde bin ich. Trotzdem schlafe ich lange nicht ein.

Und als ich es tue, träume ich wild. Und wache viel zu früh wieder auf.

Ich wälze mich hin und her und versuche wieder einzuschlafen. Aber es klappt nicht. Ich bin einfach hellwach. Dabei denke ich im Moment an gar nichts Spezielles. Wirklich. Ich liege da, gucke aus dem Fenster und lausche. Ob ich schon irgendwas höre. Von Mama oder Papa, meine ich. Oder von Katrin. Katrin ist meine Schwester. Sie ist noch ziemlich klein. Aber leider sehr frech. Steckt ihre Nase überall rein. Und steht mit ihren Freundinnen da und kichert. Über alles. Jetzt schläft sie anscheinend noch. Jedenfalls ist alles still. Auch von Papa und Mama höre ich nichts.

Ich verschränke die Arme hinter dem Kopf und seufze.

Und dann denke ich doch wieder daran. An Lenas Lächeln und das Gedicht und all das.

Ich könnte es ja mal versuchen, überlege ich mir. Versuchen könnte ich es.

Ich ziehe ein großes Blatt aus meiner Schreibtischschublade, nehme einen Rotstift, setze mich hin und denke nach.

Ein paar Mal will ich auch fast etwas schreiben. Aber dann fällt mir irgendwie kein guter Reim dazu ein.

Ich lege das Blatt und den Stift wieder weg. Es ist zwecklos. Außerdem ist es blöd.

Ich recke mich, und weil ich die andern höre, gehe ich erst mal ins Bad.

„Du bist schon auf?“, wundert sich meine Mama, als ich schließlich in die Küche komme.

Ich zucke die Achseln.

Dann kommen Papa und Katrin und wundern sich ebenfalls.

Normalerweise bin ich immer der Letzte.

„Ich muss heute früher in die Schule", murmele ich. „Wegen unserem Klassenfest." Das ist gelogen. Aber die andern fragen wenigstens nicht weiter nach.

Ich trinke schnell ein Glas Milch und mache mich tatsächlich früher als sonst auf die Socken. Gehe und überlege und mache es dann: gehe einfach einen kleinen Umweg. Nur mal so. Weil ich so früh dran bin und es gar kein Klassenfest gibt. Jedenfalls jetzt nicht. Leider. Gegen ein Klassenfest hätte ich nämlich nichts, ganz und gar nichts. Vor allem mit einer Speziellen.

Mir klopft das Herz, als ich in Lenas Straße einbiege. Ich weiß nicht so genau, aber vielleicht hole ich sie ab. Klingel einfach und sage: „Tag, da bin ich. Wenn du willst, bringe ich dich."

Ich stecke die Hände in die Hosentaschen und gehe weiter. Meine Knie werden wieder ganz weich. Ich hole Luft. Lenas Haus ist nicht mehr weit.

Vielleicht mache ich es doch nicht. Sie abholen und zur Schule bringen. Wer weiß, was sie denkt. Vielleicht denkt sie: Der spinnt.

Ich kehre um. Hoffentlich hat sie mich nicht schon gesehen. Eilig biege ich um die Ecke, bleibe an der nächsten Bushaltestelle stehen. Ob das Lenas Bushaltestelle ist? Ganz wohl ist mir bei diesem Gedanken ja nicht. Ich trete von einem Fuß auf den anderen. Und als der Bus immer noch nicht kommt, beschließe ich, doch lieber noch ein Stück weiterzugehen.

„Was machst du denn hier?“, höre ich plötzlich eine Stimme hinter mir. Es ist die Stimme von Lena.

„Ich?“ Ich werde augenblicklich knallrot. Und ich weiß keine Antwort. Keine gute jedenfalls. Ich stehe da und murmele etwas, was ich selbst nicht verstehe.

Lena grinst.

Und dann kommt der Bus. Lena steigt ein, und ich stehe immer noch da und mache nichts.

Der Bus fährt los. Und ich würde am liebsten im Erdboden versinken. Oder nach Hause gehen und mich ins Bett legen und sterben. Es ist schrecklich. Lena denkt bestimmt, ich hätte nicht mehr alle Tassen im Schrank.

Langsam gehe ich weiter. Eine Zeit lang überlege ich, ob ich die Schule heute nicht besser ausfallen lassen soll. Aber dann gehe ich doch hin. Obwohl ich lange brauche. Vor der Klassentür hole ich noch einmal tief Luft. Die Mathestunde hat längst begonnen.

Mit hochrotem Kopf erkläre ich Herrn König, dass mein Bus leider nicht kam.

Herr König nickt.

Und Lena kichert. Ich kann es halb sehen.

Ich setze mich an meinen Platz. Na und?, denke ich und schlucke. Soll sie doch von mir denken, was sie will. Und überhaupt. So wichtig ist sie mir nämlich gar nicht.

Ich nehme mein Mathebuch aus der Schultasche, schlage es auf und tue so, als gäbe es nichts Interessanteres als Matheunterricht.

Bis Sven mir plötzlich einen kleinen Zettel zuschiebt. Nanu. Unter meinem Pult falte ich ihn auseinander und glaube es nicht. Der Zettel stammt von Lena. Von Lena! Sofort schlägt mein Herz wieder ganz schnell.

Ich vergewissere mich, dass Herr König nicht guckt, und dann lese ich:

„Hallo! Warum hast du an meiner Bushaltestelle gestanden? (Ich kann mir ja schon so was denken.) Aber blöd war es trotzdem. Dass du nicht eingestiegen bist und nichts gesagt hast. Beim nächsten Mal kannst du das ja mal machen. Viele Grüße von Lena."

Ich lese den Zettel noch mal. Und noch mal. Klar, denke ich und muss schlucken. Beim nächsten Mal mache ich es auch. Beim nächsten Mal rede ich mit ihr und steige ein. Und überhaupt mache ich noch ganz viel. Gleich nach der Schule fange ich an. Dann gehe ich zu ihr hin und bringe sie nach Haus. Das mache ich. Und morgen früh hole ich sie wieder ab. Und rede mit ihr und steige in denselben Bus ein. Das alles werde ich machen. Und noch ganz andere Sachen.

BARBARA VEIT

# *Der Junge mit dem Fahrrad*

Hannah konnte sich nicht genau daran erinnern, wann sie den Jungen mit dem Fahrrad zum ersten Mal bemerkt hatte. Es war vielleicht zwei Wochen her oder auch nur zehn Tage. Vielleicht war es an einem der Tage gewesen, an denen sie nachmittags für ihre Mutter einkaufen ging. Möglicherweise war es auch in der Dämmerung gewesen, wenn sie vom Turnunterricht nach Hause kam. Jedenfalls wurde ihr eines Tages klar, dass da ein Junge mit einem Fahrrad war, wenn sie nach Hause kam. Er war nicht immer da, doch ziemlich häufig. Es war nicht einfach ein Junge auf einem Fahrrad. Das Fahrrad stand gegen einen Baum gelehnt, der nur wenige Meter von ihrem Haus entfernt war. Der Junge bastelte an dem Rad herum. Er schien angestrengt damit beschäftigt, seine Kette neu einzulegen oder sonst einen Schaden zu beseitigen. Es war immer derselbe Junge und dasselbe Fahrrad.

Seltsam, dachte Hannah. Er muss ein sehr altes Fahrrad haben, weil es immer kaputt ist.

Und dann dachte sie nicht weiter darüber nach. Hannah hatte eine Menge wichtigere Dinge zu tun, als über Jungs nachzudenken, die kaputte Fahrräder herumschieben. Hannah las viele Bücher, sie traf sich mit ihren Freundinnen. Hannah übte Altflöte und spielte abends Karten mit ihren Eltern – Rommé oder Canasta. Außerdem musste sie Hausaufgaben machen, ins Schwimmbad gehen und ihren Wellensittich versorgen.

Hannah hatte den Jungen noch nicht einmal richtig angesehen. Sie hatte nur wahrgenommen, dass da ein Junge mit einem Fahrrad war.

Eines Abends jedoch schaute sie aus dem Fenster. Sie hatte ihren Eltern bereits „Gute Nacht" gesagt und wollte eigentlich noch lesen. Es war nicht besonders spät, aber schon dunkel. Die Straßenlaternen leuchteten bereits. Hannah schaute auf den Baum unter ihrem Fenster, auf die Straßenkreuzung. Nur wenige Menschen gingen da unten, kaum ein Auto fuhr vorüber. Aber dann wurde sie aufmerksam. Unter der Laterne auf der anderen Straßenseite lehnte das Fahrrad, und da war auch eine Gestalt, die sie inzwischen erkannte. Da war der Junge.

Hannah hatte plötzlich das Gefühl, als blickte der Junge zu ihr herauf. Unwillkürlich trat sie einen Schritt zurück.

Was will der denn da unten?, dachte Hannah.

Vorsichtig schob sie sich nach vorn. Er war noch immer da. Jetzt konnte sie ganz deutlich sehen, dass er zu ihr heraufschaute.

Der wartet meinetwegen da unten!, schoss es ihr durch den Kopf. Der war schon die ganze Zeit nur deshalb hier! Hannah schauderte. Was konnte der Junge von ihr wollen? Sie kannte ihn nicht. Vielleicht schaute er ja auch zu einem ganz anderen Fenster. Hannah wohnte immerhin im dritten Stock.

Noch einmal beugte sie sich nach vorn. Nein! Es gab keinen Irrtum – er schaute wirklich genau zu ihrem Fenster.

Und diesmal hatte er sie gesehen! Er wandte schnell sein Gesicht, fummelte wieder an dem Fahrrad herum. Hannah sprang ebenfalls zurück. Ihr Herz begann zu schlagen.

Vielleicht werde ich beobachtet?, dachte sie. Vielleicht will jemand mich entführen?

Hannah ging ins Bett, doch sie fühlte sich unruhig. Immer wieder sprang sie auf und lief zum Fenster. Bevor sie hinausschaute, löschte sie das Licht. Zweimal war der Junge noch da – beim dritten Mal war er verschwunden. Hannah konnte sich nicht auf ihr Buch konzentrieren. Schließlich löschte sie das Licht, lag still im Dunkel. Der Schein der Straßenlaterne drang durch den Vorhang und warf Zeichen an die Wand, auf den Schrank und die anderen Möbel. Es war eigentlich wie immer und doch anders.

Hannah überlegte, wer der Junge sein konnte. Er könnte von einer Bande geschickt sein, die sie entführen wollte. Eine Art Spion, der ihre Gewohnheiten beobachtete. So etwas hatte sie schon im Fernsehen gesehen.

Aber warum sollte sie entführt werden? Ihre Eltern waren nicht besonders reich. Sie waren eine ganz normale Familie.

Quatsch!, dachte Hannah. Niemand will mich entführen! Aber es musste doch eine Erklärung geben, warum der Junge sie beobachtete. Und der Gedanke, der nun in ihr aufstieg, beunruhigte sie noch mehr.

Vielleicht ist er verrückt!, dachte sie. Es ist doch ganz unnatürlich, einen anderen Menschen zu beschatten. Irgendwie total daneben! Wenn er verrückt ist, dann kann er auch gefährlich sein!

Hannahs Herz begann wieder zu klopfen. Sie spürte eine unklare Angst. Vielleicht sollte sie mit ihren Eltern über den Jungen sprechen?

Doch da war noch etwas anderes in Hannahs Gedanken. Bisher hatte sie es nicht beachtet, weil all ihre Befürchtungen es zudeckten. Doch jetzt, mitten im Herzklopfen, bemerkte Hannah, dass sie neugierig auf den Jungen war. Sie wollte wissen, wer er war.

Hannah seufzte, und dann beschloss sie, den Spieß umzudrehen. Von jetzt an würde sie den Jungen beobachten. Sie würde herausfinden, wo er wohnte, wie er hieß und warum er ständig sein Rad vor ihrer Haustüre reparierte!

Plötzlich fühlte sich Hannah stärker und nicht mehr so ängstlich. Sie würde ihren Eltern nichts sagen! Ein Kribbeln ging durch ihren Körper. Endlich passierte etwas Aufregendes! Sie würde wie eine Detektivin vorgehen. Der Junge würde nichts davon merken, dass sie ihn beobachtete. Hannah war zwar erst elf Jahre alt, doch sie wusste, wie Detektive sich benehmen.

Zufrieden drehte sie sich um, zog die Decke über ihren Kopf und schlief ein.

Am nächsten Morgen erwachte Hannah mit einem ganz neuen Gefühl. Es war kein normaler Schultag, sondern ihr erster Tag als Detektivin. Doch ihr Job begann erst am Nachmittag – die Zeit bis dahin erschien ihr endlos lang. Das Frühstück mit den Eltern schien kein Ende zu nehmen. Der Schulweg war länger als sonst – der Unterricht zog sich hin. Hannah war unaufmerksam, wurde zweimal von Lehrern gefragt und wusste keine Antwort. Das war ungewöhnlich für sie.

Endlich klingelte es nach der letzten Stunde. Hannah trennte sich auf halbem Rückweg von ihren Klassenkameradinnen. Sie erklärte, dass sie eine Tante besuchen müsse. Durch Seitengassen schlich sie sich nach Hause. Sie näherte sich ihrem Haus von einer völlig anderen Richtung als gewöhnlich. Doch die Kreuzung lag leer vor ihr. Da war kein Junge mit einem Fahrrad. Hannah kehrte enttäuscht in ihre Wohnung zurück. Beim Mittagessen sagte sie kaum ein Wort.

„Bist du krank?“, fragte ihre Mutter.

„Nein, mir geht es gut“, murmelte Hannah. „Ich hab nur so viel für die Schule zu tun!“

Nach dem Essen ging Hannah in ihr Zimmer und stellte sich hinter den Vorhang. Nichts! Da war niemand zu sehen auf der Straße. Nur ganz normale Leute, die irgendwohin unterwegs waren. Hannah wartete fast zwei Stunden. Immer wieder sprang sie von den Hausaufgaben auf, um nachzusehen, ob der Junge auftauchte.

Dann endlich! Da stand er wieder! Diesmal nicht unter dem Baum, sondern an der Straßenecke gegenüber.

Hannah wusste genau, was sie zu tun hatte. Sie sagte ihrer Mutter, dass sie eine Freundin besuchen wollte. Dann lief sie die Treppen hinunter zum Hinterausgang, der durch den Keller führte. Hannah schlich durch den Hinterhof, vorüber an den Mülltonnen, bis zur Hausecke. Der Junge war nur wenige Meter von ihr entfernt. Gerade eine Straßenbreite.

Zum ersten Mal konnte Hannah ihn genau betrachten. Er war ungefähr so alt wie sie. Vielleicht ein bisschen älter – so zwölf oder dreizehn. Er hatte dichte blonde Haare, war ziemlich groß. Sein Gesicht war schwer zu erkennen, denn er wandte Hannah fast die ganze Zeit den Rücken zu. Er trug schwarze Jeans und ein weißes T-Shirt.

Er blieb eine halbe Stunde stehen, fummelte an seinem Fahrrad, sah hin und wieder zu Hannahs Fenster hinauf. Hannahs Beine begannen zu schmerzen. Schließlich setzte sie sich auf den Boden.

Er kann doch nicht ewig da stehen bleiben, dachte sie. Vielleicht ist er doch verrückt? Dann endlich nach über einer halben Stunde nahm der Junge sein Fahrrad und schob es den Berg hinauf, der gleich hinter der Kreuzung anstieg. Als er hinter der leichten Kurve verschwunden war, schlüpfte Hannah auf die Straße und lief hinter ihm her, eng an die Hausmauern gedrückt, bereit, jederzeit in einem der Eingänge Deckung zu suchen.

Vorsichtig schaute sie um die Kurve. Da vorn ging der Junge. Er hielt den Kopf gesenkt und schaute nicht zurück. Hannah wagte sich weiter. Sie schlich von Hauseinfahrt zu Hauseinfahrt. Der Berg schien kein Ende zu nehmen. Hannah war bestimmt schon zwei Kilometer gelaufen, als der Junge in eine Seitenstraße einbog. Hannah rannte, um ihn nicht aus den Augen zu verlieren. Als sie keuchend die Abzweigung erreichte, war der Junge verschwunden.

Verdammt!, dachte Hannah.

Vorsichtig ging sie an den Häusern entlang. Sie schaute in alle Innenhöfe und Gärten. Und tatsächlich entdeckte sie schließlich das Fahrrad des Jungen. Es lehnte an der Mauer eines kleinen Hauses, das von einem verwilderten Garten umgeben war.

Sieht aus wie ein Hexenhaus, dachte Hannah.

Von der Straße aus konnte sie nicht in die Fenster sehen. Sie musste also in den Garten hinein. Durch das Tor konnte sie nicht gehen, denn sonst hätte man sie vom Haus aus leicht sehen können. Hannah drückte sich also an der Hecke entlang und suchte eine Stelle, an der sie unbemerkt über den Zaun klettern konnte. An einer Stelle stand eine dichte Tanne nahe am Zaun. Hannah zog sich am Zaun hoch, schwang ihre Beine darüber und ließ sich auf der anderen Seite herunter. Hoffentlich haben die keinen Hund!, dachte sie plötzlich. Doch es blieb still im Garten. Sie lugte um die Tanne herum. Noch immer konnte sie in keines der Fenster sehen.

Ich muss näher heran!, dachte Hannah.

Jetzt hatte sie doch Herzklopfen. Es war nicht so einfach, eine Detektivin zu sein. Zwischen Tanne und Haus gab es keine Deckung. Hannah nahm all ihren Mut zusammen und lief los. Keuchend erreichte sie die Hauswand und duckte sich. Alles blieb ruhig. Niemand hatte sie gesehen. Hannah wartete, bis ihr Atem sich beruhigt hatte, dann richtete sie sich auf und schaute vorsichtig in das erste Fenster. Es war eine leere Küche. Hannah schlich weiter. Das nächste Fenster zeigte ein ebenfalls leeres Wohnzimmer. Hannah bog um die Hausecke zum nächsten Fenster. Ganz langsam schob sie sich nach vorn. Da war der Junge! Es war ganz offensichtlich sein Zimmer. Doch Hannah konnte keine Einzelheiten wahrnehmen. Sie schaute nur auf den Jungen, voller Angst, dass er sie entdecken könnte.

Doch nach kurzer Zeit erkannte sie, dass die Gefahr gering war. Der Junge saß vor seinem Computer, völlig vertieft in ein Spiel. Zum ersten Mal konnte Hannah sein Gesicht sehen – immerhin von der Seite. Der Junge gefiel ihr! Er sah nicht aus wie ein Verrückter oder Verbrecher. Er sah sogar richtig gut aus. Die blonden Haare fielen in einer dichten Locke über seine Stirn, seine Nase war gerade und seine Lippen sehr voll.

Hannah starrte einige Minuten in das Zimmer, dann lehnte sie sich an die Hauswand und dachte nach. Ich weiß jetzt, wo er wohnt, dachte sie. Er ist eigentlich fast ein Nachbar von mir. Aber ich habe keine Ahnung, warum er so oft vor meinem Haus steht.

Sie warf wieder einen Blick in das Zimmer, duckte sich aber ganz schnell, denn der Junge hatte den Computer ausgeschaltet und war zum Fenster gegangen.

Hannahs Herz schlug wie rasend. Sie presste sich gegen die Hauswand und schob sich langsam um die Ecke. Da drüben war die Tanne. Sie musste ganz schnell weg, denn wenn der Junge in die Küche ging, war sie gefangen. Hannah rannte los, erreichte die Tanne, sprang über den Zaun. Inzwischen war es dämmrig geworden. Als sie zurückblickte, ging in der Küche das Licht an.

Hannah atmete tief durch. Ein Glück, dass sie es geschafft hatte! Hannah rannte die ganze Strecke nach Hause. Als sie später aus dem Fenster schaute, war der Junge wieder da. Nicht lange diesmal – nur eine Viertelstunde.

Hannah konnte an diesem Abend nicht einschlafen. Sie dachte an den Jungen. Er hatte ihr gefallen. Sein Gesicht stand vor ihren Augen. Er hatte traurig und irgendwie einsam ausgesehen in seinem Zimmer. Hannahs Herz machte einen kleinen Sprung. Plötzlich fühlte sie sich selbst einsam. Vielleicht stand der Junge einfach deshalb vor ihrem Haus, weil er einsam war? Vielleicht wollte er sie kennen lernen?

Hannah hatte noch nie einen Jungen zum Freund gehabt. Jungen waren irgendwie so merkwürdig, jedenfalls die in ihrer Klasse. Sie benahmen sich ziemlich rüpelhaft, rauften auf dem Schulhof, fanden Mädchen blöde. Hannah fand die meisten Jungs, die sie kannte, ebenfalls blöde. Aber dieser Junge war anders, das spürte sie genau.

An diesem Abend fasste Hannah erneut einen Entschluss. Wenn der Junge am nächsten Tag wieder vor ihrer Tür wartete, dann ... dann würde sie stehen bleiben. Vielleicht würde sie sogar zu ihm gehen und fragen, was er von ihr wolle. Aber diesmal half ihr Entschluss nicht beim Einschlafen. Hannah lag stundenlang wach, wälzte sich hin und her, hatte Angst vor dem nächsten Tag.

Und es wurde wieder ein endloser Tag mit endlosen Schulstunden, einem endlosen Heimweg, einem endlosen Mittagessen, endlosen Hausaufgaben, endlosen Blicken auf die Straße, die ganz leer blieb. Es erschien Hannah wie eine Erlösung, als ihre Mutter kam, ihr die Einkaufsliste gab und sie zum Supermarkt schickte. Doch die Straße war noch immer leer. Auch unter dem Baum stand kein Junge mit Fahrrad.

Vielleicht hat er mich gar nicht gemeint, dachte Hannah.

Vielleicht war alles nur ein Zufall, und sein Rad war wirklich kaputt. Hannah ging in den Supermarkt, füllte den Einkaufswagen, fühlte sich wie ein Automat. Ihre Gedanken waren nur bei dem Jungen mit dem Fahrrad. Die Taschen waren schwer, als sie nach Hause ging. Sie selbst fühlte sich auch schwer und traurig. Warum eigentlich? Es gab gar keinen Grund! Oder doch? Hannah wusste es nicht genau. Sie wusste eigentlich überhaupt nicht mehr, was mit ihr los war.

Sie ging vor sich hin, erreichte das Haus, blickte erst auf, als sie beim Tor angelangt war. Und da stand er – direkt am Zaun. So nahe war er noch nie gekommen. Hannah dachte an ihren Vorsatz: Diesmal würde sie stehen bleiben, auf ihn zugehen. Doch es war schwer – ihr Herz klopfte ganz rasend, der Schweiß brach aus all ihren Poren.

Trotzdem ging sie weiter auf ihn zu und blieb genau vor ihm stehen. Er starrte ihr entgegen, beugte sich dann über seine Fahrradkette und zerrte heftig an ihr. Was sag ich bloß, dachte Hannah verzweifelt. Es ist völlig irre!

Sie stand bereits eine Minute lang vor ihm. Es war eine entsetzlich lange Minute. Schon wollte sie sich umwenden und weggehen, da richtete er sich von seinem Fahrrad auf und drehte sich um.

„Hallo“, sagte er schüchtern.

„Hallo“, sagte Hannah.

„Mein Fahrrad ist kaputt“, sagte er leise.

„Die Kette?“, fragte Hannah, obwohl sie den Eindruck hatte, dass ihre Stimme unhörbar war.

„Ja“, antwortete er, „sie springt ungefähr zehnmal am Tag raus!“

„Das ist blöd“, sagte Hannah.

„Wohnst du hier?“, fragte der Junge.

„Ja“, antwortete sie.

„Ich wohne oben am Berg“, sagte er.

„Mhm“, machte Hannah.

„Hast du auch ein Fahrrad?“, fragte der Junge.

„Ja“, sagte Hannah, „aber bei meinem springt die Kette nicht dauernd raus.“

„Hast du Lust, mal mit mir zusammen zu fahren?“, fragte der Junge.

„Ja“, sagte Hannah, und ihr Herz machte schon wieder einen Sprung.

„Morgen?“, fragte er.

„Ja“, sagte Hannah.

„Um drei?“

Hannah nickte und schluckte schwer.

„Ich heiße übrigens Dominik“, sagte der Junge.

„Ich heiße Hannah.“

„Also, dann bis morgen“, sagte Dominik.

„Bis morgen“, sagte Hannah.

Er nahm sein Rad und schob es wieder den Berg hinauf. Hannah sah ihm nach. An der Kurve drehte er sich um und winkte ihr zu. Hannah winkte zurück. Dann nahm sie ihre Taschen und ging zum Haus. Auf einmal waren die Taschen nicht mehr schwer, und Hannah hatte ein Gefühl, als müsste sie singen.

HAYE VAN DER HEYDEN

# *Der Duft von Liebe*

Hallo, Leser oder Leserin, ich bin Michael. Kommst du mit in meine Klasse? Es ist Dienstagnachmittag. Heute passiert etwas Besonderes. Kommst du mit?

Nicht zu fassen. Die Augen! Das Haar! Und erst die Hände! So schlank und elegant! Hervorragend! Michael starrte das neue Mädchen an, das vor der Klasse stand und vom Lehrer vorgestellt wurde.

„Leute, das ist Petra. Sie ist vor knapp zwei Wochen hier ins Dorf gezogen und kommt ab heute hier in die Klasse. Wo möchtest du sitzen, Petra?"

Die Schönheit schaut die Reihen entlang. „Ich weiß es nicht", sagt sie mit einem Lachen. „Wer will mich haben?"

Michael konnte sich nicht zurückhalten und ein wilder Schrei entwischte ihm. „Ja!! Hier!"

Der Rest der Klasse drehte sich nach ihm um und lachte.

„Setz dich neben Michael", sagt der Lehrer. „Das ist der Junge da hinten, der mit dem roten Kopf.

Hab ich einen roten Kopf? Ich fühle an meinen Wangen. Mist. Ja. Glühend heiß, also bin ich wahrscheinlich wirklich knallrot.

„Tag, Michael", sagte Petra mit einem lieben Lächeln und schob sich auf den Stuhl neben ihn.

„Hallo", war die leise Antwort. Er wagte nicht mehr, sie anzuschauen. Von allen Seiten beobachteten sie ihn.

„Jungs und Mädchen, könntet ihr mir eure Aufmerksamkeit widmen?“, rief der Lehrer. „Oder ist das zu viel verlangt?“

Ich bin furchtbar verliebt. In zehn Minuten hab ich mich so verliebt, dass ich weder aus noch ein weiß. Ich bin sogar so verliebt, dass ich sofort etwas tun muss. Ich muss. Die Liebe zwingt mich.

„Gehst du nach Hause?“

„Ja.“

„Wo wohnst du?“

Das Mädchen antwortete nicht. Sie lächelte nur.

Michael stand mit ihr vor der Schule. Um sie herum schwärmten hunderte von Kindern nach allen Seiten.

„Wo wohnst du?“, fragte er noch mal.

„In der Bachallee“, sagte Petra mit einer kleinen Stimme. „Nummer 23.“

Bachallee? Sie hat Bachallee gesagt. Ja doch. Ich hätte es wissen können. „Oh, da komm ich auf meinem Nachhauseweg vorbei“, log Michael. „Soll ich ein Stückchen mit dir fahren?“ „Mitfahren?“ Die Frage schien sie zu erschrecken.

Ich bin zu schnell. Ich darf sie nicht so überfallen. Warum geh ich es nicht ein bisschen ruhig an.

„Bloß fahren“, stotterte Michael.

„Okay.“

Während sie zum Fahrradständer liefen, betrachtete er das Mädchen aus den Augenwinkeln.

Ja. Ich kann es an allem sehen. Bachallee. Also reich. Geld. Viel Geld. Sieh nur, was sie anhat. Die Nikes, die sie trägt, das sind die allerteuersten, die es gibt. Und das Polohemd ist von Calvin Klein. Ein Mädchen in Calvin Klein, feiner geht es nicht. Ja, was willst du. Wenn sie da wohnt. In der Bachallee. Da stehen riesige Häuser. Da haben sie Swimmingpools und Tennisplätze, da spielen die Jungen Hockey und die Mädchen reiten.

„Wo wohnst du, Michael?“

„Hä?“

„Wo du wohnst?“

„In der Van-Goyenallee.“

„Die Van-Goyenallee? Wo ist die?“

Sie weiß nicht, wo die Van-Goyenallee ist. Das kann stimmen, denn das weiß niemand, weil die Van-Goyenallee nämlich nicht existiert. Die Van-Goyenstraße wohl. Und da wohne ich. Aber „Straße“ klingt anders als „Allee“.

„Die ist hinter dem Krankenhaus“, sagte er und ihm wurde plötzlich furchtbar warm.

Sie kommt natürlich irgendwann dahinter, dass ich lüge, dass sich die Balken biegen. Hinter dem Krankenhaus. Was bin ich doch für ein blöder Idiot! Wie kann ich das sagen? Hinter dem Krankenhaus ist eine Wiese und weiter nichts. Da kommt sie binnen kürzester Zeit hinter.

„Das ist mein Fahrrad“, sagte Petra und zeigte auf ein funkelnagelneues Citybike. „Wo ist deins?“

„Ich hab heute das Fahrrad von meinem Bruder“, sagte Michael schnell. „Meins hat einen Platten.“

Es ist nicht weit bis zur Bachallee. Du musst den Provincialweg ein Stückchen hoch, nach der Ampel rechts und dann die Zweersallee raus, dann noch zweimal links und dann ist man in der Bachallee. Petra guckt ein bisschen böse. Als ob sie nicht will, dass ich mitfahre. Aber ich mach doch nichts. Ich fahr nur. Ich trete übrigens wie gewöhnlich kräftig durch. Einerseits will ich natürlich, dass die Fahrt lange dauert, sodass wir all die Zeit herrlich zusammen sind, aber andererseits ist das Problem, dass ich nicht so viel zu sagen weiß und Angst habe, sie könnte denken, dass ich unendlich langweilig bin. Die Situation macht mich ein bisschen nervös.

In der Nähe der Zweersallee begann der Wald. „Bist du schon mal im Wald gewesen“, fragte Petra. „Oh ja“, sagte Michael lässig. „Schon oft. Da gibt es einen kleinen See, weißt du das? Einen kleinen Waldsee.“

„Oh ja? Wie schön. Zeigst du mir den später mal?“

„Ja, klar“, sagte er. „Klar doch.“ Er schaute zur Seite und für den Bruchteil einer Sekunde trafen sich ihre Blicke.

Was für herrliche Augen! Und wie lieb sie gucken, und schön, und fröhlich, und witzig und mädchenhaft. Was für eine Frau. Ich bin noch niemals so verliebt gewesen. Ich denke, ich bin so verliebt, dass es niemals mehr vorübergeht!

„Hier links“, sagte er.

„Oder sollen wir jetzt noch eben hin. Zu dem kleinen See im Wald.“ Petra sah nun starr vor sich hin. „Ich muss noch nicht nach Hause.“

„Jetzt? Ich meine, ich meine jetzt?“, stotterte Michael.

Das Mädchen meiner Träume fragt mich, ob ich mit ihr in den Wald gehe? Sollte sie auch in mich verliebt sein? Das kann doch fast nicht sein? So schnell geht das doch nicht.

Oder vielleicht doch? Vielleicht ist das echte Liebe, und bei echter Liebe geht es immer schnell.

„Es ist schönes Wetter“, sagte das Mädchen und lachte ihm zu. „Lass uns in den Wald gehen.“

„Okay, dann fahren wir jetzt nach rechts. Hier können wir durch.“

Die beiden Fahrräder fuhren durch den Steinweg Richtung Ridderroordse Wald.

Ich weiß nicht, was ich machen soll. Ich bin so aufgeregt! Wie schnell das alles geht!

„Ich bin schon viermal umgezogen“, sagte Petra ein bisschen traurig. Sie lag im Gras und starrte den Wolken nach. „Und du?“

„Noch nie.“

„Glück gehabt. Es ist grässlich. Du kommst wieder auf eine fremde Schule, wo du niemanden kennst. Ich hasse umziehen.“

Gott, was ist sie schön. Die Wimpern, die Lippen, das Kinn. Sie ist ein Wunder. Ich liebe sie, ich liebe sie.

Michael legte sich neben sie und schaute mit ihr zu den Wattemustern, die sich am Himmel abzeichneten.

Ich sollte umziehen. Nämlich von der Van-Goyenstraße in die Bachallee. Aus unserem Reihenhaus in so ’ne schöne Villa. Und dann will ich auch solche Nikes und so ’n Fahrrad. Und dann sollst du mal sehen. Dann bin ich so ein Freund von so ’nem Mädchen wie Petra.

„Hast du eine Freundin?“, fragte sie, als ob sie Gedanken erraten kann. „Ne, im Moment nicht“, sagte Michael so cool wie möglich. „Du?“ „Ich hab viele Freundinnen“, lachte das

Mädchen. „Aber die wohnen nicht hier.“ „Ich meine, sorry, ich wollte eigentlich fragen, ich meine ...“

Furchtbar. Was bin ich doch für ein Idiot. Ich kann gleich nach Hause gehen. Was lieg ich hier noch mit dem Mädchen? Einmal und nie wieder. Bis Sonntag geht sie mit einem Jungen, der Hockey spielt. Mit Oskar oder Willem oder so, oder mit Albert. Die wohnen auch in einer Allee und haben einen Swimmingpool oder einen Tennisplatz. Bei Albert haben sie sogar beides!

„Und ich habe auch keinen Freund“, sagte Petra gerade und lachte. „Das meintest du doch?“

„Ja.“

Einen Augenblick war es still. Sie sprachen nicht.

Michael schaute zur Seite und sah, dass sie die Augen geschlossen hatte. Der sanfte Wind brachte allerlei Düfte – die des Waldes vermischt mit denen des Mädchens. Ja, es war, als ob er sie mit Haut und Haaren riechen konnte. Der Duft eines schönen Mädchens. Vielleicht sogar der Duft der Liebe. Gibt es etwas Herrlicheres auf der Welt?

„Sollen wir ein Stückchen laufen, Michael?“ Petra öffnete die Augen, stand auf und ging ein paar Schritte von ihm weg. „Ich liebe den Wald so.“

Ich würde nichts lieber machen, als zu ihr zu rennen, sie zu umarmen, ihr Haar zu streicheln und ihren Nacken zu küssen.

Als sie vom Weg abwichen und unter den schwarzen Bäumen gingen und es schien, als ob es mitten am Tag plötzlich dunkel geworden war, redeten sie nicht. Michael hatte das Gefühl, dass er in einer anderen Welt war.

Das ist ein bisschen so, als ob du Geschichten liest. Abenteuergeschichten oder Märchen. Diese stille, unheimliche Welt, die ein bisschen feuchtkalt und Unheil verkündend erscheint. Ob es hier Wölfe gibt? Füchse vielleicht. In einer Märchenwelt gibt es viele Gefahren.

„Schön ist es hier, nicht wahr?", sagte Petra leise. „Ja", antwortete Michael heiser und schaute sie von der Seite an.

Wie sie läuft, wie sie sich bewegt. Gibt es ein schöneres Mädchen auf der Welt? Gibt es etwas Schöneres auf der Welt, als hier mit ihr zu sein? In einer Welt voller Gefahren wohnt die echte Liebe.

Er wollte nichts lieber, als sie festhalten, umarmen und seine Lippen auf ihre drücken, aber er wusste, dass er sich das nicht traute.

Vielleicht würde sie anfangen zu schreien oder zu kratzen und zu beißen. Ich traue es mich niemals. Niemals werde ich mich trauen, so ein schönes Mädchen aus der Bachallee zu berühren! „Hoppla", lachte Petra, als sie über eine Wurzel stolperte. Sie hielt sich an seinem Arm fest. „Die hab ich nicht gesehen."

Sie blieb stehen, sah ihn an und lächelte.

„Danke", lachte sie. „du hast mein Leben gerettet."

„Gern geschehen", lachte Michael mit ihr mit.

Zwei Sekunden später war es passiert, hatten sich ihre Lippen gefunden.

Wer hat angefangen? Hab ich sie zuerst geküsst oder sie mich? Ich weiß es nicht mehr. Ich hab keine Ahnung. Ich weiß nur, dass es jetzt geschieht. Jetzt. Hier.

Während des ersten Kusses stand die Welt still. Die

Vögel in den Bäumen flöteten nicht mehr, der Wind hielt den Atem an und kein Ast oder Blatt wagte sich zu bewegen.

Auch außerhalb des Waldes, im Dorf, muss der Film vom Leben ein Foto geworden sein. Autos, Radfahrer und Fußgänger werden nun stillstehen auf den Alleen und Straßen und mitten auf der Straßenkreuzung. Die Münder von den Menschen, die gerade gesprochen haben, hängen bewegungslos offen und schwingende Arme stehen regungslos in die Luft gestreckt. Die Zeit und die Welt stehen still. Wie lange dauert dieser Kuss nun schon? Vielleicht erst kurz, nur ein paar Sekunden, aber es könnte auch eine Stunde sein; oder ein paar Stunden oder sogar einige Tage oder Wochen. Vielleicht ist es so wie im Märchen und wir küssen schon einige Jahrhunderte und die Welt existiert nicht mehr.

„Ich gehe besser allein nach Hause, lieber Michael", sagte Petra, als sie wieder bei den Fahrrädern waren. „Ich hoffe, du findest das nicht schlimm."

Sie schämt sich. Sie ist vielleicht ein bisschen in mich verliebt, aber sie schämt sich für mich. Darum soll niemand uns zusammen sehen. Weil sie natürlich weiß, dass ich gelogen habe mit der Van-Goyenallee. Sie sieht es an allem. An meinem Fahrrad, an meiner Kleidung. Warum verlieb ich mich auch immer in die verkehrten Mädchen?

Mit einem letzten kurzen Kuss nahmen sie Abschied. „Ich seh dich morgen in der Schule", sagte sie und streichelte seine Wange. „Okay", antwortete er. Das Mädchen stieg auf sein Citybike und fuhr weg. „Schönes Fahrrad", sagte Michael noch. „Zum Geburtstag bekommen“, rief sie und verschwand um die Ecke.

Ich könnte heulen. Warum ist das Leben niemals nur lustig und schön? Immer, wenn etwas Feines passiert, kommt danach etwas Unangenehmes. Man sagt: Nach Regen kommt Sonnenschein, aber was mich betrifft, kann ich das besser umdrehen: Nach Sonnenschein kommt Regen. Ich bin verliebt, total verliebt, aber es ist eine unmögliche Liebe. Bald geht Petra mit Oskar oder mit Albert. Weil sie mich nicht will. Innerhalb von ein paar Tagen weiß sie alles. Dass manche Jungen zu der beliebten Gruppe gehören und andere nicht. Ich gehör nicht dazu, so ist das nun mal.

Michael stieg auf sein Fahrrad und strampelte Richtung Zweersallee.

Nein. Verdammt noch mal. Warte. Ich muss hinterher. Ich muss hinter ihr her. Schnell. Nach ein paar Tagen hab ich sie wahrscheinlich verloren, okay, aber ein paar Tage sind ein paar Tage, oder? Das Leben ist kurz, und du musst genießen, was du kannst. Ich fahr hinter ihr her. Um mich für morgen mit ihr zu verabreden. Und für übermorgen. Ein paar Tage sind ein paar Tage. Besser kurz genießen als überhaupt nicht!

Michael fuhr, so schnell er konnte, vornübergebeugt, die Nase auf dem Lenker.

Die ist noch ganz schön gut, die alte Karre. Wenn du nur willst. Drei Minuten später bog er in die Bachallee ein.

Da vorne fährt sie. Da hab ich sie. Was kümmert’s mich. Ich will mich mit ihr für morgen verabreden. Ich muss! Ich bin verliebt! Ich habe keine Wahl!

„Petra! Petra!!", schrie er, aber sie war noch zu weit weg.

Als er sich noch tiefer vornüberbeugte, um noch schneller fahren zu können, fiel sein Blick auf ein Schild mit einer Hausnummer. 17. Nummer 17.

Das hier ist Nummer 17? Das kann nicht sein. Sie wohnt doch in 23. Wenn das 17 ist, dann ist vier (drei?) Häuser weiter Nummer 23. Und da ist sie längst vorbei. Wie ist das möglich? Mal schauen, ob das stimmt. Hier sind die Eingänge 19 und 21. Und dann muss das Haus da Nummer 23 sein. Verflixt, tatsächlich. Das ist 23. Und Petra ist vorbeigefahren. Wieso?

Michael folgte dem Mädchen mit reichlichem Abstand. Sie fuhr wieder zurück zur Zweersallee und zum Provincialweg. Nach 300 Metern bog sie links ab.

Das gibt's doch nicht. Sie fährt in meine Richtung, zu meinem Haus. Es sieht so aus, als ob sie zur Van-Goyenstraße fährt. Wieso? Sie weiß doch gar nicht, dass ich da wohne? Wie kann sie das nun wissen?

Zehn Minuten später fuhr Petra den Weg von der Heltstraße Nummer 13 hoch, gerade bei der Ecke von der Van-Goyenstraße. Michael war inzwischen ganz nah herangekommen. Hier kannte er den Weg wie seine Hosentasche. Das war sein Viertel.

„Petra? Du bist spät dran. Wo warst du?", ertönte eine Frauenstimme.

Hallo Leser oder Leserin, ich bin Michael. Kommst du mit den Weg hoch? Es ist Dienstagmittag, am Ende des Mittags. Ich werde es tun, ich wage es. Kommst du mit?

Er lief den Weg hoch zur Tür und klingelte. Sein Herz klopfte im Hals. Eine Frau um die vierzig öffnete die Tür. Sie schaute ihn fragend an. „Ja?“

„Guten Tag“, sagte Michael. „Ich bin Michael. Wohnt Petra hier?“

„Ja. Sie ist oben. Soll ich sie rufen?“

„Nein, das ist nicht nötig. Sagen sie ihr, dass ich hier gewesen bin und dass ich ganz, ganz doll in sie verliebt bin. Ich sehe sie morgen wieder in der Schule. Auf Wiedersehen.“

Michael drehte sich um und lief zur Straße zurück.

Ich hab mich getraut, ich hab mich getraut.

CHRISTA ZEUCH

# *Die Turmtreppe*

Wie jeden Sonntag, wenn es nicht gerade Bindfäden regnete, waren auf dem Dorfplatz viele Jungen und Mädchen versammelt. In seiner Mitte, auf einem Sockel, standen fünf übereinander geschweißte Riesenröhren aus Bronze. Die meisten Dorfbewohner sahen sie nicht als Kunstwerk an, obwohl ein bekannter Bildhauer sie zwecks Dorfverschönerung erschaffen hatte. Sie sagten liebevoll Makkaroniberg oder Rutschgestell dazu, weil die Kinder es sofort für sich entdeckt hatten.

Seit der feierlichen Enthüllung des Makkaronibergs besaß der Dorfplatz besonders große Anziehungskraft, und das Leben spielte sich hier bunter ab als zuvor. Auf den Bänken schwatzten die älteren Leute und sahen dem jungen Volk zu, das sich um das Kunstwerk tummelte. Rollschuh, Rad und Skateboard wurden gefahren, die Dorfjungen übten angeberische Sprünge, Schlaufen und Schlenker, während die Mädchen meist nur auf dem Sockel hockten und sich über die Jungen lustig machten.

Gero übte lange Sprünge von einer Bank zur nächsten. Sie waren noch leer an diesem Sonntagmorgen, das halbe Dorf saß in der Kirche. Ali schlitterte über die grauen Steinplatten auf seinem selbst gebauten Skateboard, einem breiten Brett auf vier Kinderwagenrädern. Onjo und Andreas fuhren ein Fahrrad Marke Eigenbau, jedenfalls hatten sie den hinteren Teil, ein drittes Rad mit Gepäckträger, selbst konstruiert.

Der Platz war international bevölkert: Onjo aus Japan, Gero, der Junge mit der dunklen Haut seiner ghanaischen Mutter, der dicke Ali aus Marokko und die schwedischen Schwestern Lara und Britta, die für vier Wochen bei Oma Ülsputt zu Gast waren. Mitten in das bunte Treiben kam Tina-Lisa in einem rot geblümten T-Shirt-Kleid. Sie trug eine Plastiktüte und schlenderte langsam auf die anderen zu.

„Gero!", rief sie und blieb stehen.

Er hörte auf mit seinen Sprüngen.

Auch Ali bremste kurz vor ihr ab; Tina-Lisa ließ sich hier sonst nie blicken.

„Eh, Besuch! Seht alle mal her, wer da kommt!"

Gero sprang von der Bank.

„Meinst du mich?"

„Heißt hier etwa noch einer Gero?", fragte sie und lief rot an, weil die Gespräche der anderen Mädchen sofort verstummten und alle Augen auf sie gerichtet waren.

Sie reichte ihm den Plastikbeutel.

Gero hielt die Henkel der Tüte auseinander und schnüffelte hinein, nahm ein Buch heraus, drehte und wendete es. Sein Gesicht war ein einziges Fragezeichen.

Tina-Lisa flüsterte, sodass es niemand auf dem Platz verstehen konnte: „Von meiner Mutter für deine Mutter. Ein Buch über Yoga. Weil sie doch so Schmerzen im Rücken hat. Viele Grüße."

Das war alles, und Gero nahm die Tüte an sich und legte sie auf einer Bank ab.

Tina-Lisa hatte sich kaum zum Gehen umgedreht, da kurvten sie ran, Ali, Onjo und Andreas.

„Zeig mal!“ Schon hatte Ali sich den Plastiksack geschnappt.

„Mann, gib her!“, brüllte Gero und riss ihn wieder an sich.

Tina-Lisa war erschrocken stehen geblieben. Das Gerangel um die Tüte ging hin und her. Schließlich hatte Ali sie wieder erwischt und ließ sie in rasender Fahrt mit ausgestrecktem Arm wie eine Trophäe über seinem Kopf baumeln. Er drehte eine Runde um den Makkaronihügel.

Britta und Lara erhoben sich. Sie verfolgten mit aufgerissenen Augen, was sich abspielte, griffen jedoch nicht ein.

Vergeblich versuchte Gero, die Tüte wiederzubekommen, aber Alis rasendem Fahrgestell war er mit zwei einfachen Beinen nicht gewachsen. So fluchte er nur wild, und ganz plötzlich gab er die Verfolgung auf.

Inzwischen lehnte Ali am Kunstwerk und packte genießerisch grinsend seine Beute aus.

„Aaaaah“, rief er. „Der macht Yoga mit Tina-Lisa. Habt ihr gewusst, was Yoga ist? Macht Spaß zu zweit!“ Dann lachte er dreckig. Gero riss ihm das Buch aus der Hand. Vor Wut war er krebsrot angelaufen.

„Musst du sie beschützen, deine Süße?“, spottete Ali. „Eh, alle mal herhören: Der ist verknallt in Tina-Lisa!“

Jörg plärrte los: „Ein verliebtes Ehepaar, das im Bett zusammen war ...“

Das fuchste Gero wahnsinnig. Am liebsten hätte er geantwortet: „Klar bin ich mit Tina-Lisa zusammen! Was dagegen?“

Aber das stimmte ganz und gar nicht, davon war er sogar meilenweit entfernt. Wie dieses blöde Huhn dastand und glotzte!

Ali gab ihm jetzt das Buch freiwillig. Stinksauer stapfte Gero damit auf Tina-Lisa zu.

„Da“, sagte er. „Kannst du meiner Mutter selber bringen. Und jetzt hau endlich ab.“

Ali kicherte, woraufhin ihm Gero ein sehr unanständiges Fingerzeichen zeigte.

Die Szene beruhigte sich rasch.

„Ist bald Vollmond“, stellte Andreas unvermittelt fest. „Morgen oder übermorgen.“

„Was?!“, fragte Jörg. „Morgen schon?“ Er blinzelte in den blauen Himmel, als sei der Mond bereits aufgegangen.

„Ich glaube, sogar schon heute Nacht“, sagte Britta.

„Eh, das wird knapp! Wieso weiß keiner genau, wann Vollmond ist?“, tönte Ali. „Heute oder morgen – was denn nun?“

„Du weißt es ja selber nicht“, knurrte Gero.

Er erkundigte sich bei dem alten Herrn Rosskamp, der wusste so was immer genau. Und dann stand fest: Morgen, Montagnacht, war Vollmondnacht. Niemand hatte darauf geachtet, denn die Ferien fingen gerade erst an.

Am frühen Nachmittag trommelten Gero und Onjo eine Mannschaft zusammen. In der ersten Vollmond-Feriennacht wurde jeden Sommer ein geheimes Wettspiel ausgetragen: Unterdorf gegen Oberdorf, im alten Aussichtsturm auf dem Keltenhügel. Jede der Mannschaften bestand aus bis zu zehn Treppenspringern, möglichst den wendigsten und allerschnellsten des jeweiligen Dorfteils von Ransbach. Die Aufstellung erwies sich jedoch als schwierig. Denn in den Ferien waren etliche Kinder verreist.

So kam es, dass im Unterdorf nur ganze sieben Treppenspringer zur Verfügung standen: Gero, Andreas, Britta, Lara, Jörg und Onjo. Ali wurde nur notgedrungen zugelassen, weil er plump und ungelenkig war, wenn er nicht gerade auf seinem Rollgestell herumkurvte.

Gero telefonierte sofort mit einem Jungen aus der Gegenmannschaft. Er erfuhr, dass sie dort acht Renner hatten, einen mehr.

Unbedingt brauchte Geros Mannschaft noch einen Mann Verstärkung, sonst würden sie im Nachteil sein. Da jedoch alles in der Nacht des Vollmonds unter dem Siegel absoluter Verschwiegenheit stattfinden sollte, musste das eine Vertrauensperson sein, eine, die das Maul halten konnte.

„Was ist mit deiner Freundin?“, fragte Ali. „Tina-Lisa, eh?“

„Du spinnst“, sagte Gero. „Die ist nicht meine Freundin. Sag so was nicht noch mal!“

„Ist doch nichts dabei.“ Ali grinste. „Wenn sie rennen kann, ist es egal.“

„Die und rennen?“ Jörg prustete los. „Die stochert durch den Salat wie ’n Storch.“

Die sieben verabredeten sich auf fünf Uhr am Keltenhügel, der zwei Kilometer von Ransbach entfernt lag. Der

Turm stand versteckt zwischen hohen Eichen, nur Eingeweihte konnten ihn finden, einen offiziellen Weg hinauf gab es nicht.

„Überlegt alle, wer noch in Frage kommt“, sagte Jörg, bevor sie auseinander gingen. „Wir müssen noch heute jemanden finden.“

Von diesem Augenblick an waren in Geros Kopf ein rotes Blümchenkleid, zwei weiße Schultern und lange, blonde Haare drum herum, schnurgerade Beine, die gar nicht storchig aussahen: Tina-Lisa und ihre erschrockenen Augen. Waren sie blau?

„Pfff“, machte Gero laut hörbar und wischte damit den Gedanken an sie unwillig weg. Eine lahme Nuss war die doch, kommt die mit der Tüte und macht ihn zum Gespött des ganzen Platzes! Die konnte ihm gestohlen bleiben.

Fast war es schon fünf Uhr, aber es fiel ihm beim besten Willen niemand ein, den er hätte vorschlagen können. Da ging er die Straße runter zu ihrem Haus. Wenn nur ihre Eltern zu Hause waren, würde er nach dem Buch fragen, dem Yogabuch für seine Mutter.

Aber Tina-Lisa war es, die ihm die Tür öffnete. „Ja?“

Wieder sah sie ihn groß an. „Kannst mir das Buch doch geben.“ Mehr brachte er nicht heraus.

Sie holte es, hielt es ihm verächtlich hin und wollte sich zurückziehen.

„Noch was“, sagte Gero. „Können wir irgendwo ungestört reden?“

Schweigend begleitete er sie hinters Haus. Eine kleine Hütte stand dort, auf ihrer Rückseite eine Bank.

Sehr umständlich versuchte Gero dort, Tina-Lisa das geheime Vorhaben schmackhaft zu machen.

Sie sah ihn verständnislos an.

„Warum sollte ausgerechnet ich da mitmachen? Kannst du mir das mal erklären?“

Das war ihr ganzer Kommentar, und sie stand auf und ließ ihn allein sitzen.

Ali hielt die Stoppuhr parat. Es galt, die siebenundsiebzig Turmstufen hinauf- und hinunterzustürmen. Wer unten wieder ankam, musste den nächsten Treppenspringer abschlagen, der dann in einem Affenzahn die Wendeltreppe zu bezwingen hatte.

Jetzt, bei Tag, ging das noch relativ einfach; lediglich im Mittelteil des Turms war ein Teil stockfinster, weil es Fenster nur im Sockel gab und erst wieder aus der oberen Turmöffnung Licht einfiel.

In der Vollmondnacht würde der Mond einziger Lichtspender sein, sofern ihn nicht Wolken verhüllten. Kleine Taschenlampen waren erlaubt.

Ali stoppte also die Laufzeit jedes Treppenspringers. Gero und Onjo schafften es am schnellsten, die längste Zeit brauchten die schwedischen Schwestern.

„Zwei Minuten, einunddreißig Sekunden“, sagte Ali. „Schneckentempo. Ruht euch einen Moment aus, und dann dasselbe noch mal.“ Dann kam er selbst an die Reihe. Seine kurzen Beine hatten Mühe mit den hohen Stufen, aber er glich durch Kraft aus, was sein Fett beeinträchtigte. Gero maß bei ihm zwei Minuten und zwei Sekunden.

„Los!“, rief er. „Wir müssen uns noch steigern. Diese Flaschen aus dem Oberdorf dürfen auf keinen Fall gewinnen, sonst haben wir die nächsten Wochen nichts zu lachen.“

„Macht nichts“, sagte Ali und zeigte seine Muskeln am Oberarm. „Die sollen bloß anrücken. Die puste ich um!“

Gelächter.

Gero wusste, dass außer ein paar Straßenkämpfen mit Tomaten und faulen Kartoffeln nicht viel passieren würde. Doch es ging um Ehre und Triumph.

Um Viertel nach sechs Uhr brachen die Jungen und Mädchen aus dem Oberdorf in das Waldgelände ein, und das Unterdorf musste ihnen das Feld räumen.

Weder die eine noch die andere Mannschaft hatte das Mädchen bemerkt. Tina-Lisa verglich die Laufzeiten beider Mannschaften. Deshalb wusste sie als Einzige, dass Gero mit seinen Leuten keine Chance gegen ihre Rivalen haben würde. Bei den Oberdorfern liefen Profis mit.

Im Dorf unten sah Tina-Lisa dann, wie Ali den Peter Brettner anquatschte. Aus Alis Gesten entnahm sie, dass es um das heimliche Treppenspringen ging. Ausgerechnet den Brettner musste Ali ansprechen. Tina-Lisa lachte schadenfroh in sich hinein. Da hätten sie auch gleich die lahme Oma Schulze mit ihrem Krückstock nehmen können.

Am Montagmorgen machte sich Gero noch einmal auf den Weg zum Keltenhügel. Ihm war zu Ohren gekommen, dass in der gegnerischen Mannschaft Julius Haffner und Boris Boregel, die Leichtathletik-Asse bei den Schulwettkämpfen im Frühjahr, mitlaufen würden. Er war schon um sechs Uhr aufgebrochen, unmenschlich früh. Aber er musste im Turm sein, bevor da ein paar Leute aus dem Oberdorf aufkreuzten.

Als Gero den Turm erreichte, lag vor dem Eingang eine Jacke im Staub. Sie war bonbonfarben mit grünen Streifen. Jemand musste sie vergessen haben. Mit einem Stock schob er sie beiseite, er wollte Anlauf nehmen und bewegte sich ein paar Schritte rückwärts. Da stutzte er.

Ein Geräusch im Turm. Er lauschte hinein. Schuhe sprangen die runde Treppe in rasendem Tempo herunter. Das musste einer von den Profis sein.

Gero drückte sich hinter den Turm. Aus seiner Mannschaft war das keiner, so schnell und leicht riss niemand die Füße von einer Stufe zur nächsten. Er hörte ein leises Keuchen, hell, hastig und: „Mist, immer noch zu langsam."

Dann pfiff jemand: „Auf in den Kampf, Torero ..."

Wer konnte das sein? Der oder die musste oben an der Brüstung auftauchen, das gehörte zur Pflichtübung, musste sich zeigen in der Vollmondnacht, dreimal die Lampe aufleuchten lassen. Gero hatte etwa zwei Minuten Zeit, um sich hinter einem Busch zu verstecken. Er war stinkwütend. Noch jemand außer ihm war auf die Idee gekommen, hier zu trainieren. Das machte die Chancen des Unterdorfs schon wieder kleiner.

Dann der Augenblick, an dem sich eine Hand auf die Mauereinfassung schob, ein Arm über das Geländer herabbaumelte, blonde Haare auftauchten – Tina-Lisa. Sie war schneller als jeder von ihnen, er hatte auf den Sekundenzeiger gestarrt, keine Minute bis ganz oben rauf, einfach sensationell.

Sie blieb stehen, ließ den Wind ihre Haarmähne zausen, lachte laut.

Geros Puls ging mit einem Mal rascher.

Mann, das musste er nachmachen. Keine Minute!

Er nahm Anlauf, zack, zack, zack, federte er im dunklen Schacht von einer Stufe zur nächsten, und als er den Kopf ins Freie streckte, waren nur zweiundfünfzig Sekunden vergangen.

Tina-Lisa zeigte keine Reaktion. Sie schien nicht erstaunt zu sein. Reglos blickte sie über die Mauer in den Wald hinunter. Gero hängte seinen Oberkörper neben sie über die Einfassung. Und was er fragen wollte, bekam er nicht heraus. Aber das war bald völlig gleichgültig. Ohne Worte so zu stehen, Gero und Tina-Lisa, Tina-Lisa und Gero, das hatte einen ungeheuren Reiz. Und jede Frage war hier völlig unbedeutend.

Er fieberte der Nacht entgegen. Mit keiner Geste, keiner Silbe hatte Tina-Lisa angedeutet, ob sie dabei sein würde.

Dann kam sie tatsächlich, zusammen mit drei anderen Treppenspringern, ganz selbstverständlich, Turnschuhe, Taschenlampe.

Der Mond prangte voll am Himmel, mit einem weiten roten Hof um sich. Sterne waren nicht zu sehen.

„Was will denn der Storch hier?“, rief Jörg, der Tina-Lisa erst jetzt bemerkte. „Die hat uns gerade noch gefehlt“, maulte Ali.

Aber Gero sagte ruhig: „Wartet’s ab.“

Acht Treppenspringer gegen acht Treppenspringer, drei

Durchgänge, drei Wiederholungen im Wechsel der Mannschaften. Jörg machte den Anfang, Tina-Lisa sollte am Schluss laufen. Die Sensation gelang. Niemand konnte fassen, dass ihr Licht schon nach so kurzer Zeit auf der Turmhöhe blinkte.

„Wahnsinn!", schrie Ali unvorsichtig laut, und die anderen zischten „Pscht!", wegen der Geheimhaltung der Sache. Das Forsthaus stand nur ein paar hundert Meter entfernt, der Turm war offiziell gesperrt für Besucher. Außerdem hatten sich alle von zu Hause weggestohlen, das durfte bei den meisten nicht herauskommen.

Beim dritten und letzten Durchlauf war Geros Mannschaft schon sicher zu gewinnen. Tina-Lisa flog die Stufen hinauf, schien zu schweben, blinkte oben dreimal ... blinkte fünfmal, zehnmal. „Was ist?" Geros Leute wurden ungeduldig, kostbare Sekunden verstrichen.

Das Licht blieb aus, doch im Turm waren keine Turnschuhe zu hören.

„Verdammter Scheiß!", zischte Ali. „Was macht die bloß so lange?"

Nach einer Minute war sie noch immer nicht unten angelangt.

„Die hat sich was getan", vermutete Julius Haffner. „Vielleicht ein Bein gebrochen."

Ali fluchte noch einmal.

Gero sprang in die schwarze Röhre, er hechtete die Treppenspirale rauf und merkte dabei: Er hatte Angst um Tina-Lisa, richtig schlimme Angst. Wenn sie vom Turm gesprungen war. Aber hätte man das nicht gehört? Wir waren gemein zu ihr, schoss es ihm durch den Sinn. Aber deswegen wird sie doch nicht ...

Die Stufen wollten nicht enden, Gero geriet in Panik. Aber dann war er oben angelangt.

Sie stand genauso wie am Morgen, ganz matt sah er ihre Silhouette gegen den Himmel, jetzt gewöhnten sich seine Augen an das unklare Licht und sahen die Haarsträhnen wie Bänder flattern.

Ihm lag auf der Zunge: „Blöde Kuh, willst du uns verarschen?“

Er brachte keinen Satz heraus, und es war dann alles so wie am Morgen.

Gero lehnte sich über die Mauerbrüstung. Auf die Rufe seiner Freunde gab er keine Antwort, ebenso wenig wie Tina-Lisa. Und es dauerte eine Minute und vier Sekunden, bis Ali raufgekeucht kam.

„Eh, was macht ihr hier?“ Ali war fassungslos. „Knutscht ihr rum oder was?“

„Geht dich gar nichts an“, fauchte Gero.

„Und ob mich das was angeht“, sagte Ali gereizt. „Wir haben verloren, wegen dieser Tussi!“

„Sag nicht noch mal Tussi zu ihr, verstanden?“ Gero stellte sich schützend vor Tina-Lisa, denn es sah aus, als wollte Ali sie vor Wut anspringen.

„Leute, der ist total übergeschnappt!“, brüllte Ali entgegen allen Geheimhaltungs-Vereinbarungen nach unten „durchgedreht, plemplem!“

Gero und Tina-Lisa warteten lange, bis sich die Aufregung am Fuß des Turms gelegt hatte. Das Unterholz krachte und knackte, kleine Lichtspuren verschwanden darin. Sie zogen ab, viel zu laut schimpfend und debattierend.

Als alles wieder ganz ruhig war, lösten sich Gero und Tina-Lisa von der Mauer.

„Wieso hast du uns alles verpatzt?“, wollte Gero fragen.

Er kam nicht dazu. Tina-Lisa hatte sich zu ihm umgedreht und sah ihn an.

Ja, trotz der Dunkelheit konnte er erkennen, dass ihre Augenfarbe Blau war.

Er nahm sie an die Hand, denn der Weg abwärts durch den schwarzen Turmschlund kam ihm nun äußerst gefährlich vor.

Vier Füße tasteten sich hinunter, sehr, sehr langsam. Und die Turmtreppe hätte tausendmal länger sein können.

MICHAEL WILDENHAIN

# *Papageno*

Sie kam nicht.

Natürlich wusste ich, was ich machen würde. Ich hatte es mir oft genug ausgemalt. Ich zitterte kaum noch, wenn ich daran dachte. Ich konnte alles vor mir sehen: Sie kommt aus der Hofeinfahrt. Das große Tor bewegt sich. Dann tritt sie aus dem Schatten eines Baums.

Sie läuft in Gedanken versunken nach links. Ich komme ihr entgegen, als ob ich mich beeilen müsste. Ich bin gerade aus der U-Bahn gestiegen. Ich muss zum Sport und sehe sie erst im letzten Augenblick.

Ich sage: „Oh." Und sie sagt: „Ach." Ich sage: „Stimmt, du wohnst ja hier." Und sie erwidert: „Richtig. Und woher weißt du das?" Ich sage: „Meine Mutter hat manchmal bei euch aufgewischt." Sie murmelt: „Stimmt ja." Solche Sachen vergisst sie. Das ist ihre Art. Sie lebt in ihren Träumen. Ich bin ihr gegenüber eher plump. Sie schaut mich an, schaut mich jetzt an. Ich zittere ein wenig. Aber sie merkt es nicht.

Sie fragt: „Wohin ...?", und lässt den Rest, das tut sie immer, ungesagt. Ganze Sätze mag sie weniger als halbe.

Ich weiß das, weil ich auf sie achte, und antworte nun: „Muss zum Sport." Sie murmelt wieder. „Das ist schön." Das stimmt nicht. Sport ist etwas, das sie ekelt.

Kapier ich nicht. Ich liebe Sport. Aber sie ist ja auch ein

Mädchen. Ich sage: „Etwas Zeit. Ich hab noch etwas Zeit." Darauf reagiert sie gar nicht. Beinah hätte ich gestottert. Noch bevor sie weitergehen kann in ihren leisen Träumen, frage ich: „Ein Eis?"

Das ist meine beste Stelle. Nur zwei Worte. Bei zwei Worten ist es unmöglich zu stottern oder mit der Stimme zu vibrieren.

Eis, das ist ein Zauberspruch. Eis ist für sie wie ein Lasso, mit dem man gefangen wird. Es ist Winter. Richtig, richtig. Aber Eis ist für Brigitte ...

„Hallo", grunzte eine Stimme, und ich schreckte auf und knurrte: „Lass das."

„Was?"

„Mich blöde zu erschrecken."

„Kommt sie nicht?"

„Das siehst du doch."

„Vielleicht kommt sie später."

Ich zuckte die Schultern und lief Richtung Park.

Martin war mein bester Freund. Deshalb wusste er fast alles, was ich gerade wichtig fand. Niemand war so wichtig wie Brigitte. Martin wusste auch, dass ich seit drei Wochen darauf aus war, sie vor ihrem Haus zu treffen. Martin wusste eben alles. Manchmal war das lästig.

Er lief ein Stückchen hinter mir. Jetzt sagte er noch: „Briggi." Das letzte „i" betonte er besonders.

Ich hasste diesen Spitznamen. Für mich klang er fast wie Brikett. Und deshalb fauchte ich: „Du Arsch." Fügte hinzu: „Du Neger." Das war beinahe das Schlimmste, was man einem sagen konnte. Aber Martin wusste ja, dass ich es nicht ganz so meinte. „Lass mal“, sagte er und patschte mir mit seinem Fäustling auf die Schulter, „die spielt bestimmt jeden Nachmittag Klavier.“

Klavier. Das war der Abstieg. So etwas tat man nicht.

Noch nicht mal als Mädchen. Nicht mal, wenn man Brigitte hieß und meistens mit gesenktem Kopf den Träumen nachlief durch vereiste Straßen.

Doch obwohl ich ahnte, dass er damit Recht hatte, wartete ich weiter vor Brigittes Tür.

Martin schwieg. Wir liefen eine Weile stumm nebeneinander her und wischten im Vorbeigehen von Autodächern feuchten Schnee, bis Martin plötzlich stehen blieb, mich musterte und fragte: „Meinst du, man tut ihr gleich die Zunge in den Mund?“

Es war eine Frage, wie allein Martin sie stellen konnte. Denn er war noch ein bisschen plumper als ich und alle andern in der Klasse.

Aber seine Fragen trafen häufig einen Punkt, der in mir schon eine Weile wund war.

Ich hatte darüber nachgedacht, über das Küssen, das richtige, nicht das bei einer Party nach dem Flaschendrehen. Da wurde man ja ausgelost, und alle andern schauten zu, ob man machte, was bestimmt war: Zungenkuss, Wangenkuss, Kuss mit spitzen Lippen. Zungenkuss war etwas eklig. Deshalb machte es auch Spaß, andern dabei zuzuschauen. Nur trauten sich nicht viele, das zu bestimmen, was das Unangenehmste war.

Das alles galt fürs Flaschendrehen. Aber wenn man einmal annahm, Brigitte würde mit mir ein Eis essen und sich danach von mir nach Hause bringen lassen (das würde sie: Nach-Hause-bringen klingt ungefähr genauso wie Klavier), was täte ich dann?

Ich stünde mit ihr unter dem Baum vor ihrer Toreinfahrt. Mir würde kalt, und manchmal würde Schnee von Ästen fallen. Ich könnte ihr die Hand geben. Ich könnte sie umarmen. Das wäre schon riskant. Und ich könnte sie auch küssen. Was ich mich nicht trauen würde. Aber wenn – mit meiner Zunge zwischen ihren Zähnen? Martin warf mit einem Schneeball gegen das Laternenlicht. Kling, dann bröckelten die Scherben lautlos in den Schnee. Es wurde dunkler.

Deshalb rannten wir, und Martin hechelte: „Ich meine, Zungen – rührt man damit herum? Oder taucht man sie nur ein? In den Mund und in die Spucke?"

„Weiß ich nicht." Ich keuchte. Will ich auch nicht wissen, dachte ich.

Ich wusste eigentlich das meiste. Zu Hause gab es Kabelfernsehen. Aber etwas wissen und es wirklich wollen, das sind zwei verschiedene Dinge. Manchmal ging mir Martin auf die Nerven. Aber manchmal hatte er einen guten Vorschlag.

Ich zurrte die Schnürsenkel der ausgeliehenen Schlittschuhe so fest wie es eben ging, das schien den Füßen Halt zu geben, und stiefelte behutsam hinter Martin und Brigitte her über die Gummimatten. Guter Einfall mit der Eisbahn.

„Wenn sie hinfällt, hilfst du ihr", hatte Martin vorgeschlagen, „wenn sie wackelt, hältst du sie an der Hüfte fest."

Das war gut. Und der Gedanke ließ mich wieder etwas zittern. Seltsam war nur, dass Brigitte sofort eingewilligt hatte, als Martin sie fragte. Erst als wir die Eisbahn betraten, kapierte ich weshalb.

Sie mochte keinen Sport. Aber sie konnte Schlittschuh laufen. Ich trainierte viermal in der Woche. Und fiel hin, kaum dass ich die Eisfläche betrat.

Dabei blieb es. Sie zog ruhig ihre Kreise auf der Fläche. Wieder schien sie ihren Träumen oder der Musik zu folgen. Martin stolperte und schwankte, ruderte mit beiden Armen, ohne mit ihr mitzuhalten. Ich saß meistens auf dem Eis und betrachtete die Kreise, die Brigitte ohne Mühe auf der glatten Fläche zog. Sie war schön. Und ich war hilflos. Gleichgültig, ob Martin meinte: „Schlittschuh laufen? Kein Problem. Sportler bleiben Sportler. Eis ist da egal."

Das stimmte nicht. Und hin und wieder stoppte Brigitte und half mir. Schaute herab und lächelte. Ich hasste sie dafür.

Am nächsten Tag ging ich früher als gewöhnlich zur Schule. Es war kalt. Ich wollte Martin nicht begegnen.

Ich lief schnell. Die Augen klebten auf dem schneebedeckten Pflaster. Und mein Atem wehte vor mir her.

„Und wie war's?" Bei meiner Mutter durfte man nur sagen: „Prima." – „Schön." Sie hatte mir sogar einen Klaps gegeben.

Im Zimmer hatte ich geheult. Zum Glück war mein

großer Bruder noch beim Streetfighting-Karate. Vor ihm zu heulen wäre nicht gegangen. Er konnte einem Gegner, wenn er wollte, den Kehlkopf mit dem Mittelfinger spalten. Jeden, der heulte, würde er verachten. Selbst wenn er sich die Hand am Herd verbrannte, würde mein Bruder lächeln und nicht heulen.

So aber war es kein Problem. Ich heulte, und es half mir. Und wenn ich daran dachte, kriegte ich sogar jetzt noch nasse Augen.

Vielleicht war das der Grund dafür, dass ich nach unten schauen musste. Auf jeden Fall bemerkte ich Brigitte erst, als sie mich anstieß: „Hallo."

Es war ein schönes Hallo, weich. Ich musste mich erst schnäuzen, um die Tränen, die jetzt heftiger aus meinen Augen laufen wollten, ruckartig wegzuwischen. „Oh." Ich sagte es so, wie ich es mir hundertmal ausgemalt hatte. Tatsächlich: „Oh". Aber Brigitte erwiderte nicht: „Ach." Sie sagte: „Hallo." Und noch einmal, ein drittes Mal: „Hallo." Und wenn man etwas dreimal sagt, dann ist man sich nicht sicher. Und weil sie sich nicht sicher war, fühlte ich mich viel sicherer. Ich schaute ihr tatsächlich in die Augen. Grinste und murmelte: „Was machst du hier?"

„Auf dich warten", sagte sie. Sie sagte wirklich: „Auf dich warten." Das traf mich wie ein Schlag. Sie hatte getan, was ich nicht schaffte.

„Auf mich warten", wiederholte ich, und meine kleine Stimme schien auf einmal einzufrieren.

„Ja. Du hast ja auch gewartet."

Sie wusste alles. Jetzt begann ich schlagartig zu zittern.

Man sah es nicht. Der Anorak war viel zu dick, und meine Beine steckten in langen Unterhosen. Ich hasste lange Unterhosen.

Besonders hasste ich sie jetzt, als könnte man sie unter der groben Jeans erkennen. Obwohl man nicht erkennen konnte, wie ich hier vor Brigitte am ganzen Körper zitterte, musste sie es bemerken. Meine Zähne schlugen, sobald ich sie nicht aufeinander presste, klick-klack, gegeneinander, und das Pressen ging nur, wenn ich nicht redete, bloß schwieg.

Also vermied ich es zu sprechen. „Hier", nuschelte Brigitte. Auch sie hielt den Kopf gesenkt. Dann spürte ich, wie ihre schmalen Finger vorsichtig meinen Fäustling von meiner rechten Hand abzogen und eine Eintrittskarte ins Innere des dicken Handschuhs steckten.

Und ehe sie sich abwandte, gab sie mir einen Kuss. Einen Wangenkuss, die harmloseste Form.

Ich hatte Zeit. Ich war früh losgegangen. Die Schule fing erst später an. Ich stand, als Brigitte verschwunden war, wie festgenagelt neben einer Mauer.

Ich kannte diese Sorte Küsse. Wir hatten ja das Kabelfernsehen. Solche Küsse schmeckten nach Klavier.

Ich kannte sogar solche Karten. Die Art, die Form der Eintrittskarten. Man hatte uns, die ganze Klasse, vor ungefähr zwei Monaten gezwungen, eine Oper anzuschauen.

Oper, zarte Wangenküsse und Klavier. Ich hatte jedes Wort im Ohr, das Martin dazu sagen würde. „Komm, Keule, lass die Scheiße. Komm, geh mit mir ins Kino. Drei

Stunden dieses Singen! Und denk dran, wie die angezogen sind.“

Er hatte Recht. In jedem Punkt. Und trotzdem würde ich am nächsten Mittwoch neben ihr in der Deutschen Oper sitzen und würde, obwohl vorn auf der Bühne dickliche Männer ihre Stimmbänder quälten, hoffen, dass die Zeit niemals verginge.

Sie war vor mir da, und ich trug als Einziger in der Halle Jeans. Sie kam die Treppe herunter, und ich erkannte sie nicht. Sie trug ein Kleid, das den Körper, obwohl es atemeng anlag, nicht zu berühren schien. Schwarz und kaum länger als ein Schlüpfer. Die Leute blieben stehen und starrten Brigitte auf der großen Treppe an.

Ich starrte ebenfalls, und erst, als sie mich rief, wusste ich, wem ich auf den Oberkörper starrte. Man sah die erste Andeutung der Brüste. Ich schluckte und für stumme Augenblicke dachte ich an die Zunge, die beim Küssen rührt oder steif bleibt oder fehl am Platz ist.

Wir saßen sehr weit vorn. Das machte es nicht besser für mich, im Gegenteil.

Ich ertrug alles nur, weil ich kaum auf die Bühne achtete, sondern damit beschäftigt war, mit meinen Armen ihre zu berühren, mit meinem Knie sacht an ihr Bein zu stoßen, alles, als wäre keine Absicht meiner Bewegung vorangegangen und als hätte nur ein Zufall mein Knie mit ihrem zusammengebracht.

Vorn quäkte die Musik. Um mich her lauschten die Leute. Neben mir hatte Brigitte ihre Augen leicht geschlossen (ebenfalls wegen des Singens). Ich verzieh ihr sogar das.

Während ich hoffte, dass die Zeit in der Oper stehen bleiben würde; während ich manchmal zu spüren glaubte, dass Brigitte meinem Ellenbogen, selbst dem Druck von meinem Oberschenkel nicht gleich auswich, sondern wartete, bis ich es nicht mehr aushielt; während ich, als einmal auf der Bühne ein Papageno eine Papagena küssen wollte (aber dann doch nur sang), überlegte, ob ich zu Brigitte nicht sagen sollte: „Woll'n wir es nicht machen wie die da vorn?"; und während ich mich dann nicht traute, gab es nur meinen Hintermann, der mich langsam zu stören begann, weil er mir seine Knie – mit Absicht – ins Kreuz drückte, um mich zu stören.

Woran es lag, war klar: an ihr, Brigitte. Er kannte sie, wahrscheinlich aus der Oper. Das sollte ich erfahren, als man aufstand und klatschte, um danach zu gehen. Sie erwachte wie aus einer Trance. Ich erhob mich schneller. Spürte, als ich mich erhob, dass an meinem Ärmel irgendetwas klebte. Schaute nach – ein Kaugummi. Schämte mich: erst Jeans, nun das da. Tastete nach Taschentüchern. Und fand nur die Reste eines Fußballbildes.

Doch ehe ich überlegen konnte, wie ich den Kaugummi loswerden sollte, und ehe ich mich wunderte, woher ein Gummi in der Oper kommt, sagte mein Hintermann: „Hallo, Brigitte." Er sagte es mit einem giftigen Ton. Sie murmelte: „Ach, Günther." Noch immer war ihr Kopf bei der Musik.

Ich dachte: Günther. Passt ja prima. Ich sah ihn an. Der

schwarze Anzug wirkte wie eine zweite, besser geschnittene Haut.

Wir standen jetzt am Rand der Stühle. Günther stand vor uns. Er war etwa drei Jahre älter als Brigitte oder ich.

Er stand so, dass wir uns an ihm hätten vorbeidrängen müssen, um den Ausgang zu erreichen. Neben ihm stand noch ein Freund. Schmaler. Etwas kleiner. Brille.

„Gehst du jetzt mit Gorillas in die Oper?“ Günther grinste.

„Briggi“, fügte er hinzu. Es war ein Zischen, und ich spürte, dass hinter diesem feinen Fauchen eine Welt versteckt war, die ich – deshalb das Zischen – nicht betreten sollte.

Und während er dastand und fauchte und ich an Martin dachte und unsicher war, ob ich weitergehen oder stehen bleiben sollte, erkannte ich an seinen Augen, dass jemand wie er sich nicht schlug.

Ich dachte an meinen Bruder und an dessen Mittelfinger, und dann sagte Günther: „Dein Bimbo hat Kaugummi am Hemd.“

Dein Bimbo. Du Neger. Ich stand vor ihm und schaute auf seine vollen Lippen und seinen breiten Mund.

Ich dachte an die Zunge, an Spucke und ans Umrühren. Ich dachte an die Oper, den warmen Druck an meinem Knie. Ich wusste, dass „du Neger“ schlimmer war, als beim Schlittschuhlaufen vor ihr, Brigitte, hilflos dazusitzen, sie anzufassen, bloß um aufzustehen.

Mir war klar, wieso ich so etwas wissen konnte. Mir war nicht klar, weshalb sie das Taschentuch aus dem Jackett von

Günther zog – die Brusttasche, da steckt so etwas drin – und mir mit diesem Tüchlein den Kaugummi vom Hemd abrieb. Mir war nicht klar, woher ich, als Günther ihr das weiße Tuch aus den Fingern zerren wollte, wusste, dass die Oper und die bekannten Regeln um uns her nun nicht mehr galten. Keine Ahnung, keine Ahnung. Alles, was ich wusste, als ich zuschlug, war, dass Martin genauso wie mein Bruder gesagt hätte: o.k.

Ich war zwölf. Beinahe. Ich ging. Brigitte folgte mir. Günther war hingefallen.

WOLF P. SCHNEIDERHEINZE

# *Laura und die Leibwächter*

Sie stand neben dem Klettergerüst und starrte zu ihnen herüber. „Kennst du die?“, fragte Peter seinen Freund Markus, aber der schüttelte den Kopf. Das Mädchen am Klettergerüst war ihm noch nie aufgefallen und er kannte eigentlich fast alle Kinder aus dem Viertel, die hier spielten.

Während er mit Peter lustlos den Ball hin und her kickte, schielte er öfter zu dem Mädchen hinüber, das die Haare um die Finger wickelte und ihnen ohne großes Interesse zuschaute.

„Ist hier immer so wenig los?“, rief das Mädchen plötzlich und schlenderte auf sie zu.

„Die soll abhauen“, knurrte Peter, doch Markus knuffte ihn mit dem Ellbogen.

„Wir warten auf die andern“, sagte Markus. Er war neugierig, wo sie wohnte und ob sie neu im Viertel war.

„Wo wohnst du denn?“, fragte er also, „ich hab dich noch nie hier gesehen.“

„Markus kennt hier nämlich jeden“, ergänzte Peter. Seine Stimme klang feindselig und böse.

Aber das Mädchen lachte nur und achtete nicht auf Peters schlechte Laune. Sie heiße Laura, sagte sie und sie wohne unten im Biesenbach. Der Biesenbach war eine enge Straße mit ziemlich alten Häusern. Und außerdem, flüsterte sie Markus ins Ohr, außerdem sei sie abgehauen.

„Abgehauen?“, rief Markus. Laura warf die Arme in die Luft und ließ sich nach hinten in den weichen Sand fallen.

„Klar, schreib es doch gleich in die Zeitung und brüll es vom nächsten Kirchturm!“, seufzte sie.

„Was heißt abgehauen?“, fragte Markus leise, während Peter scheinbar gelangweilt mit dem Ball herumspielte.

„Abgehauen heißt abgehauen! Meine Eltern haben mir verboten, draußen zu spielen. Und siehst du, wo ich jetzt bin?“ Sie breitete die Arme aus und ruderte im Sand herum.

„Das gibt Ärger“, meinte Peter aus dem Hintergrund und kicherte.

„Was hast du eigentlich gegen mich?“, fragte Laura ihn. Sie sprang auf und ging langsam auf ihn zu.

„Wir wollen hier Fußball spielen, und dabei störst du“, sagte Peter großspurig.

Laura stand jetzt direkt vor ihm. Sie lächelte und zeigte zwei Reihen kleiner weißer Zähne.

„Du meinst, du spielst nicht mit Mädchen, oder was?“, fragte sie ihn.

Peter wurde rot wie eine Tomate und murmelte vor sich hin. Laura sprang auf ihn zu und riss ihm den Ball aus den Händen.

Was Peter und Markus dann sahen, verschlug ihnen völlig die Sprache.

Laura balancierte den Ball auf ihrem Fuß, während sie auf einem Bein stand. Dann zeigte sie ihnen eine Serie von Kopfbällen und kickte den Ball abwechselnd mit dem linken und dem rechten Fuß, ohne dass der Ball zwischendurch den Boden berührte.

„Willst du mich nicht lieber in deiner Mannschaft haben?“, fragte Laura den verdutzten Peter und lachte.

„Wo hast du das gelernt?“, wollte Markus wissen, aber Laura verriet kein Wort.

Als die andern Jungen nach und nach zum Spielplatz kamen, war Laura plötzlich verschwunden. Peter machte ein paar dumme Bemerkungen, aber Markus war enttäuscht.

„Hallo!“

Markus schaute sich um. Nachdem Laura gestern so schnell weggelaufen war, hatte er nicht damit gerechnet, sie wieder zu sehen.

„Wo ist denn dein doofer Freund?“, fragte Laura und setzte sich neben Markus auf die Bank. Sie setzte sich sehr nah neben ihn. Sehr nah!

„Peter kommt gleich“, log Markus. Peter hatte nämlich heute keine Zeit. Er musste seine Oma besuchen. Sie hatte Geburtstag oder so was.

Laura sah Markus von der Seite an und lachte.

Markus fühlte, dass er rot wurde.

„Ich glaube nicht, dass dein Peter gleich kommt“, sagte das Mädchen.

Markus fühlte, dass ihm heiß wurde. Er fühlte sich gar nicht mehr wohl in seiner Haut. Dieses Mädchen war eindeutig merkwürdig. Sie spielte Fußball wie ein Profi und war – wie war sie eigentlich? Markus war verwirrt. Er versuchte, das Thema zu wechseln.

„Bist du heute wieder abgehauen?“, fragte er, und als

Laura nickte, fragte er weiter: „Warum wollen deine Eltern eigentlich nicht, dass du draußen spielst? Meine Mutter kann es bei schönem Wetter kaum erwarten, dass ich verschwinde. Frische Luft ist gut für Kinder, sagt sie immer."

„Wir haben einen großen Garten. Da darf ich spielen. Aber nur mit den Leibwächtern", antwortete Laura nach einer kleinen Pause.

„Leibwächter? Mit was für Leibwächtern?", wollte Markus wissen.

Laura erzählte ihm, dass ihr Vater ein wichtiger Mann sei und darum bräuchte die Familie Leibwächter. Aber es sei so langweilig, immer ohne andere Kinder in dem großen Garten zu spielen.

„Und darum haue ich eben ab", beendete Laura ihren Bericht.

Nun war Markus in seinem Element. Leibwächter – klasse! Die mussten doch alle Pistolen haben. Laura lachte wieder. Sie lachte viel. Jeder Leibwächter hätte eine Pistole und zwei sogar ein Maschinengewehr und in ihr Haus käme niemand herein, ohne kontrolliert zu werden.

„Leibesvisitation heißt das", erklärte sie.

Laura war für fast zwei Wochen wie vom Erdboden verschwunden, dann tauchte sie wieder auf dem Spielplatz auf.

„Wo bist du gewesen?", rief Markus.

Laura lachte und griff nach seiner Hand. Sie zog ihn auf eine Bank und erzählte ihm, was passiert war.

Ihr Vater hätte ganz plötzlich verreisen und die ganze Familie hätte mitfliegen müssen.

„Du bist geflogen? Musst du denn nicht in die Schule? Wo musste dein Vater denn hin? Was macht dein Vater überhaupt?“

Markus hatte tausend Fragen.

Laura erzählte und erzählte.

Ihr Vater sei Diplomat und der Lehrer käme zu ihnen nach Hause. Und sie wären in Ägypten gewesen. Und fliegen wäre für sie wie Auto fahren. Und und und. Während sie erzählte, hielt Laura die Hand des Jungen. Erst als sie mit ihrem Bericht fertig war, spürte Markus die Wärme ihrer Hand und ließ sofort los.

Wieder merkte er, dass er rot wurde. Dieses Mädchen war ihm ein absolutes Rätsel. Warum fühlte er sich in ihrer Nähe so unbehaglich? Und warum wartete er trotzdem darauf, dass sie wiederkam? Aber Laura lachte und zauste in seinen Haaren.

Als es dunkel zu werden begann, sagte Laura, dass sie nach Hause müsste. Sie wollte gehen, aber Markus hielt sie fest.

„Soll ich dich nach Hause bringen?“, fragte er.

Laura schüttelte den Kopf und wurde rot. Komisch, dachte Markus.

Aber er ließ nicht locker. Schließlich sagte Laura Ja. Aber er durfte sie nur bis zur Straßenecke bringen, nicht bis zum Haus.

Als er sie in einem Hauseingang verschwinden sah, murmelte Markus: „Sie ist wirklich komisch.“

Tag für Tag wartete Markus nun, aber Laura kam nicht. Aus

den Tagen wurden Wochen. Markus lief fast jeden Tag den Biesenbach hinunter, schaute scheu auf alle Klingelknöpfe. Im Halbdunkel hatte er nicht genau erkennen können, in welchem Haus sie verschwunden war.

Was sollte er tun? Irgendwo klingeln und nach Laura fragen? Vielleicht standen an der Tür die Leibwächter mit den Maschinengewehren. Oder Laura bekam mächtigen Ärger, wenn herauskam, dass sie abgehauen war. Aber vielleicht wussten die Eltern das schon, und jetzt wurde sie noch besser bewacht.

Markus wusste gar nicht mehr, was er denken sollte. Laura war schon so lange weg, dass er glaubte, ihr Vater wäre für immer nach Ägypten oder Amerika geflogen und hätte seine ganze Familie mitgenommen.

Markus dachte an Laura und fühlte kleine Stiche im Herzen. Schließlich nahm er eines Abends allen Mut zusammen und fragte seine Mutter beim Abendessen, welcher wichtige Mann denn im Biesenbach wohne.

Die Mutter runzelte die Stirn und fragte den Vater. Doch der wusste auch nicht mehr.

„Was für ein wichtiger Mann denn?“, fragte der Vater.

Und Markus erklärte, dort müsse irgendwo ein Mann leben, der Leibwächter hätte und immer nach Ägypten und in andere Länder fliegt und für seine Kinder Lehrer ins Haus holt. Von Laura sagte er aber kein Wort.

Doch die Eltern wussten nichts von so einem Mann. Warum er das wissen wolle und wer ihm das erzählt habe, fragten sie.

„Peter hat so was gesagt“, log Markus.

Sein Vater lachte und sagte, dass Peter ihm da wohl einen großen Bären aufgebunden hätte.

„Außer dem Kinderheim ist da nichts Besonderes. Da wohnen nur ganz normale Leute. Ohne Leibwächter“, sagte Markus’ Mutter lächelnd.

„Welches Kinderheim?“, rief Markus.

„Da war bis vor drei bis vier Wochen ein Waisenhaus, ein Kinderheim für Kinder ohne Eltern. Aber es ist geschlossen worden. Wo die Kinder hingekommen sind, weiß ich nicht“, erklärte seine Mutter.

Markus sagte nichts mehr. Nach dem Abendessen ging er in sein Zimmer, setzte sich auf die Fensterbank und starrte aus dem Fenster.

Er würde Laura also nie wiedersehen.

Mit dem Kopf gegen das kalte Glas gepresst, versuchte Markus, in der Dunkelheit die Menschen auf der Straße zu erkennen.

Er hatte das Gefühl, weinen zu müssen.

KATHRIN SANDER

# *Die Tochter des Zauberers*

Ich sitze am Schreibtisch. Vor mir steht der eingeschaltete Computer. Eine Geschichte soll geschrieben werden, aber mir will kein richtiger Anfang einfallen. „Bitte Text eingeben“ steht im Display. Leichter gesagt als getan. Die Aufforderung geht mir auf die Nerven. Ich schalte den Apparat erst mal wieder ab.

„Hallo“, sagt eine Stimme hinter mir.

Überrascht drehe ich mich um. Da steht Fabian, der Nachbarsjunge in der offenen Terrassentür.

„Hallo Fabian, komm rein!“ Ich bin ganz froh über die Unterbrechung. „Na, gibt es was Neues?“

„Nö, ich wollte nur mal gucken, was du machst.“

Fabian besucht mich öfter. Wir sind Freunde, auch wenn er erst zehn Jahre alt ist. Er erzählt mir von der Schule, von Mitschülern und Lehrern, von misslungenen Klassenarbeiten, von guten Leistungen im Sport – kurz, von allem, was ihn gerade beschäftigt.

„Schreibst du eine neue Geschichte?“, will Fabian wissen.

Ich erzähle ihm nämlich auch von dem, was ich tue. Auch, wenn ich mal ein Problem habe. Das ist so bei Freunden.

„Tja, eigentlich sollte ich das“, sage ich mit einem Seufzer, „aber mir fällt nichts ein. Erzähl du mir doch mal was. Vielleicht bringt mich das auf eine Idee.“

„Weißt du ...“ Fabian zögert. „Weißt du, ich wollte ...“

„Ja?“

„Ich wollte dich was fragen. Gibt es Zauberer?“

„Klar, das weißt du doch. Du hast mir doch neulich erst erzählt, dass einer bei euch in der Schule war. Und denk an David Copperfield!“

„Nee, so einen meine ich nicht. Ich meine einen, der richtig zaubern kann, ganz ohne Tricks.“

Was soll ich darauf antworten? Ja? Nein? Ich weiß es nicht? Ich habe noch nie darüber nachgedacht. Ich frage Fabian, wie er darauf kommt.

„Wenn ich dir das erzähle, denkst du bestimmt, ich spinne.“

„Ist es denn so was Außergewöhnliches?“

„Ja.“ Fabian kämpft sichtlich mit sich, ob er mir etwas sagen soll, wofür ich ihn möglicherweise auslache.

Ich bin jetzt wirklich neugierig und verspreche Fabian hoch und heilig, ihn nicht für verrückt zu halten.

„Bestimmt nicht?“

„Ehrenwort!“

„Also“, beginnt Fabian und holt tief Luft, „also vorgestern war ich nachmittags am Waldsee. Da ist so ’n kleiner Steg. Weißt du, wo ich meine?“

„Ja, kenne ich.“

„Ich hab mich auf den Steg gesetzt, die Schuhe ausgezogen und die Füße ins Wasser baumeln lassen ...“

„... und geangelt, wie? Oder hast du Musik gehört und gedöst?“

„Nee.“ Fabian grinst etwas verlegen. „Ich habe für die

Mathearbeit gelernt. Das mach ich da öfter. Es geht ganz gut."

„Na ja, so außergewöhnlich finde ich das eigentlich nicht."

„Das meine ich ja auch nicht, sondern das, was dann passiert ist. Da stand auf einmal ein Mädchen. Einfach so. Wie aus dem Boden gewachsen oder wie – hingezaubert. Ich hab mich furchtbar erschrocken."

„Das kann ich mir denken. Hast du sie gefragt, wie sie dahin gekommen ist?"

„Klar. Aber sie hat nichts gesagt, nur gelächelt."

„Wie sah sie denn aus?"

Fabian bekommt plötzlich verträumte Augen.

„Ganz toll!"

Er schweigt, wirkt abwesend.

„He, Fabian, wolltest du mir nicht was erzählen?"

„Äh ... ja, natürlich."

Und nun erzählt er, dass das Mädchen die Tochter des Zauberers ist, dass sie Amaril heißt und lange, rotgoldene Locken hat. Dass sie sich neben ihn gesetzt hat und dass sie miteinander gesprochen haben wie alte Freunde.

„Es war, als ob ich sie schon lange kenne, verstehst du?"

„Hast du sie nicht nach ihrem Vater, dem Zauberer, gefragt?"

„Doch, natürlich. Sie hat gesagt, er sei ein richtiger Zauberer, aber sie dürfe noch nicht darüber sprechen."

„Und dann?"

„Dann hat sie plötzlich gesagt, sie müsse jetzt gehen, würde aber am nächsten Tag zur gleichen Zeit wieder am

Steg sein. Sie würde sich freuen, wenn ich auch wieder käme, ich dürfe aber keinem davon erzählen, sonst könne sie nicht kommen."

„Na so was."

Ich weiß nicht recht, was ich davon halten soll. Ich überlege ernsthaft, ob Fabian nicht doch ein bisschen spinnt. Aber ich sage natürlich nichts. Das habe ich schließlich versprochen.

Ich will nur wissen, wie es am nächsten Tag war.

„Sie war wirklich wieder da", berichtet Fabian weiter. „Ich hatte ja auch nichts erzählt, meinen Eltern nicht und auch nicht meinem Freund Peter. Die hätten mir sowieso nicht geglaubt."

„Sag mal, kannst du mir das Mädchen etwas genauer beschreiben? Wie alt ist denn deine neue Freundin? Und was hatte sie an?"

„Sie ist zwölf, hat sie gesagt, und hatte ganz normale Klamotten an, Jeans und T-Shirt."

„Und du hast sie vorher noch nie gesehen? Ich meine, es könnte doch sein, dass ein Mädchen aus deiner Schule ..."

„Nein, nein, keine aus unserer Schule sieht so aus. Ich meine, keine hat solche Haare und so, verstehst du?"

Fabian senkt den Blick und wird rot.

„Und worüber habt ihr geredet? Über den Zaubervater?"

Ich versuche, Fabian aus der Verlegenheit zu helfen. Er sieht mich an und fragt: „Du glaubst mir nicht, was?"

„Also ehrlich gesagt, etwas merkwürdig kommt mir das Ganze schon vor."

„Kann ich verstehen. Ich hab auch zuerst gedacht, ich

träume oder spinne oder so was. Aber Amaril war wirklich da, ich habe mit ihr gesprochen, gestern auch wieder. Ich schwindle dich nicht an."

„Ist sie heute wieder am See?"

„Ja. Ich gehe gleich hin."

Und dann hat Fabian eine Idee.

„Komm doch mit. Du kannst dich in den Büschen verstecken. Dann wirst du sehen, dass es sie gibt."

Soll ich es tun? Wäre das nicht ein bisschen übertrieben? Aber wenn ich Fabian ernst nehmen will – und das habe ich ja versprochen –, muss ich auf seinen Vorschlag eingehen. Außerdem bin ich wirklich neugierig darauf, was sich da am Steg tut.

„Gut, ich komme mit."

Dann fällt mir etwas ein.

„Sag mal, hat dein Zaubermädchen nicht gesagt, du sollst niemandem was erzählen? Bist du sicher, dass sie heute kommt?"

Fabian sieht mich erschrocken an.

„Mann, das habe ich ganz vergessen!"

Er denkt einen Augenblick nach.

„Das kann sie doch nicht wissen, dass ich es dir erzählt habe. Ich musste einfach mit jemandem drüber reden. Und weil du Geschichten schreibst und meine Freundin bist, bin ich zu dir gekommen. Meinst du, Amaril weiß das?"

„Na ja, bei Zauberern kann man nie wissen," sage ich scherzhaft.

„Du glaubst mir doch nicht! Also, ich geh jetzt."

„Sei nicht sauer. Ich komme in fünf Minuten nach."

„Ok, aber sei vorsichtig, dass sie dich nicht entdeckt."

Bis zum Waldsee sind es etwa 15 Minuten Fußweg. Ich schaue auf die Uhr, es ist Viertel nach fünf. Ich genieße den kleinen Spaziergang an diesem sonnigen Septembertag. Mit meiner Geschichte wird es heute sowieso nichts mehr.

Jetzt erreiche ich den schmalen Pfad, der zum See hinunterführt. Vorsichtig gehe ich hinab. Um zum Steg zu kommen, muss man um ein Gebüsch. In diesem Gebüsch kann ich mich verstecken, von da aus habe ich gute Sicht auf See und Steg.

Ich versuche, so geräuschlos wie möglich an eine geeignete Stelle zu kommen. Durch die Zweige sehe ich das Wasser schimmern. Es ist ungefähr fünfzig Meter entfernt.

Am Steg bewegt sich eine Gestalt. Oder zwei? Ich lausche, höre aber keine Stimmen.

Um besser sehen zu können, biege ich ganz vorsichtig ein paar Zweige auseinander. Da trifft mich durch die Bäume am gegenüberliegenden Seeufer ein direkter Strahl der tief stehenden, rotgoldenen Sonne. Geblendet schließe ich die Augen und lasse die Zweige los.

Es dauert eine Weile, bis das Flimmern vor meinen Augen aufhört. Mist! Warum habe ich keine Sonnenbrille mit!

Ich versuche es noch mal, einen Blick durch die Zweige zu werfen. Diesmal blendet mich die Sonne nicht. Sie ist jetzt hinter einem Baum verschwunden.

Ich sehe deutlich das Wasser und den Steg, aber weder Fabian noch sonst jemanden. Wo ist der Junge geblieben?

Wollte er mich etwa hereinlegen? Zum Spaß? Nein, das glaube ich nicht, dazu hat er zu ernst gewirkt.

„Hallo“, sagt eine Stimme hinter mir.

Fabian! Er sieht sehr traurig aus.

„Hast du sie gesehen?“, fragt er.

„Nein, leider nicht. Die Sonne hat mich geblendet. Ich habe überhaupt nichts gesehen, dich auch nicht.“

„Schade, dann war alles umsonst.“

„Wieso? Warum bist du so traurig?“

„Sie kommt nicht mehr wieder. Sie hat gewusst, dass ich dir alles erzählt habe, und sie hat auch gewusst, dass du da bist.“

Das ist wirklich merkwürdig. Einen Augenblick lang halte ich es für möglich, dass der Zaubervater mich geblendet hat. Ach, Quatsch!

„Hat sie sonst noch was gesagt?“, will ich wissen.

„Wenn ich sie wiedersehen will, soll ich in sieben Jahren wieder an den Steg kommen.“

„In sieben Jahren? Du meinst, wenn du in sieben Jahren im September wieder hier bist, kommt sie?“

„Ja.“

Jetzt weiß ich wirklich nicht mehr, was ich sagen soll. Ich sehe Fabian an, er wirkt nicht so, als ob mit ihm irgendwas nicht in Ordnung ist.

„Amaril hat mir einen Edelstein zum Andenken geschenkt“, sagt er und öffnet seine Hand.

Ein ganz normaler Kieselstein liegt darin.

„Du wirst ihn mitbringen, wenn du in sieben Jahren hierher kommst, nicht wahr?“

Fabian nickt.

Ich lege meinen Arm um seine Schulter.

„Ich glaube, wir sollten jetzt gehen. Ich begleite dich heim."

Schweigend gehen wir durch den nun dämmrigen Wald zurück.

Als wir uns vor seinem Haus trennen, sagt er: „Du erzählst doch keinem was von der Sache, oder?"

„Ehrenwort! Darauf kannst du dich verlassen. Du aber auch nicht! Denn wer weiß, was in sieben Jahren ist."

Zu Hause schalte ich meinen Computer wieder ein. „Bitte Text eingeben." Ja, ja, ich weiß zwar noch nicht, was für eine Geschichte es wird, aber ich habe immerhin schon einen interessanten Titel: *Nach sieben Jahren.*

KARLA SCHNEIDER

# *Feen – gibt's die?*

„Meine absolute Lieblingstante wohnt oben auf dem Berg, in Siebeneichen", sagte Tamara. „Sie malt Bilder, und sie kann Kasperlepuppen basteln und entwirft Kostüme fürs Theater. Sie ist nämlich Künstlerin. Sie heißt Senta Bing."

„Meine Tante Lilo wohnt bei uns im Haus, in der Wohnung unter uns", sagte Fränze. „Sie hat zwei Kinder, aber die sind viel jünger als ich. Und sie füllt jedes Wochenende acht Lottoscheine aus." So sehr sie auch überlegte – mehr ließ sich über Tante Lilo wirklich nicht erzählen.

Wieso wollte Tamara unbedingt über Verwandte reden? Fränze fand die Unterhaltung langweilig. Was waren schon Verwandte: lästige kleine Cousinen, die einem im Puppenhaus das Stromkabel abfetzten. Onkel mit Stinkadores-Zigarren, die sich wie Roboter bewegten, sobald sie aus ihrem Auto herausgekrochen waren. Oder Tanten, die auch „Schwägerinnen" hießen und einander bei jedem Zusammentreffen an den Klamotten herumfingerten und „Ich möchte nicht wissen, was das gekostet hat" dazu sagten. Das Einzige, was noch uninteressanter war als Verwandte, waren die Verwandten von anderen. Eigentlich wollte Fränze das Tamara unter die Nase reiben. Aber weil Tamara ihre einzige beste Freundin war, dachte sie es bloß.

„Silvester sind wir oben in ihrem Atelier gewesen", schwärmte Tamara. „Ich durfte ganz lange aufbleiben. Tante Bing hat uns Kostüme gegeben zum Verkleiden. Wir waren alle Japaner, und jeder bekam einen japanischen Namen. Ich hieß Pfirsichblütlein."

„Ich hab noch eine Tante in Großschönau", sagte Fränze.

„Und jetzt malt sie mich", fuhr Tamara fort. „Das Bild kriegt mein Papa zum Geburtstag. Übermorgen geh ich wieder hoch zu ihr. Kannst ja mal mitkommen, wenn du Lust hast."

Fränze fragte ihre Mutter um Erlaubnis.

„Senta Bing? Ist das die, die so aussieht?" Fränzes Mutter beulte mit der Zunge das Kinn aus und machte Chinesenaugen. Sie ahmte gern die Leute nach. Kamen die Verwandten zu Besuch, übertraf sie sich selbst: „Könnt ihr euch noch an den erinnern?" Dann ging es los, bis alle quiekten und sich bogen. Auch Fränze musste oft über die Fratzen lachen. Obwohl sie wusste, dass die Leute nicht wirklich so aussahen, konnte sie die Betreffenden nie wieder richtig mögen; die übertriebenen Grimassen kamen ständig dazwischen.

„Sie erfindet Theaterkostüme und malt Bilder", sagte Fränze. „Dann muss sie das sein", überlegte ihre Mutter. „Gesicht wie eine aus dem Tross von Dschingis Khan. Trägt nur ‚Gewänder', macht sich ihre eigene Mode. Und die Haare! An der hat noch kein Frisör eine Mark verdient! Die hängen bis in die Kniekehlen. Na, du wirst sie ja sehen. Meinetwegen kannst du mitgehen, wenn du unbedingt willst. Aber fall nicht unangenehm auf. Und vergiss nicht, anständig Guten Tag zu sagen und Danke, wenn man dir was anbietet, hörst du?"

Sie liefen eine halbe Stunde steil bergan. Das Haus lag noch außerhalb des nächsten Ortes. Es war so weiß wie Kreide oder wie Zahnpasta, und dort, wo das Dach hätte sein sollen, war es flach. Dafür hatte es vor den unteren Fenstern geschwungene vergoldete Stäbe. Als Tamara auf den goldenen Klingelknopf drückte, so anhaltend und ungeduldig wie jemand, der weiß, dass man sich auf ihn freut, sagte Fränze hastig: „Vielleicht hat sie es nicht gern, dass ich mitgekommen bin. Vielleicht stört sie das beim Malen. Ich kann ja hier draußen warten. Oder ich geh einfach wieder."

Aber da wurde die Tür aufgerissen, und auf der Schwelle stand eine große Frau. Sie breitete die Arme weit aus, und Tamara warf sich hinein.

Fränze tat, als sei sie nur zu dem Zweck anwesend, mit dem Schuh den Kies auf dem Gartenweg vor der Haustreppe glatt zu streichen. Umarmungen waren ihr peinlich. Bei ihr zu Hause wurde nicht umarmt. Im Fernsehen konnte sie ertragen, dabei zuzuschauen, das war etwas anderes. Dort war es Liebe und gehörte zum Film.

„Meine Freundin", sagte Tamara jetzt, „Fränze."

Fränze riskierte einen schnellen Blick auf die Tante, sah einen dicken graublonden Rapunzelzopf, etwas Flatterndes, Grünes und bunten Samt und guckte wieder nach unten. Sie hielt eine schlaffe Hand hin und hauchte etwas, das Guten Tag heißen sollte. Aber diese Tante, Tamaras großartige Tante Bing, wusste offenbar nicht, was sich gehörte. Sie kam gar nicht auf den Gedanken, die Hand zu nehmen. Stattdessen streckte sie den anderen Arm aus (mit dem einen hielt sie nach wie vor Tamara) und winkte damit ein

Komm-her! Sie winkte immer einladender, bis Fränze ihr ganz nah war. Dann legte sie ihr den Arm um die Schultern, genau wie bei Tamara, und zog sie beide ins Haus.

War das etwa das berühmte Atelier? Fränze hatte es sich anders vorgestellt. Mehr wie ein Mittelding aus Doktorzimmer und Kirche. Auf diese voll gestopfte Schatzhöhle war sie nicht gefasst gewesen. Federhüte und Fransentücher, kleine Papiertheater auf jedem freien Fleck, Puppen in Morgenlandkleidern und große, ganz nackig und aus Holz, ein Grammophon, so hoch wie eine Kommode, mit einer riesigen blauen Windenblüte als Trichter, und an den Wänden Teppiche neben Plakaten und jede Menge Bilder, gemalte, geklebte und genähte. Aber keins darunter, das wie Tamara aussah.

Die war sofort zu einer Schale hingerannt, grapschte mit der Hand hinein, ohne dass ihre Tante das erlaubt hätte, und fing an zu schnurpsen. „Mmm ... Russisch Brot! Sind auch Lakritzschnecken da? Dein Glück ... Hier, Fränze, bedien dich, lang zu!“

Aber wie konnte Fränze loslaufen, wo doch Tamaras Tante Bing noch den Arm um ihre Schultern liegen hatte. Ganz warm wurde einem darunter. An der Wand gegenüber schimmerte ein grünlicher dunkler Spiegel. Fränze sah sich in dessen goldenem Rahmen wie eine Figur auf einem Gemälde. Sie waren beinah ein und dieselbe Person, sie und Tante Bing – wie zusammengewachsen. Nur dass sie selbst ernst war, während Tante Bing lächelte. Ihre Augen waren kleine vergnügte Schlitze. Sie lächelte wie die Sonne im Bilderbuch. Sie lächelte geheimnisvoll. Und plötzlich wusste

Fränze: Diese Tante Bing war eine Fee. Die Fee drückte Fränze ganz kurz, streichelte ihr vom Hals herauf über das krause Haargewuschel, auch ganz kurz, dann ließ sie sie los.

„Nimm dir ruhig, nimm dir, so viel du willst. Ich hab es für besonders liebe Gäste dastehen. Und du bist doch heute mein Gast."

Fränze aß drei Buchstaben von dem braunen knusprigen Zeug, das Tamara Russisch Brot genannt hatte: ein B, ein T und ein F.

Tante Bing zog einen weiten, ganz verwaschenen Schürzenkittel an. Dieser Kittel, so erfuhren sie, hatte früher einmal einer schwedischen Malerin gehört und war hundert Jahre alt. „Ohne den geht nichts", sagte Tante Bing, „das ist mein Zaubermantel." Dazu lächelte sie wieder so geheimnisvoll, dass Fränze nicht wusste, ob sie vielleicht bloß Spaß machte.

Fränze durfte Tante Bing die drei Schleifen auf dem Rücken zubinden, denn Tamara war in einem hochlehnigen Stuhl zurechtgerückt worden und sollte sich nun nicht mehr bewegen. Fränze machte jede Schleife dreimal wieder auf, weil sie ihr nicht schön genug erschien.

Tante Bing entfernte ein Tuch von einem Gestell. Darunter war das Bild versteckt gewesen. Mit zusammengekniffenen Augen starrte sie zwischen dem Bild und der auf ihrem Stuhl festgebannten Tamara hin und her. Sie quetschte Farbwürstchen aus Tuben und verstrich sie mit dem Pinsel auf einem runden Holzbrett, das sie sich über den linken Daumen gestülpt hatte.

Auf Zehenspitzen wollte Fränze hinter sie treten. „Bleib hier!“, schrie Tamara sogleich. „Hinter die Staffelei gucken ist streng verboten!“

Fränze erschrak. War sie etwa unangenehm aufgefallen? Hatte sie die Fee erzürnt? Würde sie nun gehen müssen?

„Ach, du Liebes, jetzt schau nicht so ängstlich“, wurde sie beruhigt. „Hier ist überhaupt nichts verboten. Weißt du, das ist nur so eine dumme Angewohnheit von mir, solange es noch nicht fertig ist. Such dir ein Fußbänkchen oder ein Kissen oder probier Hüte auf, spiel mit allem, was dir gefällt. Tu ganz, als wärst du zu Hause.“

Aber das wollte Fränze keinesfalls. Denn erstens durfte sie zu Hause eben nicht mit allem spielen, was ihr gefiel, und zweitens war es hier ja gerade deshalb so herrlich, weil es nicht wie zu Hause war. Sie schob sich ein mächtiges Seidenquastenpolster zwischen die Beine wie einen Sattel und hockte sich neben Tamaras Stuhl auf den Boden.

„Kann ich nicht endlich aufstehen?“, quengelte Tamara nach einer Weile. „Still sitzen ist so öde. Und immer bloß in eine Richtung gucken dürfen! Für heute reicht's, hm?“

Aber Tante Bing meinte, eine Dreiviertelstunde wenigstens brauchte sie noch. Sonst würde das Bild nicht rechtzeitig bis zum Geburtstag von Tamaras Papa fertig. Fränze dachte: Wenn sie mich malen würde – nicht einen Mucks würde ich von mir geben! So lange sie wollte, hielte ich es aus.

„Wie wär's, wenn ich euch was erzähle?“, schlug Tante Bing vor. „Vielleicht den Inhalt von ‚Schwanensee‘?“

„Meinetwegen“, sagte Tamara großmütig. „Ist das eine

Tiergeschichte?" „Nein, eines der großen klassischen Ballette. Also, passt auf: Der Vorhang geht hoch, und wir befinden uns im Schloss der verwitweten Königin. Es ist der Vorabend des 18. Geburtstags von Prinz Siegfried, ihrem Sohn. Die Königin möchte, dass der Prinz sich morgen aus der Schar der geladenen Prinzessinnen eine auswählt, die er heiraten soll. Aber der Prinz verspürt nicht die geringste Lust. Ihm steht der Sinn nur nach Jagen mit seinen Freunden. ‚Du kannst mir ja eine aussuchen', ruft er seiner Mutter zu, ehe er davonstürmt. ‚Mir ist eine so gleichgültig wie die andere.' Versteht ihr – sein Herz schläft noch. Es kennt die Liebe noch nicht.

Bei Einbruch der Dunkelheit gelangen der Prinz und seine Gefährten, müde von der Jagd, in die Nähe des Steinernen Hains. Das ist ein düsterer, unheimlicher Ort, ein Wald aus lauter uralten Eichen. Und auf einmal erblickt Prinz Siegfried die Königin der Schwäne. Wie eine wunderschöne Erscheinung schwebt sie dahin. Er eilt ihr nach, hinein in den Steinernen Hain. Denn was ist geschehen? Ihr Anblick hat sein Herz berührt. Von einer Sekunde zur anderen ist es erwacht und voller Sehnsucht."

Tante Bing klemmte den Pinsel zwischen die Zähne und ging zum Grammophon. Ohne die Farbpalette loszulassen, wühlte sie mit der freien Hand zwischen ihren Schallplatten. Sie nuschelte etwas, das sich anhörte wie „Hränti" und „Hiltumir?"

Kaum hatte Tante Bing dieses „Hränti" hervorgebracht, stand Fränze auch schon neben ihr. Mit angehaltenem Atem – nur ja nichts fallen lassen! – nahm sie die schwere alte

Schellackplatte aus der Papiertasche. Legte sie auf den samtbezogenen Plattenteller. Umdrehen zur Staffelei: auch Kurbeldrehen?

„Aber ja, aber ja!“

Zuletzt kam das Schwierigste: den dicken silbernen Tonarm anheben und die Nadel in die äußerste Rille der herumsausenden Platte setzen.

„Es klingt nicht gerade wie im Konzertsaal“, räumte Tante Bing ein, „aber man *muss* einfach die Musik dazu hören. Dann kann man es sich gleich besser vorstellen.“

Unter anderen Umständen hätte sich Fränze über das Gekrächz aus der blauen Blechtute schlapp gelacht. Aber solange die Fee Tante Bing die Geschichte weitererzählte, brachte das Quäken und Krächzen es wahrhaftig fertig, dass Fränze den See vor sich sah. Ganz deutlich sah sie ihn, wie er im Mondlicht blinkte und die kleinen Wellen glitzerten. Da, unerwartet, ereignete sich das Wunder: Die Schwanenkönigin verwandelte sich vor den Augen des Prinzen in Odette, ein Wesen aus Fleisch und Blut.

„Das“, sagte Tante Bing nach einer Pause und redete nur mehr leise, „das jetzt ist der Pas de deux. Der Liebestanz. Der Prinz schwört Odette, dass er nie eine andere lieben wird außer ihr. Und dass er sie aus der Gewalt des bösen Zauberers Rotbart befreien wird, damit sie für immer ein Mensch bleibt. Keine außer ihr will er heiraten, so schwört er.“

„Ich denke, bei einem Ballett wird nicht gesprochen“, warf Tamara ein.

„Nicht mit dem Mund“, sagte Tante Bing und lächelte

wieder wie die Sonne im Bilderbuch. „Aber mit Augen und Händen, mit Armen und Schultern, mit Hals und Rücken und mit eilenden und zögernden Füßen. Was sage ich wohl, wenn ich dich an der Tür begrüße, auch wenn ich so stumm bleibe wie ein Fisch?"

Und Tamara rief mit schallender Stimme: „Da bist du ja endlich, mein goldigster Nichtenschatz! Meine Zuckernase! Meine Ein-und-alles-Tamara! Ach, was *bin* ich glücklich, dass ich dich heute hier habe!"

Tante Bing lachte. Sie konnte gar nicht mehr aufhören. „Stimmt haargenau. Da siehst du, wie einfach es ist, sich auch ohne Worte auszudrücken. Passt nun auf: Gleich beginnt der Ball zu Prinz Siegfrieds Geburtstag. Er tanzt der Reihe nach mit all den Prinzessen und Baronessen und Komtessen, die seine Mutter für ihn eingeladen hat. Jede hat ihre eigene Musik, damit man sie nicht mit den anderen verwechselt: einen ungarischen Tanz, einen russischen, einen italienischen und einen spanischen. Ich glaube, es ist sogar eine Prinzessin aus Asien darunter. Aber immer wieder dreht der Prinz den Kopf nach dem Eingang des Saales. Gegen alle Vernunft hofft er, dass die Tür auffliegt und seine Schwanenkönigin erscheint. Hat sie nicht gesagt, dass sie ab Mitternacht für kurze Zeit menschliche Gestalt annehmen darf?"

Fränze kauerte auf ihrem Kissensattel. Unaufgefordert flitzte sie, die Platte umzudrehen. Es sollte nie zu Ende gehen. Die Geschichte nicht und das Hierseindürfen nicht. Sie kaute und knibbelte an ihren Fingernägeln. Wie dumm war doch der Prinz, dass er die schwarze Schwanenprinzessin, diesen Überraschungsgast, für Odette halten konnte! Nur weil sie ihr ein bisschen ähnlich sah, zurechtgezaubert von ihrem Vater, dem bösen Hexenmeister Rotbart. Bis der Prinz endlich den Betrug durchschaute, war es schon beinah zu spät.

„Verzweifelt stürzt der Prinz in die Nacht hinaus“, sagte Tante Bing. Sie hatte ein leuchtendes Butterblumengelb auf der Pinselspitze; wahrscheinlich malte sie gerade Tamaras Haar. „Er läuft wie gehetzt in den verrufenen Wald, zum Schwanensee. Dort findet er nur die Freundinnen Odettes vor, die auf den Uferwiesen tanzen, und erschreckt sie durch sein Ungestüm. Husch! flüchten sie in den See und verwandeln sich Hals über Kopf in Schwäne. Als Letzte taucht Odette auf.

Außer sich vor Reue, vertritt der Prinz ihr den Weg und streckt die Arme nach ihr aus. Aber er muss erfahren, dass dies ihr Abschied für immer ist. Er hat die einzige Chance auf Erlösung vertan, die sie besaß, als er auf die falsche schwarze Hexentochter hereinfiel und auch ihr seine Liebe beteuerte. Ein Herz darf sich nicht täuschen lassen. Nun ist alles aus. Triumphierend darüber, dass ihr böses Spiel so gut geklappt hat, stoßen Zauberer Rotbart und seine Tochter flügelschlagend aus der Luft hernieder. Als die den Boden berühren, fährt Feuer aus der Erde und roter Qualm.“

Fränze konnte sich nicht entscheiden, wer sie sein wollte. Sie war natürlich voll auf der Seite der armen gekränkten Odette. Sie fand genau wie diese, dass es keine Verzeihung gab, wenn jemand zuerst behauptete, er liebe einen ganz rasend und dann mit einer anderen herummachte und sich hinterher entschuldigte, es sei bloß ein Irrtum gewesen. Doch als der Prinz sich nun aufraffte und mit dem mächtigen Rotbart zu kämpfen anfing, kämpfte sie für ihn mit. Sie kämpfte um die Befreiung der Fee Tante Bing aus der Gewalt der bösen Mächte.

„Die Kräfte der Finsternis und die Kraft der Liebe ringen miteinander auf Leben und Tod“, sagte Tante Bing. „Einzig durch Rotbarts endgültige Vernichtung gibt es eine letzte Hoffnung auf ein Glück mit Odette.“

Tamara stupste Fränze an. „Holst du mir mal was aus der Schale?“ Sie musste ein zweites Mal stupsen und fragen. Schließlich kicherte sie: „Was ist denn mit dir los? Hast du Zahnschmerzen? Oder musst du aufs Klo?“ Sie redete laut und unbekümmert, dabei war die Musik noch gar nicht zu Ende.

Fränze lief heiß und blutrot an. Es war ihr überhaupt nicht bewusst gewesen, dass man ihr das heldenhafte Kämpfen vom Gesicht ablesen konnte. Was würde Tante Bing jetzt von ihr denken! Dass sie sich langweilte und deshalb Grimassen schnitt? Oder dass sie sich über sie und ihre Schwanensee-Geschichte lustig machte? Obwohl der Prinz dann doch den Sieg über das gemeine Ungeheuer Rotbart davontrug und die schöne Odette nun nie mehr als Schwan herumzuschwimmen brauchte, war Fränze zumute, als hätte sie selbst alles verloren. Als hätte sie ein Glück verscherzt. Hoffentlich konnte sie das Heulen zurückhalten, bis sie draußen waren. Dann würde sie Tamara davonrennen und sich irgendwo verkriechen.

Tamara hatte es gut. Die durfte sich beim Abschied an Tante Bings Hals hängen und wurde von ihr geküsst. Auf die Nasenspitze. (Meine Zuckernase! Meine Ein-und-alles-Tamara!) Fränze wurde wieder kurz gedrückt und über die Haare gewuschelt. Eigentlich war das schon viel. Wieso kam es ihr so wenig vor?

„Eine letzte Sitzung brauche ich noch", sagte Tante Bing. „Ginge es am Mittwoch? Habt ihr da nichts Besseres vor? Fein, dann erwarte ich euch."

Sie hat *ihr* gesagt, dachte Fränze. Und *euch. Dann erwarte ich euch.* Sie will, dass ich wiederkomme.

„Na?", erkundigte Fränzes Mutter sich neugierig. „Wie war's denn so bei der Frau Künstlerin?"

„Schön", sagte Fränze. Es klang aber eher mürrisch.

„Und habe ich nicht Recht gehabt?" Ihre Mutter beulte das Kinn mit der Zunge aus, wie schon einmal, und kniff die Augen zusammen, als stünde sie im Licht eines Scheinwerfers.

„Quatsch", sagte Fränze. Dann ging sie schnell aus der Küche.

Je näher der Mittwoch rückte, desto gewaltiger rumorte die Vorfreude in Fränzes Bauch. In der Nacht zum Mittwoch konnte sie ewig nicht einschlafen.

Auch Tamara war ziemlich aufgekratzt auf dem Weg nach Siebeneichen. „Ich bin ja sooo gespannt auf mein Bild. Wehe, ich sehe nicht gut aus, dann kann sie's behalten, und ich schenk meinem Papa was anderes."

Diesmal scharrte Fränze nicht mit dem Schuh im Kies. Sie sah ruhig zu, wie Tamara von Tante Bing umarmt wurde, um ja nicht den Augenblick zu verpassen, in dem Tante Bing den Arm auch nach ihr ausstrecken würde. Komischerweise hatte sie dabei Herzklopfen. Wie beim Warten auf den Startschuss zum 75-Meter-Lauf. Gleich ... jetzt! Sie wurde genauso herumgeschwenkt wie Tamara vorher. Selber auch die Arme um Tante Bing zu schlingen, hatte sie nicht gewagt. Aber beim nächsten Mal. Vielleicht.

Alles verlief wie am Freitag: Tamara auf dem geschnitzten Stuhl, Kittel zubinden, der Zauberkreis rund um die Staffelei. Auch die Schale war wieder bis oben voll mit allem Möglichen, Lakritze natürlich, außerdem Marzipaneier und Waffelröllchen mit Creme. Nur dass Tante Bing heute nichts erzählte.

„Nachher mache ich alles mit, was ihr wollt", sagte sie, „verkleiden, Krakowiak tanzen, Eierkuchen backen. Im Moment muss ich meine Gedanken zusammenhalten. Aber Fränzi kann uns ja, wenn sie will, wieder Musik auflegen." Fränze suchte lange. Da jede dieser uralten Platten ein Teil von Tante Bing war, war es eigentlich egal, welche sie wählte. Sie setzte die Nadel auf, und eine Frauenstimme sang Lieder. Tante Bing summte ein bisschen mit.

Fränze hockte auf ihrem Sattelkissen neben Tamara. Sie stellte sich vor, wie sie die Fee Tante Bing unter Einsatz ihres Lebens rettete. Das Haus brannte lichterloh, und sie trug Tante Bing in letzter Sekunde auf ihrem Rücken in den Garten hinaus. Einbrecher mit Strumpfmasken hatten Tante Bing an den Stuhl gefesselt und ihr den Mund zugeklebt. Keine Angst, es ist vorbei, ich habe sie alle erledigt, hörte sie sich sagen. Und dann zertrennte sie mit einem Messer die Fesseln und löste ganz vorsichtig den Klebestreifen von Tante Bings Gesicht. Oder eine riesige Bestie von Köter, mit Geifer vorm Maul, der Hund von Baskerville selbst terrorisierte die Diele, sodass Tante Bing sich nicht aus dem Atelier traute. Fränze aber, kaltblütig, erklärte: Lass mich nur machen. Ich brauche nur eine Tüte Pfeffer und einen Maulkorb. Und Tante Bing drückte sie dankbar an sich: Ach, Fränzi, Fränzi ...! Wenn du doch immer bei mir bleiben könntest!

„So", sagte die wirkliche Tante Bing und warf ihren Zopf nach hinten, „in meinen Augen ist es fertig. Ihr könnt jetzt kommen und es anschauen. Aber bitte nicht berühren, es ist noch feucht." Wie aus der Pistole geschossen rannte Tamara zu ihr, Fränze hinterher. Tamaras freudige Miene erlosch. Sie atmete ein paar Mal schnell und heftig, dann fing sie an zu schluchzen.

„Aber das bin ich doch gar nicht! Nie im Leben seh ich so aus! Das will ich Papa nicht schenken, diese Affenfratze!"

Erschrocken blickte Fränze zu Tante Bing. Sicher war sie beleidigt und würde sie beide rausschmeißen. Hochkantig und für immer. Aber sie wirkte nur schrecklich hilflos und verlegen. Sie wischte sich die Finger an ihrem Zopf ab, dann nahm sie die weinende Tamara auf den Schoß und streichelte ihr sacht den Rücken.

„Findest du es auch so schlimm?", fragte sie Fränze.

Fränze schüttelte den Kopf. Sie musste etwas Tröstendes sagen. Aber was? Zaghaft schlug sie vor: „Wenn Sie drunterschreiben, dass es Tamara sein soll? Sie können es ja ... äh ... ‚Freie Skizze nach Tamara K.' nennen."

Da lachte Tante Bing wieder wie die Sonne im Bilderbuch. Warm und golden und breit, mit vergnügten Augenschlitzen. Sie breitete einen ihrer Kittelärmel aus wie einen Flügel.

„Komm her zu mir", sagte sie zu Fränze.

Eine rechts, eine links saßen sie auf Tante Bings Schoß und wurden von ihr hin und her gewiegt.

„Ach, ihr meine beiden Schwälbchen", sagte Tante Bing.

Ein paar Tage später drückte Fränze auf den goldenen Klingelknopf. Nicht wie Tamara; nicht so unverschämt, ohne Pause dazwischen: Ich bin's, ich bin's! Nur einmal ganz kurz.

„Nanu, Fränze ... Bist du den ganzen Weg allein heraufgekommen?", staunte Tante Bing, als sie ihr geöffnet hatte.

Fränze nickte. Dass sie schon zweimal umsonst da gewesen war, am Samstag und am Montag, behielt sie für sich.

„Sollst du mir was von Tamara ausrichten? Will sie das Bild nun doch ihrem Papa schenken?"

Um ihr eine Freude zu machen, hätte Fränze gern Ja gesagt.

Sie schwankte noch, als Tante Bing schon weiterfragte: „Oder wolltest du mich besuchen?"

Fränze nickte wieder, erleichtert, dass die Fee das so schnell erkannt hatte. Im Atelier holte sie sich ganz selbstverständlich ihr Sattelkissen und richtete sich neben dem

Sofa ein, auf dem Tante Bing mit untergeschlagenen Beinen saß und Stoffläppchen auf eine große Leinwand nähte.

„Das wird ein Wandteppich", erklärte sie Fränze. „Er soll ‚Indischer Markt' heißen. Ich hab mal ein halbes Jahr in Indien gelebt."

Dreimal jede Woche wanderte Fränze nachmittags die lange steile Straße nach Siebeneichen hinauf. Tamara sagte sie nichts davon. Und ihrer Mutter sagte sie nicht, dass sie jedes Mal ganz allein ging. Sie hätte bloß gefragt: „Was willst du denn ohne Tamara bei Tamaras Tante? Die kann dich doch bestimmt nicht gebrauchen." Auch so wunderte sie sich schon genug. „Was klebt ihr nur dauernd da oben bei dieser Bing? Ich möchte zu gern mal wissen, was ihr dort macht. Eine eigenartige Freundschaft ist das."

Um Fränze zum Lachen zu bringen, schnitt sie ab und zu das „Bing-Gesicht". Dann guckte Fränze schnell irgendwo anders hin. Und wenn sie dann in ihrem Zimmer war, musste sie lauter Schimpfnamen loswerden, so viel Zorn kochte in ihr.

Manchmal an diesen Nachmittagen zu zweit sang Tante Bing fremde Lieder in einer anderen Sprache. Oder sie erzählte Fränze den Inhalt von Filmen: ‚Fanfan der Husar', ‚Toto und Peppino' und ‚Der Krieg der Knöpfe'. Und es gab die allerherrlichsten Augenblicke: die, wenn sie Fränze in den Arm nahm. Auch Fränze hielt Tante Bing dann ganz fest mit beiden Armen; es war viel leichter, als sie sich das früher vorgestellt hatte. Sie blieb mucksmäuschenstill und rührte sich nicht, während Tante Bing ihr zeigte, was alles für neue Leute auf dem ‚Indischen Markt' hinzugekommen waren.

„Das hier, siehst du, ist der Zimtverkäufer Babulan. Und das ist Radj, der handelt mit Tee. Radj berichtet gerade Babulan seinen Traum von letzter Nacht. Und das kleine Mädchen dort, das eigentlich die Melone nach Hause tragen sollte, ist stehen geblieben, um zuzuhören."

Als sie sich nach Fränzes erstem unangemeldeten Besuch verabschiedeten, hatte Fränze auf der Schwelle herumgedruckst. „Noch was auf dem Herzen?", erkundigte sich Tante Bing. „Hab ich was vergessen?"

„Mm-mm", sagte Fränze und wollte gehen.

Da hatte Tante Bing ihre Schultern gefasst und Fränze behutsam zu sich herumgedreht. Dann war er gekommen, der Kuss auf die Nasenspitze. Von da an vergaß Tante Bing ihn nie wieder.

„Ach, mein liebes Schwälbchen", sagte Tante Bing an einem Nachmittag im Juni, nachdem sie Fränze die Tür aufgemacht hatte. Aber diesmal klang es überhaupt nicht fröhlich. Sie führte Fränze an der Hand ins Atelier. Dort hing kein einziges Bild mehr. Die Puppen waren fort und die kleinen Papiertheater. Nichts zu sehen vom Grammophon mit dem blauen Trichter wie eine Prunkwinde. Vom „Indischen Markt" und dem Korb mit den bunten Läppchen fehlte jede Spur. Dafür standen überall Kisten und voll gestopfte Kartons herum.

„Ich wollte es dir nicht eher sagen, damit du nicht schon vorher traurig bist. Ich ziehe übermorgen aus. Nach Berlin."

„Und wann kommst du wieder?“, fragte Fränze.

„Ich hab ein Abschiedsgeschenk für dich gemacht. Schau her! Gefällt es dir?“ Tante Bing lächelte ihr geheimnisvolles Lächeln und zog Fränze zum Fensterbrett. Eine der Puppen war nicht mit eingepackt worden. Herausgeputzt mit einer Wolke schneeweißer flaumiger Federchen, weißem Gazeröckchen und einem Mieder aus Atlas, lehnte sie am Fensterkreuz, im Haar eine winzige goldene Krone. Odette, die Schwanenkönigin.

„Weißt du noch, wer das ist?“

„Aber wann kommst du wieder?“, fragte Fränze und ließ sich das Geschenk in den Arm legen. „Bist du nach den großen Ferien wieder da?“

„Nein, ich werde für immer in Berlin wohnen. Das ist besser für meine Arbeit“, sagte Tante Bing. „Weißt du, es gibt da viele Theater.“ Sie strich Fränze das Haar aus der Stirn und wurde nicht fertig damit, weil es immer wieder zurückfiel.

Fränzes Kopf kippte langsam nach vorn. Als wollte sie die Knöpfe auf ihrer Jacke zählen. „Danke für das Geschenk.“ Dann ging sie zwischen den Kisten und Kartons hindurch zur Haustür. Ihre Füße schlurften auf den Dielenbrettern und waren merkwürdig schwer. Als hätte sie Blei an den Sohlen.

„So warte doch!“, rief Tante Bing hinter ihr her. „Laufen Freunde so auseinander? Wir haben uns doch noch gar nicht verabschiedet!“

Im Vorgarten holte sie Fränze ein. Mit beiden Händen umfasste sie Fränzes Gesicht und hob es hoch, vorsichtig, als handle es sich um etwas Gläsernes, Zerbrechliches, und sagte Schwälbchen und ach, du Liebes. Aber Fränze konnte sie nicht ansehen, sie konnte es einfach nicht.

„Soll ich dir jede Woche eine schöne Postkarte schreiben? Ja?“ Sie weiß doch überhaupt nicht, wo ich wohne, dachte Fränze. Alles ist zum allerletzten Mal.

Zu ihrem Bleiarm gehörte eine Bleihand; sie zu bewegen war fast unmöglich. Schließlich berührte sie den Zopf von Tante Bing und zupfte schwach daran. Es sollte ja nicht wehtun.

Ohne ein einziges Mal stehen zu bleiben, rannte sie die steile Straße hinunter, eine Serpentine nach der anderen, zuletzt mit offenem keuchenden Mund. Wie die Marathonläufer im Fernsehen. Das Geschenk behinderte sie beim Laufen. Sie warf es in den Straßengraben. Odette, die Schwanenkönigin, fiel zwischen die großen grünen Klettenblätter, die sich über ihr schlossen. Niemand würde sie jemals finden.

JÜRGEN BANSCHERUS

# *Rosen für Simons Mutter*

*22. August*

Seit heute haben wir einen Neuen in unserer Klasse. Der Junge heißt Simon und sitzt neben André. Einen neuen Mathelehrer haben wir auch.

*24. August*

Der Simon wohnt in unserer Straße, gleich neben dem Supermarkt. Nach der Schule ist er hinter mir hergerannt und wollte mir unbedingt einen Bergkristall zeigen. Als ob ich noch nie einen Kristall gesehen hätte! Aber ich hab mir das Ding angeguckt. Schließlich bin ich ein höflicher Mensch.

*25. August*

Der Typ beginnt zu nerven! Heute Morgen hat er sich hinter einem Baum versteckt und auf mich gewartet. Dann hat er mir eine Einladung zu seinem Geburtstag in die Hand gedrückt. Er fände es toll, wenn ich käme, hat er gesagt. Da kann er lange warten.

*1. September*

Mama sagt, ich darf die Einladung nicht abschlagen. Der Junge freut sich doch, sagt sie, der kennt doch hier niemanden. Stell dir vor, Andreas, du wärst in seiner Lage und niemand käme zu deinem Geburtstag. Mama weiß genau, wie sie mich weich kochen kann.

*2. September (spät am Abend)*

Der Simon hat vielleicht eine Mutter! Absolute Spitzenklasse, Granturismo, Vollausstattung! Hätte ich dem Typ gar nicht zugetraut, so eine Mutter.

Außer mir waren nur zwei Mädchen gekommen. Ausgerechnet Julia und Laura, die beiden Zimtzicken. Ohne Simons Mutter wäre die Geburtstagsfeier der reinste Horrortrip gewesen. Sie hat mit uns Techno getanzt und Pogo, und abends gab's Pizza-Salami bis zum Platzen.

*3. September*

Ich hab sie wiedergesehen! Simons Mutter stieg in ihr Auto, als ich gerade zur Schule gehen wollte. Gehupt hat sie und gewinkt. Sie heißt Karin, jedenfalls steht das auf ihrem Türschild. Simon hat mir erzählt, dass sein Vater abgehauen ist. Nicht mal zu seinem Geburtstag habe sich der Mistkerl gemeldet.

*9. September*

Heute Nachmittag war ich lange bei Simon. Wir haben irgendwas gespielt, keine Ahnung, was. Ich hab nämlich nur darauf gewartet, dass Simons Mutter auftaucht. Mama ist ja auch schwer in Ordnung, ehrlich, das ist sie. Aber Simons Mutter ist was ganz Besonderes. Sie ist so schön, dass ich heulen könnte, wenn ich an sie denke.

Dann ist sie tatsächlich in Simons Zimmer gekommen.

Sie hat mir über die Haare gestrichen und gesagt: „Das ist aber schön, dass du Simon besuchst." Und ich hab bloß blöd gegrinst, und mein Hals war total trocken, und ich hab ihre Hand gespürt, und sie hat toll gerochen.

Hinterher hab ich zu Simon gesagt, dass ich von jetzt an öfter mit ihm spielen will. Er war echt begeistert.

*10. September*

Die erste Mathearbeit nach den Sommerferien ist Fünf. Mama hat komisch geguckt und gefragt, was mit mir los ist. Wenn ich das so genau wüsste!

Heute Nachmittag war ich bei Simon. Seine Mutter war nicht da. Ohne sie ist es bei ihm zum Gähnen langweilig.

*14. September*

Ich hab mir einen Zeh gebrochen. Bloß wegen Simons Mutter! Weil ich sie so lange nicht gesehen hatte, bin ich auf die große Kastanie am Supermarkt geklettert, fast bis in die Krone. Ich hab gar nicht runtergucken dürfen, so hoch war ich. Aber durch die Gardinen von Simons Wohnung hab ich leider nichts erkennen können.

Wie ich beinahe schon wieder unten bin, höre ich plötzlich den Stefan vom Bäcker nebenan rufen: „Was tust du denn da, Andreas?" Da hab ich vor Schreck losgelassen und bin auf den Bürgersteig gedonnert. Eine Woche muss ich liegen. Mindestens!

*28. September*

Ich hab ihr Blumen geschickt, ich musste es einfach tun.

Kaum konnte ich wieder laufen, hab ich ihr aus „Ginas Blumenstübchen“ Rosen bringen lassen. Leider hatten sie keine roten, wie sie manchmal Papa Mama mitbringt. Aber ich hoffe, dass Simons Mutter die weißen mit den rosa Streifen auch gefallen.

*30. September*

Ich war mit ihr allein! Simon hat mir in der Schule erzählt, dass er mittags zu seinem Vater fährt. Der will mit ihm den Geburtstag nachfeiern.

Das war die Gelegenheit für mich. Also bin ich hin zu Simons Mutter, hab geklingelt, und sie hat mir aufgemacht. Wir haben Kuchen gegessen und gequatscht. Über alles Mögliche, ich hab's schon wieder vergessen, weil ich sie die ganze Zeit hab ansehen müssen, weil sie doch so schön ist. Am Ende hat sie mich sogar kurz in den Arm genommen, und sie hat noch viel besser gerochen als beim ersten Mal.

*2. Oktober*

Simon hat die Grippe. Ich hab sofort freiwillig übernommen, ihm nach der Schule die Hausaufgaben zu bringen. Hoffentlich wird er nicht so schnell gesund.

*4. Oktober*

Stefan hat mich gefragt, warum ich nicht mehr zum Spielen komme. Tim hätte sich auch schon gewundert. Was ich bloß an dem blöden Simon finde, hat Stefan wissen wollen.

Ich hab Simon verteidigt. Dass er krank ist, hab ich gesagt. Und dass er schwer in Ordnung ist. Hätte ich Stefan etwa die Wahrheit sagen sollen?

*8. Oktober*

Simon ist wieder gesund. Viel zu schnell, finde ich. Mama sagt immer, dass man Krankheiten auskurieren muss. Sonst gibt's einen Rückfall. Ich hab Simon und seine Mutter gewarnt. Mehr kann ich nicht tun.

Ob Simon was gemerkt hat? Gestern hat er nämlich plötzlich gesagt, dass ich nicht mit ihm spielen muss, wenn ich in Wirklichkeit keine Lust hab. Ich hab das selbstverständlich abgestritten, bin richtig ärgerlich geworden. Aber Simon ist misstrauisch geblieben und hat mich nach einer Stunde rausgeworfen. Er spürt noch die Grippe, hat er gesagt. Ich glaub ihm nicht.

*14. Oktober*

Simon hat mich nicht mehr zu sich eingeladen. Seit sechs Tagen schon nicht mehr! Ich wollte nicht noch einmal auf die Kastanie klettern. Deshalb hab ich seiner Mutter wieder Blumen geschickt. Sieben rote Rosen. Dabei ist mein Taschengeld für diese Woche draufgegangen. Die Frau im Blumengeschäft hat gesagt, dass man normalerweise ein Kärtchen mit dem Namen des Absenders beilegt. Ich bin, glaub ich, knallrot geworden und hab geantwortet, dass das nicht nötig ist.

Ob Simons Mutter wohl errät, von wem die Rosen sind?

*17. Oktober*

Heute hatte Simon zum ersten Mal Klavierunterricht. Das hab ich ausgenützt. Ich hab mich todesmutig in den Mollebach fallen lassen und hab dann klitschnass und dreckig bei Simon geklingelt. Seine Mutter hat aufgemacht, und ich hab ihr erzählt, dass meine Eltern nicht da sind und ich nicht weiß, wohin.

Sie hat mich sofort reingeholt, hat mir beim Ausziehen geholfen und mich in die Wanne gesteckt. Gewaschen hat sie mich nicht. Aber hinterher hat sie mich abgerubbelt, und ich hab ihr als Dankeschön einen Kuss gegeben. Sie hat gelacht, und mir ist schwindlig geworden, und sie hat mich ins Wohnzimmer gebracht und auf die Couch gelegt. Ich hab ihr bei irgendwelchem Papierkram zugeschaut, und ab und zu hat sie zu mir herübergelächelt.

Später ist der Simon aus der Klavierstunde gekommen und hat stinkwütend geguckt. Aber gesagt hat er nichts.

*20. Oktober*

Ich werde ihn umbringen. Jawohl! Ich muss mir nur noch überlegen, wie. Mit einer Kettensäge vielleicht oder mit Gift. Oder ich überfahre ihn mit dem Fahrrad oder stoße ihn vor die U-Bahn. Mir wird schon was einfallen.

Keine Ahnung, wieso ich gestern Abend ans Fenster gegangen bin. Doch, ich weiß, sämtliche Kater der Nachbarschaft haben geschrien. Da hab ich Simons Mutter gesehen. Sie hat diesen Typ an der Hand gehalten! Dabei ist der Mann kleiner als sie und dick. Ein wandelnder Fleischklops ist er. Ich möchte wissen, was sie mit so einem will!

*3. November*
Ich hab ihr zum dritten Mal Blumen geschickt. Diesmal waren es gelbe Rosen. Das Geld dafür hab ich mir von Mama leihen müssen. Es sei fürs Kino, hab ich ihr erzählt. In die Rosen hab ich ein Kärtchen gesteckt. „Von einem wirklichen Freund“ hab ich draufgeschrieben und das „wirklich“ dick unterstrichen.

Spät am Nachmittag bin ich noch einmal zu Simon gegangen. Ich hätte in Mathe was nicht verstanden, hab ich gesagt, ob er mir helfen kann. Er hat’s getan, aber nicht gern, das hab ich gemerkt. Die ganze Zeit über ist seine Mutter nicht aufgetaucht. Erst beim Rausgehen hab ich sie in der Küche stehen sehen. Auf dem Tisch standen meine Rosen, und das Kärtchen lag daneben. Sie hat mir zugelächelt, doch das Lächeln war anders als sonst. Oder bilde ich mir das bloß ein?

*20. November*
Sie mag mich nicht mehr. Der dritte Blumenstrauß war zu viel. Wahrscheinlich hat sie meine Schrift erkannt, ja, das wird es sein. Der Junge spinnt doch, denkt sie jetzt. Elf Jahre alt – und schickt mir Rosen! Was soll der Unfug? Alles hab ich verdorben, alles.

Gestern hat sie mich nicht reingelassen. Und vorgestern und an den beiden Tagen davor auch nicht. Simon ist nicht da, hat sie gesagt und die Tür wieder zugemacht. Und ich bin rot geworden und hab nicht sagen können, dass ich gar nicht zu ihm will. Ich finde Simons Mutter nämlich immer noch toll. Und das wird sich niemals ändern. Niemals!

*23. Dezember*

Simon und seine Mutter ziehen weg. In ein paar Tagen schon. Simons Mutter hat eine neue Stelle gefunden, und heiraten wird sie auch wieder. Ich hab sie ein paar Mal in ihrem Auto gesehen, und jedes Mal saß der Fleischklops neben ihr. Ich hätte ihn doch umbringen sollen.

Ich möchte nicht, dass sie wegzieht. Ich kann mir nicht vorstellen, dass sie nicht mehr da ist. Meinetwegen braucht sie mich nicht zu beachten. Hauptsache, sie bleibt.

Mit Mama und Papa kann ich nicht darüber reden. Die würden das nicht verstehen. Die haben noch gar nicht kapiert, dass ich kein Baby mehr bin. Außerdem würden sie Simons Mutter die Schuld geben, dass ich in der Schule so schlecht geworden bin. Als ob es nichts Wichtigeres gäbe als Noten und den ganzen Quatsch!

*8. Januar*

Heute war der erste Schultag nach den Winterferien. Der Platz neben André war leer. Irgendwann zwischen Weihnachten und Neujahr ist Simon mit seiner Mutter weggezogen. Ich hab es nicht mitgekriegt, obwohl ich jeden Tag für ein paar Stunden am Fenster gesessen hab. Verabschiedet haben sich die beiden auch nicht. Bei Simon ist mir das egal. Aber bei seiner Mutter nicht. Ganz und gar nicht!

WOLF P. SCHNEIDERHEINZE

# *Frau Bergers Nase*

Herr Stange ist pensioniert worden, aber nicht wegen uns. Zugegeben, unsere Klasse war wirklich nicht die ruhigste, aber bei Herrn Stange war das etwas anderes. Er war einfach zu alt. Wir haben ihm das Leben nicht schwerer gemacht als anderen Lehrern, ehrlich!

Und dann kam Frau Berger. Roswitha Berger hieß sie, und sie sang gern. Für ihren Vornamen könne sie nichts, sagte sie uns, den hätten ihre Eltern verbrochen. Aber dass sie gern singen würde, hätte nichts mit ihren Eltern zu tun, meinte sie. Dann kicherte sie und ich sah es zum ersten Mal. Ihre Nase wackelte! Eigentlich zitterten nur ihre Nasenflügel, und ihre Nasenlöcher weiteten sich, aber es sah aus, als würde die Nasenspitze tanzen.

Schließlich begann sie auch noch zu singen, und ihre Nase tanzte dazu. In den nächsten Tagen beobachtete ich sie intensiv, und fand heraus, dass die Nase nur wackelte, wenn sie kicherte oder sang. In den Pausen hörte ich genau hin, wenn die anderen über Frau Berger redeten, doch ihre wackelnde Nase war niemandem aufgefallen. Ich sagte kein Wort, denn irgendwie hatte ich das Gefühl, als müsste Frau Bergers Nase mein Geheimnis sein.

Der Unterricht bei ihr war nicht so brennend interessant, dass wir nun alle an ihren Lippen klebten. Ich allerdings klebte an ihrer Nase. Dieses Wackeln störte mich nicht, ich fand es irgendwie faszinierend, und wenn es nicht mehr da gewesen wäre, hätte es mir gefehlt.

Unseren Herrn Stange hatten wir bald vergessen. Das Einzige, was uns an Frau Berger störte, war das Singen. Wir mussten die Liedtexte auswendig lernen, und es verging kaum ein Tag, an dem wir nicht singen mussten.

Für viele waren unsere Auftritte während des Schulfestes das Schlimmste. Wir sangen zur Eröffnung, hatten unser kleines Konzert ziemlich in der Mitte und mussten auch noch ein Abschiedslied singen. Nur die Schüler aus der Klasse von Frau Henkelmann waren noch ärmer dran. Sie hatten ihren Klassenraum zu einem Zwergen-Café umgebaut und mussten während des gesamten Schulfestes in diesen doofen Zwergenkostümen herumlaufen.

Eigentlich hätte alles nach dem Schulfestauftritt ganz friedlich und schön weitergehen können, aber dann machte Frau Berger ihren entscheidenden Fehler – sie legte sich mit Markus Herbold an.

An dem Tag kam Markus schon missmutig zur Schule. Bei ihm zu Hause hatte es wieder mal Ärger gegeben. Als Frau Berger jedenfalls mit ihrem Singen anfing, begann Markus demonstrativ zu schnarchen.

„Findest du Musik wirklich so langweilig?“, fragte Frau Berger ihn mit ihrer honigsüßen Stimme, und alle wussten, was diese honigsüße Stimme bedeutete: Jetzt gab es Ärger.

Markus bekam einen roten Kopf und schüttelte verschämt den Kopf. Hinter ihm feixte die Klasse. Ja, unsere Frau Berger kriegte jeden klein.

Und gerade heute lief sie zur Hochform auf, denn nun

sollte Markus auch noch vorsingen – ganz allein! Uns lief es eiskalt den Rücken runter. Wir stellten uns wohl alle das Gleiche vor: Wenn ich jetzt dort säße!

Nach dieser Stunde hatte Frau Berger einen schrecklichen Feind. Diese Schmach konnte Markus nicht auf sich sitzen lassen. Und in der Pause hörte ich aus einer Traube von Schülern eine Stimme raunen: „Die Berger mach ich fertig!"

Die meisten in unserer Klasse rieben sich die Hände. Sie erwarteten einen schrecklichen Kampf. Sie kannten ihren Markus, und Frau Berger schien ein würdiger Gegner zu sein.

Von diesem Tag an ließ Markus keine Gelegenheit aus, Frau Berger zu ärgern oder lächerlich zu machen. Oft war sie der Sieger in diesen kleinen Auseinandersetzungen, aber ich merkte, dass die Stimmung in unserer Klasse langsam kippte. Wenn aber die ganze Klasse gegen Frau Berger war, dann musste sie verlieren, das war klar. Also musste ich mir etwas überlegen, denn für mich war klar, dass Frau Berger gewinnen musste. Wenn sie verlor, dann würde sie gehen wie Herr Stange. Aber sie musste bleiben.

Ich begann also in der folgenden Zeit, kleine Fallen für Frau Berger zu sabotieren. Ich ließ die tote Ratte verschwinden, die Markus ihr auf das Auto legte. In die Falle mit dem Papierkorb lief ich selbst, obwohl alle lachten. Wo es möglich war, verteidigte ich Frau Berger bei den anderen in der Klasse. Aber ich musste vorsichtig sein. Wenn ich sie zu sehr verteidigte, war ich bei den anderen unten durch. Lehrerlieblinge haben nichts zu lachen!

Wenn das Singen nicht gewesen wäre, hätte ich es sicher auch geschafft. Aber das Singen hassten alle, und damit schwanden die Sympathien für Frau Berger schnell. Markus Herbold leistete ganze Arbeit.

Dann kam dieser schreckliche Donnerstag. Ich wohnte für eine Woche bei meiner Oma, weil meine Eltern geschäftlich in Italien zu tun hatten. Wir hatten gerade Religion bei dem dicken Herrn Mausbach, der immer die Hände vor seinem Bauch faltete und an der Tafel auf und ab ging, während er redete.

Plötzlich kam Frau Berger herein, und sie schaute mich merkwürdig an. Sofort wurde ich puterrot, denn ich dachte, sie hätte das mit der Nase herausbekommen. Sie müsste mich einmal mitnehmen, sagte Frau Berger und flüsterte Herrn Mausbach etwas ins Ohr. Da guckte auch der Mausbach komisch und half mir sogar, meine Tasche zu packen.

Im Flur nahm mich Frau Berger an die Hand. Ich ließ es mir gefallen, obwohl sie mich wie ein Baby behandelte. Wir gingen ins Lehrerzimmer, und dort wartete sogar die Direktorin und hielt sich ein Taschentuch vor den Mund. Aus dem Nebenraum starrte der Hausmeister um die Ecke, und ich schaute auf den Boden und wäre am liebsten darin versunken. Gleich würde die Berger es allen erzählen, und alle würden lachen.

Hätte ich doch bloß ihre wackelnde Nase nie gesehen!

Aber Frau Berger schickte die Direktorin hinaus und schloss die Türen. Ich war mit ihr allein. Und dann erzählte sie mir alles.

Meine Oma war beim Einkaufen in der Stadt einfach umgefallen. Auch im Krankenhaus konnte ihr niemand mehr helfen. Meine Oma war tot.

Ich starrte Frau Berger an und kapierte erst überhaupt nichts. Dann begriff ich langsam, was sie gesagt hatte, und ich spürte, wie sich mein Hals zuschnürte. Aber ich wollte nicht weinen! Ich schluckte und kniff die Lippen zusammen. Doch dann nahm mich Frau Berger einfach in den Arm und hielt mich fest. Und ich weinte!

Niemand hat jemals davon erfahren.

Die Direktorin rief meine Eltern in Italien an, und am Abend waren sie zu Hause. Es war ein sehr trauriges Wiedersehen. Wie der Tag verlief, bis meine Eltern kamen, weiß ich nicht mehr. Aber ich erinnere mich noch an das leicht kratzige Gefühl, als ich mein Gesicht in den Stoff von Frau Bergers Jacke drückte. Und ich erinnere mich an den Geruch von meinen Tränen in ihrem Haar.

Von diesem Tag an hatte Markus Herbold keine Chance mehr, denn ich ließ den anderen keine Ruhe mehr, bis allen klar war, dass Frau Berger die beste Lehrerin war, die wir überhaupt kriegen konnten.

Von der Sache im Lehrerzimmer und von ihrer Nase erzählte ich natürlich nichts, Geheimnis musste schließlich Geheimnis bleiben.

Aber ich erzählte jedem, der es hören wollte, dass sie die beste Lehrerin war.

Denn ich hatte gesehen, dass ihre Nase nicht nur wackelte, wenn sie sang oder kicherte. Sie wackelte auch, wenn sie weinte.

FRANZ HOHLER

# *Ein seltener Vogel*

Ein Nachtwächter fuhr nachts um zwölf mit dem Fahrrad über einen Fabrikhof.

Auf einmal bremste er und hielt an, denn er traute seinen Ohren nicht. Was war das für ein wunderschöner Vogelgesang? Es tönte, als ob eine verzauberte Prinzessin auf der Zinne eines Schlosses Flöte spielte.

Er blieb eine Weile stehen und hörte zu. Sofort wusste er, dass das nur eine Nachtigall sein konnte. Er hatte zwar noch nie eine gehört, aber kürzlich hatte er im Fernsehen einen Film über diese seltenen Vögel gesehen. Nun zündete er mit seiner starken Taschenlampe überall in die Höhe, und schließlich entdeckte er die kleine Sängerin zuoberst auf dem Fabrikschlot.

Er kletterte die Metallsprossen des Kamins hoch, bis er oben war. Der Vogel blickte ihn erstaunt an und hörte auf zu singen.

„Hallo", flüsterte der Nachtwächter, „ich wollte nur sagen, wie schön es ist, wenn du hier singst."

„Danke", sagte die Nachtigall und sang nochmals eine kleine Melodie.

„Bist du morgen wieder da?", fragte der Nachtwächter.

„Nein", antwortete die Nachtigall, „ich bin sonst immer in den Wäldern am Flussufer, aber heute hat es mich in die Stadt gezogen."

„Schade“, sagte der Nachtwächter, „ich würde dich gern wieder hören.“

„Dann komm halt mit“, sagte die Nachtigall.

Wenig später wunderten sich zwei Streifenpolizisten außerordentlich, als sie einen Nachtwächter daherradeln sahen, von dessen Schulter eine Nachtigall flötete.

Am andern Abend wunderten sich die Einsatzleiter in der Nachtwächterzentrale noch mehr, als sich der Wächter Arnold, der sonst immer pünktlich war, nicht zum Dienst meldete. Sie riefen ihn zu Hause an, aber niemand nahm das Telefon ab, weder an diesem Abend noch am nächsten oder übernächsten, und nie wieder hörte jemand etwas von ihm. Übers Jahr jedoch berichteten Leute, welche die Vögel beobachteten, etwas Eigenartiges. Unter den Nachtigallen am Flussufer, sagten sie, hätten sie welche gesehen, die hätten die Farbe einer Uniform, trügen auf ihrem Kopf ein winziges Mützchen, und sie sängen besonders schön.

heartbeat

# Schmetterlinge im Bauch – Geschichten über die erste Liebe

Dyan Sheldon
**Ich bin, wie ich bin**
Jennys Freundin Amy interessiert sich plötzlich nur noch für ihr Aussehen. Jennys eigene Versuche, eine »echte« Blondine zu werden, schlagen dagegen fehl. Doch gefällt sie Chris nicht auch so?
192 Seiten
ISBN 3-473-58307-3

Ali Brooke
**Der große Traum**
Tara und Lance haben beide einen großen Traum. Sie will Schauspielerin werden, er Musiker. Doch das bedeutet: Leben in verschiedenen Städten. Hält ihre Freundschaft das aus?
224 Seiten
ISBN 3-473-58308-1

**Gute Idee.**

Ravensburger